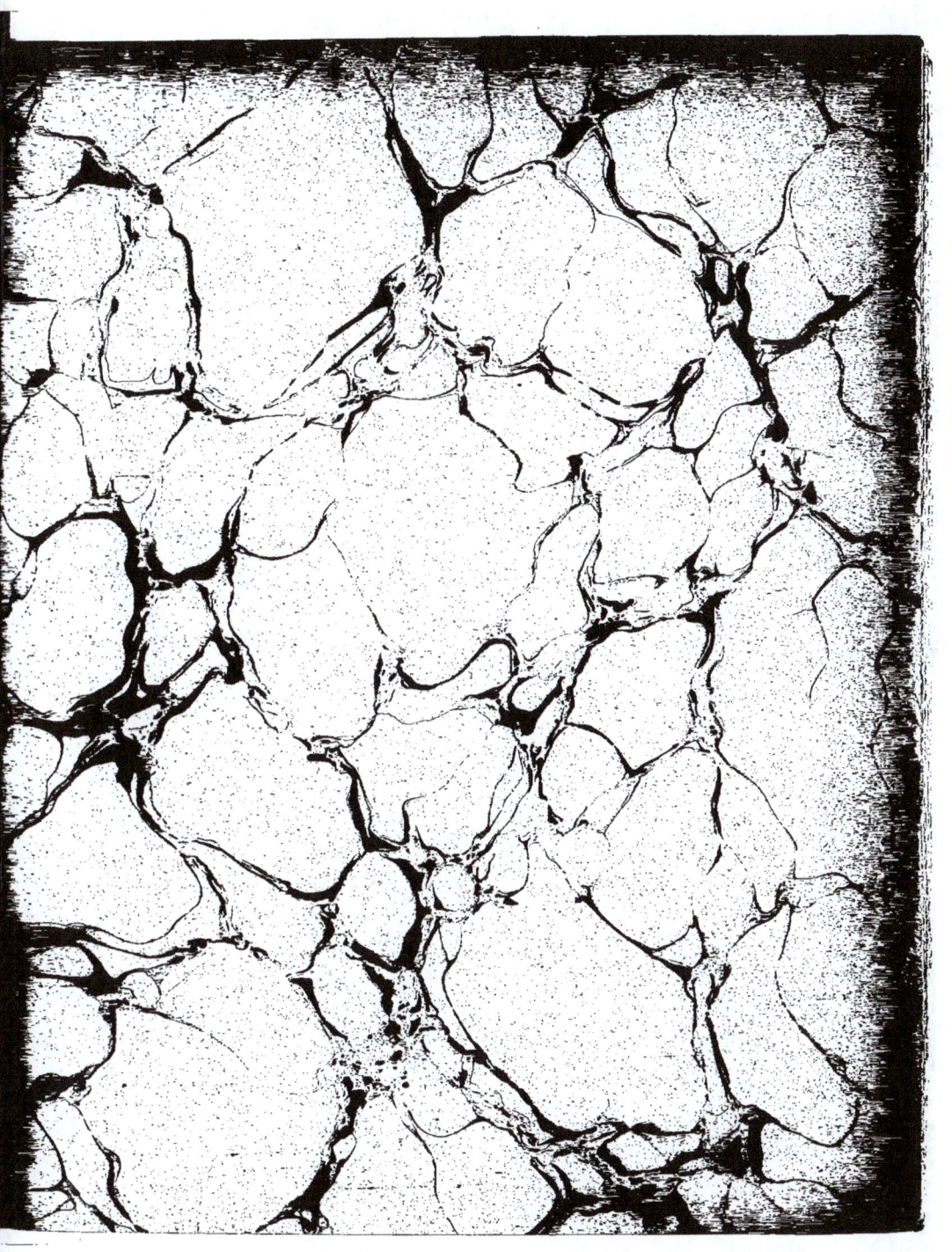

PAUL FOURNIER

Vice-Président des " Parisiens de Paris "

LE
ROMAN DE PARIS

D'APRÈS

LES DOCUMENTS ET RENSEIGNEMENTS FOURNIS

PAR

VICTORIEN SARDOU

ORNÉ DE VINGT-SEPT ILLUSTRATIONS

PARIS

ERNEST FLAMMARION, ÉDITEUR

26, RUE RACINE, 26

LE

ROMAN DE PARIS

PAUL FOURNIER

Vice-Président des " Parisiens de Paris "

—⁂—

LE

ROMAN DE PARIS

D'APRÈS

LES DOCUMENTS ET RENSEIGNEMENTS FOURNIS

PAR

VICTORIEN SARDOU

ORNÉ DE VINGT-SEPT ILLUSTRATIONS

PARIS

ERNEST FLAMMARION, ÉDITEUR

26, RUE RACINE, 26

1909

Dernier portrait modelé par l'auteur, en mars 1908.

A

VICTORIEN SARDOU

qui m'aida de ses affectueux conseils

et voulut bien

me documenter sur notre cher Paris.

P. F

UNE IDYLLE A LUTÈCE

TROIS SIÈCLES AVANT J.-C.

UNE IDYLLE A LUTÈCE

I

Comme le soleil, presque au terme de sa route, allait disparaître à l'occident de Lutèce, derrière les hautes collines couvertes de chênes, Irca rassembla son troupeau, afin de regagner sa demeure avant le crépuscule.

Elle savait que la nuit venue, les guetteurs, par crainte de quelque surprise, relevaient les planches du pont de bois qui reliait l'île à l'autre rive du fleuve et que, si elle s'attardait, elle ne pourrait rentrer au logis.

Or, déjà le brouillard endeuillait les saules du marais et, là-bas, dans la forêt, les loups commençaient à hurler.

Mais comme les deux chiens ayant groupé les moutons les dirigeaient du côté de la rive, Irca vit venir à elle un jeune homme de fière allure, grand, fort, bien découplé, portant les braies attachées aux genoux et vêtu de la saie de laine brune avec le capuchon noué autour du cou.

Elle sourit, car elle le reconnut du plus loin qu'elle le vit. C'était Belovix, le batelier, fils de Mélugène ; c'était son fiancé.

— Toi ! fit-elle, quand il fut assez près pour entendre sa voix, étais-tu déjà inquiet de me savoir seule dans la plaine à une heure aussi tardive ?

— Certes ! fit le jeune homme.

— Ne me crois-tu donc pas capable de me défendre contre les bêtes malignes qui voudraient m'attaquer, moi ou mes moutons ?

— Si ! répondit Belovix en souriant, je sais que tu es une brave et courageuse fille, une vraie Parise, en un mot ; mais j'ai chose grave à te dire.

— Ah ?

Et les yeux d'Irca s'emplirent d'inquiétude.

— Je pars demain ! reprit Belovix.

— Tu pars ?

— Aux premières lueurs du jour.

— Et tu vas ?

— Là-bas, dans les mers d'Armor. Des marchands carnutes ont amené, ce matin, du blé que je vais transporter chez les Venètes en échange d'étain. Mes trois

barques sont emplies jusqu'aux bords de pur froment
brillant comme de l'or, et aux premiers rayons du jour,
demain, le courant m'entraînera vers les rives lointaines des armoricaines mers. Alors, mon chargement
terminé, je suis venu à ta rencontre, afin d'avoir
quelques instants de plus à passer avec toi avant de
nous séparer.

— Et tu seras longtemps absent ? demanda Irca.

— Qui sait ? l'espace de deux lunes, si tout marche à
souhait ; le voyage est long, plein de dangers...

Irca pâlit en prenant les mains du jeune homme.

— Oh ! tais-toi. Pourquoi me mettre à la torture ;
pourquoi me parler des dangers que tu vas courir ? Je
ne vivrai plus ; l'inquiétude écartera de moi tout sommeil
pendant ton absence.

— Ne te tourmente pas, chère Irca, répondit le jeune
homme en souriant; bien que je n'ai jamais accompli un
aussi long voyage, bien souvent déjà je suis allé échanger
des marchandises avec les Evrises ou les Senones et, tu
le vois, jusqu'à cette heure rien de mal ne m'est advenu.
D'ailleurs, demain, avant de détacher mes barques, j'irai
sacrifier deux colombes à Cernunos, le dieu des bateliers,
qui me sera favorable et dirigera mon entreprise.

Pour toute réponse, la jeune fille soupira.

Belovix la prit par la taille, en un geste plein de
tendresse.

— Ah ! Irca ! Irca ! fit-il doucement, tu es bien la
digne fille de ces Parises, rivés à leur sol natal, attachés
aux rives fleuries de leur fleuve et ne désirant d'autre
horizon que celui de leur chère Lutèce. Je suis de ta
race, moi aussi, et de ton sang, puisque mon aïeul était

le frère du tien, et cependant je ne sais quel instinct me pousse aux aventures. C'est comme une force ignorée qui commande en moi et me dirige, me conduisant vers des cieux toujours nouveaux. J'aurais pu être potier, comme mon père, et façonner l'argile, là-bas, aux flancs de nos méridionales collines, mais, tu le vois, sur mes barques plates, je vais, je vais toujours plus loin, et mon rêve serait de naviguer un jour jusqu'aux confins du monde, vers cet horizon où la terre et le ciel se confondent, s'étreignent en un éternel baiser !

Irca sourit, mélancolique :

— Je t'ai laissé parler, Belovix, car mieux que je ne l'aurais fait moi-même, tu viens de dire ce qui, depuis longtemps, agite ma pensée et vaguement balbutie en moi. Car tu t'es mépris sur mes paroles. Ce n'était point la crainte qui me les dictait, mais le désir de partir avec toi et de voir d'autres cieux, d'autres climats, d'autres pays. Combien de fois, à l'époque où le soleil restreint sa course, où les brumes se font plus épaisses et où les feuilles jaunissantes se détachent des arbres et couvrent la terre comme d'une épaisse et brune toison, combien de fois, en voyant les blanches volées de cygnes s'élever de nos marais et fuir bien loin les tempêtes, le froid, la neige et la glace menaçantes, j'ai désiré m'envoler avec eux vers les pays lointains où ils vont pendant la brumeuse et glaciale saison. Mon désir suit également le nuage qui passe, l'oiseau qui vole, et jusqu'à l'eau qui fuit les saules de nos rives et s'écoule vers des pays où je voudrais m'en aller avec elle.

Belovix écoutait sa fiancée.

Et quand elle eut fini :

— Esus soit béni ! s'écria-t-il enthousiasmé, tu es une brave enfant de Lutèce.

Puis doucement, avec une voix toute de caresse :

— Patience, Irca, murmura-t-il, cette fois, je l'espère, mon voyage sera fructueux et, dès mon retour, j'irai te demander à ton père, le digne vannier. Alors, une fois unis, tous les deux, sur mes barques légères nous partirons bien loin, promenant à travers les Gaules notre amour et notre bonheur.

— Que les dieux t'entendent ! répondit la jeune fille.

Cependant, tout en parlant ainsi, les deux jeunes gens étaient parvenus jusqu'au bord du fleuve dont les eaux vertes et paisibles coulaient à travers les herbes et les joncs, entre deux rives plantées de chênes, de bouleaux et de hêtres.

Au milieu du fleuve était une île allongée en forme de barque, une île boisée et verdoyante, bordée d'un rideau de peupliers derrière lesquels on pouvait apercevoir quelques huttes groupées sous l'ombrage frissonnant des aulnes.

Ce village, c'était Lutèce.

On y accédait par un pont de bois que protégeait une tour grossièrement élevée à l'aide de troncs d'arbres à peine équarris.

Au delà de l'île, des collines couvertes de chênes s'assombrissaient déjà dans le crépuscule, tandis que les derniers reflets du soleil couché doraient les flancs crayeux de quelques mamelons dénudés.

Irca et Belovix, avant de s'engager sur le pont, goûtèrent un instant la douce tranquillité de ce paysage familier. Tout s'endormait dans la paix du soir. Les

marais se recouvraient de brume et les grands bois
mystérieux, où les druides écoutaient la voix terrible des
oracles, frissonnaient, mollement caressés par la brise
de la nuit naissante.

Un grand silence pesait sur toute cette nature, un
lourd silence, à peine interrompu par le clapotement des
rames de quelques pêcheurs attardés, la chanson d'un
laboureur regagnant sa cabane, le bruit de quelque
pivert martelant l'écorce d'un chêne ou le vol pesant des
hérons venant s'abattre au milieu des marais.

Irca et Belovix, la main dans la main, traversèrent le
pont de bois dont le guetteur de nuit derrière eux releva
les planches. Lutèce pouvait s'endormir tranquille dans
son île, protégée par le fleuve chantant sa monotone
chanson en froissant les joncs qui parsemaient son lit et
les branches des saules qui bordaient ses rives.

— Allons! il faut nous séparer, Irca! fit le jeune
homme quand ils furent parvenus jusqu'aux premières
huttes de Lutèce.

— Déjà! dit Irca. Tu ne viens point, avant ton départ,
saluer mon père et mon aïeul ?

— Je les verrai demain, j'espère, car malgré son grand
âge le vieux Galohin sait encore devancer le soleil.

— Ton chargement n'est-il pas terminé et cette soirée
ne pourrais-tu me la donner encore ?

— Non! il faut que j'aille jusqu'au Némède retrouver le vénérable druide qui m'attend pour le sacrifice
de demain matin.

— Alors, va ! et que les Dieux te protègent.

Et, droite au milieu du chemin, Irca regarda son
fiancé s'éloigner, se dirigeant vers la pointe orientale

de l'île. Là s'élevait, entouré d'une haie d'aubépine, un touffu bouquet d'arbres ; c'était le Némède, le bois sacré de Lutèce.

Bientôt la silhouette de Belovix s'évanouit dans la brume. Alors Irca soupira et regagna lentement sa demeure où, guidé par ses chiens, son troupeau l'avait déjà précédée.

II

C'était une bien pauvre bourgade que Lutèce à cette époque, c'est-à-dire un siècle environ avant la conquête des Gaules.

Une cinquantaine de cabanes la composaient tout entière.

Point de rues tracées, point de places, encore moins de monuments ; seulement quelques huttes plantées au hasard.

Ce fut vers l'une d'elles que la jeune Irca se dirigea.

Cette hutte était construite de bois et de terre pétrie, de forme circulaire avec une seule ouverture que fermait une porte grossièrement façonnée. Le toit pointu, fait de paille et de roseaux, débordait en une sorte de large auvent soutenu par des poutrelles fichées en terre, rustique colonnade qui servait à abriter quelques instruments de labour, des outils de vanniers et les travaux commencés.

Un enclos d'aubépine entourait la hutte qui était accotée, à droite, à un hangar servant de remise au troupeau.

C'était dans cette pauvre demeure, qu'entre son père, sa mère et son aïeul, habitait la jeune Irca, dernière née du vannier Varogat.

Ce n'était point que le vannier fût un des plus misérables habitants de Lutèce; il comptait au contraire parmi les principaux de la bourgade, pouvant faire remonter son origine jusqu'aux premiers Kimris qui avaient abordé dans l'île. Mais c'est que les Parises étaient une peuplade pauvre, ne vivant que du fruit de son travail agreste et ignorant le commerce avec les races lointaines.

Lutèce se suffisait à elle-même. Ses laboureurs faisaient pousser l'orge et le seigle; les brebis et les vaches qui paissaient aux flancs des coteaux ou aux bords des marais fournissaient le lait que l'habile Parise savait transformer en fromage; la forêt prochaine donnait le gibier et surtout ces petits porcs sauvages dont les halliers étaient peuplés; le fleuve apportait son tribut de poisson.

Quant aux divers objets de première nécessité, l'ouvrier parise savait les façonner. Des cordiers tordaient le chanvre; des tisserands tissaient la laine des moutons que filait chaque ménagère; les potiers façonnaient l'argile en poteries diverses; les vanniers faisaient des corbeilles et des nasses; et, sur le bord de la rivière qui coule là-bas, à l'orient, d'habiles tanneurs faisaient avec les peaux de bêtes un cuir solide et fort.

Et, sans souci du luxe, ignorant des civilisations orgueilleuses, insouciants du commerce, les Parises échangeaient entre eux les objets dont ils avaient besoin.

Aussi, Lutèce ne connaissait-elle ni pauvres, ni

riches ; chacun travaillait et vivait heureux dans sa médiocrité.

Cependant, Irca pénétra dans la demeure paternelle dont la simplicité intérieure répondait à l'aspect du dehors. Point de meubles, si ce n'est une table grossièrement taillée dans un tronc d'arbre, et un banc fixé au sol. Aux murs, des vêtements, des armes, des outils. De-ci, de-là, sur des fascines, des peaux de bêtes servaient de couches. Au milieu de la maison, une aire de pierres plates où l'on allumait le feu pour se chauffer ou faire la cuisine. La fumée s'envolait vers le toit et s'en allait, comme elle voulait, par de petits trous ménagés au haut de la couverture.

Accroupi à terre, devant l'âtre où la flamme montait haute et claire, Varogat achevait de tresser une corbeille d'osier. Sa femme filait son fuseau de laine, tandis qu'assis sur le banc, l'aïeul rêvait, le menton dans ses mains appuyées sur un bâton de frêne.

— Tu rentres bien tard, Irca ! dit la mère.

— C'est que j'ai rencontré Belovix, répondit la jeune fille et je me suis attardée à causer avec lui ; il part demain.

— En effet, interrompit le vannier, je l'ai aperçu tout le long du jour fort occupé à charger ses bateaux de ce froment que des marchands carnutes lui ont apporté.

— Il va l'échanger au pays d'Armorique, reprit Irca.

L'aïeul murmura quelques phrases grondeuses.

C'était un vieillard chenu, à barbe aussi blanche que la neige. Plus de quatre-vingts hivers avaient voûté son dos. Il était le doyen de la nation parise qui le considérait comme son chef.

Respectueusement le vannier se tourna vers son père.

— Que dites-vous ? interrogea-t-il.

Le vieillard secoua la tête.

— Je ne dis rien, mais je n'approuve pas Belovix ; je n'aime pas les étrangers, les Parises peuvent se suffire à eux-mêmes ; notre terre produit tout ce dont nous avons besoin pour nous nourrir ou nous vêtir.

— Cependant, père, hasarda Irca, il faut du fer pour nos couteaux et les socs des araires.

— Mes ancêtres et moi, répondit le vieillard, n'avons jamais traqué les bêtes qu'avec des épieux durcis au feu, et je n'ai défoncé la terre qu'à l'aide d'une charrue de bois.

— Oui, sans doute, fit alors Varogat qui se leva, ayant terminé son ouvrage ; pourtant, considérez une chose, père, c'est qu'en un seul mois, je peux faire plus de corbeilles et de nasses que Lutèce n'en consomme dans toute une année ; alors, pourquoi n'échangerais-je pas le surplus de mon travail avec les nations voisines qui, si elles ne savent assouplir l'osier, connaissent du moins l'art de façonner le fer, l'étain ou le bronze ? Si nos aïeux tuaient l'auroch de leurs épieux durcis au feu, un coutelas de bronze est une arme meilleure encore, et l'orge ou le seigle ne pousseront que mieux si je laboure mon champ avec des fers solides et bien trempés.

— Tais-toi, fils, tu blasphèmes ! répondit le vieillard. En suis-je arrivé à cet âge pour que mes enfants m'apprennent la vie ! Je vous le dis, croyez-moi, nous n'avons rien à gagner à fréquenter les étrangers, mais tout à perdre ! Notre pays est le plus beau du monde, le plus fertile et le plus riant. Il pourvoit à tous nos

besoins. N'en demandons point davantage et craignons
que l'étranger que nous appelons chez nous ne devienne
un envahisseur et un traître.

— Les années vous ont donné la sagesse, fit le vannier, et sans doute vous avez raison.

— Certes, reprit le vieillard. J'ai ouï dire par mon
aïeul qui lui-même le tenait du sien que les premiers
hommes des temps lointains ne se nourrissaient que des
fruits qui poussaient librement sur la terre féconde, et
des bêtes qu'ils tuaient à l'aide de pierres tranchantes.
Ils n'avaient pour se vêtir que la peau de ces animaux
abattus en des combats presque corps à corps. Dédaignant
de se construire des demeures, ils couchaient dans des
cavernes, dans des anfractuosités de roches, — que souvent
ils étaient obligés de disputer aux bêtes fauves, — Ces
hommes ont vécu, ont été heureux. Le sommes-nous
davantage, nous qui sommes forcés de défoncer le sol
pour faire pousser le grain, d'abattre des arbres et de
pétrir la terre pour nous construire des huttes ? Non pas.
Nous avons accru nos besoins aux dépens de notre liberté.
Les Dieux, en nous créant, nous ont donné ce qui nous
était nécessaire et c'est leur faire injure que de mépriser
leurs dons !

Ainsi parla le vieux Galohin ; et le vannier l'écoutait
sans lui répondre.

Cependant Irca songeait.

— Non, non ! pensait-elle, l'aïeul se trompe. Ce n'est
pas insulter les divinités que de chercher ce qui est
mieux. Ce n'est pas braver les Dieux que de quitter le
coin de terre où l'on est né, pour parcourir les pays
lointains où l'air est plus doux, où les fruits sont plus

nombreux et les fleurs plus éclatantes et plus parfumées.

Et elle songeait à Belovix qui demain partirait vers ces pays de mystère et d'enchantement, là-bas, aux rives des mers lointaines de l'Armorique.

III

Mais, tout à coup, déchirant le silence de cette calme soirée, on entendit l'appel rauque et sauvage de la corne du guetteur de nuit.

Irca et sa mère frémirent, l'aïeul releva sa tête blanche tandis que Varogat bondissait vers une hache en fer appendue au mur de la hutte.

Que signifiait cet appel dans la nuit ?

Était-ce quelque horde voisine qui, profitant de l'ombre, envahissait le pays des Parises et se jetait sur Lutèce ?

Chaque nuit, tandis que la bourgade dormait paisible et silencieuse, dans les deux tours de bois construites en tête de chacun des ponts, des hommes veillaient, sondant les ténèbres, toujours aux aguets et prêts à appeler les Parises aux armes, en soufflant dans leur corne de buffle.

Et voici que tout à coup l'appel lugubre venait de retentir. Quel danger menaçait la tranquille cité ?

Ayant saisi sa lourde hache à deux tranchants, le vannier courait vers la rive méridionale du fleuve d'où l'appel était parti. Tous les Parises en armes, quittant leurs demeures, avaient, comme Varogat, répondu au cri d'alarme du guetteur, et c'était au bord du fleuve, sur les sables fins que les flots baignaient doucement, une foule d'hommes inquiets, mais résolus.

Le spectacle que les Parises eurent alors devant les yeux calma leur angoisse première mais éveilla au plus haut point leur curiosité.

Une barque d'une forme inconnue dans le pays venait de s'échouer sur la grève et cinq ou six hommes étranges d'aspect et de costumes, sautant de leur embarcation, avaient pris pied sur la terre parise.

Ces hommes avaient la peau brune, des cheveux noirs, et au lieu de la braie et de la saie gauloise, portaient de larges manteaux faits d'étoffes éclatantes et comme on n'en avait jamais vu à Lutèce.

Cependant ces étrangers parurent s'étonner de voir une telle foule accourir à leur approche, et devant cette multitude armée et menaçante ils reculèrent comme saisis de crainte.

Mais Varogat qui s'était avancé le premier les interpella :

— Qui êtes-vous ? D'où venez-vous ? Que voulez-vous ?

Les étrangers répondirent en une langue harmonieuse et chantante mais tout à fait incompréhensible pour Varogat, comme pour tous les autres habitants de Lutèce.

Et comme le vannier méfiant répétait ses questions, alors un homme se détacha du groupe des étrangers et s'approchant de Varogat, dans la langue des Parises, mais avec des intonations moins rudes et plus mélodieuses, il répondit :

— Nous sommes des Ligures. Nous arrivons de pays lointains et nous venons échanger les produits de notre patrie contre ceux que fournit votre sol.

L'homme qui parlait ainsi paraissait le chef des étrangers. Il était petit mais de taille bien prise et son manteau était fait de pourpre lamée d'or.

Comme Varogat ne répondait rien à ces paroles et que les Parises semblaient conserver leur attitude menaçante, l'homme reprit :

— Nos intentions ne sont point mauvaises. Voyez, nous sommes sans armes et en si petit nombre, d'ailleurs, que toute tentative maligne de notre part serait une folie.

Varogat comprit que cet homme disait vrai. Pourtant il se tourna vers ses compatriotes comme pour leur demander leur avis.

Ceux-ci avaient écouté en silence les déclarations de l'étranger et, comme le vannier, ils pensaient que l'homme au manteau de pourpre avait dit vrai et qu'il ne nourrissait, ainsi que ses compagnons, aucune intention mauvaise à l'égard de Lutèce et de ses habitants.

Pourtant ils dirent :

— Conduisons-les devant Galohin ; c'est notre doyen et notre chef, lui seul décidera.

— Vous avez raison, approuva Varogat.

Et se tournant vers l'étranger :

— Galohin est le plus vieux de la tribu des Parises. Les ans lui ont donné la sagesse et nous ne faisons rien sans le consulter. Aussi allons-nous te conduire vers lui et il décidera si nous devons te recevoir dans notre pays ou t'engager à retourner en arrière. Viens.

— Et mes camarades ? interrogea le Ligure.

— Ils vont demeurer ici.

— C'est bien ; je te suis ! répondit l'homme au manteau de pourpre.

Et s'étant tourné vers ses compagnons, il leur parla dans la langue harmonieuse et chantante qui était l'idiome de leur pays, leur faisant part sans doute de ce qui venait d'être décidé.

Les étrangers lui répondirent; mais le Ligure les ayant rassurés du geste suivit Varogat.

— Mes camarades me disaient de me méfier de toi, dit le Ligure au vannier tout en cheminant à ses côtés, mais je les ai rassurés et, tu le vois, je te suis sans crainte.

— Et tu as raison, répondit Varogat; les Parises sont jaloux de leur pays, mais ils ont le cœur droit et ne frappent jamais par traîtrise.

Cependant on était arrivé devant la hutte du vannier.

Le vieux Galohin était sorti de sa demeure et, assis sous l'auvent, non loin de sa petite-fille et de quelques Parises accourus, il regardait venir la troupe qui s'avançait vers lui.

— Père, fit Varogat, quand ils furent parvenus devant la hutte, voici un étranger qui demande à entrer dans Lutèce pour échanger les produits de son pays contre ceux de notre sol.

Le vieillard fronça le sourcil et considéra longuement le Ligure.

— Ton pays, dit-il enfin, est donc bien pauvre pour que tu n'y puisses vivre? Il ne suffit donc point à tes besoins que tu coures ainsi le monde?

Mais le Ligure releva fièrement la tête :

— Mon pays, fit-il, est le plus beau qui soit sous les cieux car c'est le pays de la lumière et du soleil, et ma terre est la plus fertile et la plus féconde qui soit car elle porte des fruits dont vous n'avez nulle idée. Nos moissons

couvrent la plaine, si hautes qu'un homme peut s'y
abriter ; et nous avons l'olive dont nous tirons l'huile qui
semble une liqueur d'or ; et nous avons la figue qui est un
fruit délicieux ; et nous avons la vigne qui produit le vin,
la pure essence du soleil. Ah ! ne dis pas, vieillard, que
mon pays est le plus pauvre de la terre car, en vérité, c'est
le sol de l'abondance et de la fertilité.

— Alors, pourquoi l'as-tu quitté ? fit Galohin.

— Pour m'instruire. Le monde est grand et j'ai voulu
connaître les pays où le soleil se couche. Je suis parti à
l'aventure, remontant les fleuves et traversant les forêts.
Mes barques sont pleines de vin, de figues et d'huile que
je porte chez les peuples qui en sont dépourvus, et partout
je ne trouve que des amis.

— Les Parises n'ont besoin ni de ton vin, ni de tes
figues, ni de ton huile. Notre sol pourvoit à tous nos
besoins et la sagesse nous enseigne qu'il faut nous
contenter de ce qui est à la portée de notre main.

Le Ligure baissa la tête.

— Alors, dois-je retourner sur mes pas ? demanda-t-il.

Varogat prit la parole :

— Père, dit-il, l'étranger qui vient frapper à la porte
des Parises n'est pas un ennemi et l'on doit lui faire place
au foyer. Allez-vous renvoyer ainsi cet homme ?

Cependant la foule accrue de toutes les femmes, de
tous les enfants, de tous les vieillards de Lutèce, avait
écouté silencieusement l'étranger et l'énumération des
trésors de son pays.

Les paroles de Varogat encouragèrent la foule et elle
cria :

— Oui ! oui ! qu'il reste ! L'étranger est le bienvenu !

Le regard de Galohin s'assombrit.

— Vous le voulez ? fit-il. Qu'il soit fait selon votre volonté, puisque vous n'entendez plus la voix de la sagesse que les années ont mise au cœur du vieillard.

Et il laissa retomber son front dans ses mains.

Varogat se tourna vers le Ligure.

— Voici ma maison, dit-il, elle est la tienne.

Et l'homme au manteau de pourpre pénétra dans la demeure du vannier, tandis que les Parises en foule se portaient vers la rive pour annoncer aux Ligures qu'ils étaient désormais les hôtes de Lutèce.

IV

Cependant le Ligure avait partagé le repas du vannier et, tandis que le vieux Galohin était demeuré silencieux et sombre, de nouveau il avait raconté les merveilles de sa patrie. Puis, pour faire honneur à son hôte, il avait envoyé chercher dans sa barque des figues et du vin.

Irca avait écouté l'étranger, et son âme vagabonde l'avait suivi attentivement tout au long du voyage merveilleux qu'il venait de faire depuis les mers lointaines et bleues où se dressent les îles d'or.

Car le Ligure avait raconté ses voyages. Il n'avait pas parlé seulement de tout ce qu'il avait vu au travers des Gaules, mais aussi dans des pays bien plus lointains encore, entre autres chez les Latins, là-bas, au delà des monts couverts d'éternelles neiges, chez les Latins qui construisaient des maisons de marbre et qui mangeaient dans de la vaisselle coulée dans l'or fin.

Aussi quand le Ligure eut regagné la barque où son lit était dressé, Irca, songeant à ces pays de miracle et d'éblouissement, fut longtemps avant de pouvoir trouver le sommeil sur sa couche faite de peaux de bêtes.

Sa pensée s'emplissait d'une admiration sans bornes pour l'étranger à qui les divinités avaient permis de contempler de telles merveilles.

Or, le lendemain, au lieu de mener paître son troupeau au bord des prairies qui s'étendaient sur la rive droite du fleuve, elle se dirigea vers les collines méridionales et traversant le petit pont de bois, elle jeta ses regards du côté de la barque des Ligures, sans doute avec la vague espérance d'apercevoir le bel étranger.

Mais l'homme au manteau de pourpre n'était pas là. Seuls, ses compagnons étaient occupés à dresser une tente de toile brune sur la grève.

N'était-ce pas la preuve que les Ligures avaient l'intention de séjourner quelque temps à Lutèce. Et Irca s'en réjouit.

Mais aussitôt elle eut honte de cet involontaire mouvement de joie. Elle pensa à Belovix qui voguait vers les rives d'Armorique, et elle tourna la tête vers l'endroit où le hardi batelier amarrait ses barques. La place était vide, bien qu'on pût encore la reconnaître aux pieux enfoncés dans le sable, et elle soupira.

Cependant, la pensée de l'étranger la hantait. Elle avait beau évoquer la blonde silhouette de son fiancé, c'était toujours et sans cesse le Ligure qui revenait à son esprit, avec son visage brun, ses cheveux d'ombre et son regard aux flammes ardentes.

Et soudain, vers la cinquième heure du jour, alors

qu'elle était assise sur le versant de la colline et songeait à cet étranger vêtu de pourpre qui avait parcouru les somptueuses cités de marbre, tout à coup elle le vit devant elle.

Ses jambes nues et musclées étaient chaussées de brodequins de cuir ; il était revêtu d'une tunique de lin ; un carquois garni de flèches battait son flanc, et sa main tenait un arc long et flexible. Sur ses épaules, il portait un jeune loup qu'il venait de tuer dans la forêt voisine.

Il s'arrêta devant la jeune fille et, d'une voix très douce, lui demanda :

— N'es-tu point la fille de mon hôte ? Il me semble te reconnaître pour t'avoir vue hier dans la maison du chef des Parises.

— En effet, fit Irca rougissante d'émoi. Et toi, tu es l'étranger débarqué hier à Lutèce.

— Mon nom est Flavius ! répondit le Ligure.

Et son regard interrogea la jeune fille.

— On me nomme Irca et je suis fille de Varogat, le vannier, et petite-fille de Galohin.

— Alors puisque je suis ton hôte, continua le Ligure, tu me permettras bien de me reposer un instant à tes côtés.

— Tu es chez toi dans toute la terre des Parises.

Flavius s'assit sur le gazon auprès de la jeune fille. Un instant il se tut, admirant le paysage qui s'étalait à ses pieds, le fleuve se tordant dans la verdure comme une immense couleuvre argentée, les dix îles, semblables à une flottille descendant le courant, puis la plaine verdoyante, les marais miroitant au soleil et, comme cadre au tableau, les sombres forêts de chênes.

— C'est un beau pays que le tien ! fit enfin le Ligure rompant le silence.

— Dans tes voyages, tu as dû en voir de plus beaux, répondit Irca.

— Certes ! Mais ce que je n'ai jamais vu, c'est une aussi belle jeune fille que toi !

Irca rougit et détourna la tête pour que le Ligure ne pût s'apercevoir de son émotion.

Pourtant elle répondit :

— Cependant, les filles de ton pays...

— Elles sont belles aussi ; leur teint semble du lait et leur chevelure a la couleur de la nuit ; leurs yeux sont très noirs aussi ; mais toi, tes cheveux ont le reflet doré des moissons, tes yeux semblent découpés dans l'azur du ciel ligure et ton teint est celui des fleurs qui poussent aux bords de la mer intérieure. Les Latins ont une divinité qui est blonde et rose comme toi, et c'est la Déesse de l'amour.

A ces paroles, Irca se sentait frémir toute. Jamais Belovix, le dur batelier, ne lui avait dit des mots d'une telle douceur et, ravie, elle écoutait, pensant rêver.

Le Ligure poursuivit :

— De telle sorte que si tu venais dans mon pays, te prenant pour Vénus, la fille de nos flots bleus, les poètes chanteraient ta beauté et tes charmes.

— Les poètes ? interrogea Irca.

— Ignorerais-tu ce que c'est que la poésie ; les Parises n'ont donc pas de poètes ?...

— Non ! et je ne sais...

— Les poètes, expliqua Flavius, sont des hommes inspirés par les divinités qui leur ont appris leur langage.

Ils savent trouver des mots très doux et leurs discours sont comme une musique. Quand ils chantent, on croit voir s'entr'ouvrir les fleurs les plus belles, on pense respirer les parfums les plus suaves, on est transporté dans un monde divin, car les poètes ne chantent que l'amour et ses bienfaits.

— Cela doit être bien beau ! s'exclama Irca transportée.

— C'est sublime ! D'ailleurs écoute :

Et le Ligure chanta.

Irca l'écouta en extase, et quand il eut fini :

— Oh ! chante, chante encore !

Mais le Ligure sourit :

— Ton âme pressent la beauté immortelle dont les Dieux ont permis à l'homme de porter l'image en son cœur. Cette beauté, il essaye à grand peine de s'en approcher. Mais la femme est plus proche que lui, sans doute, de la Divinité, car elle saisit mieux que nous ce que notre bouche balbutie. Maintenant, il faut nous séparer. Assez de chants aujourd'hui. Le soleil est déjà haut dans le ciel et mes compagnons me sachant seul dans ces forêts immenses pourraient s'inquiéter de mon absence.

— Ah ! comment pourrai-je vivre, soupira Irca, maintenant que tu m'as fait goûter ces joies que j'ignorais !... Je ne te connais que depuis quelques heures et déjà tu m'as révélé tant de choses : ton pays, son soleil, son azur, sa mer et ses chants...

— Eh bien ! viens avec moi au pays des Ligures et toutes ces merveilles resplendiront pour toi.

Irca baissa la tête.

— Hélas ! soupira-t-elle.

Mais le Ligure, ne comprenant point tout ce qu'avait de douloureux ce soupir de la jeune fille, rechargea son louveteau sur ses épaules et d'un pas léger descendit la colline.

V

Huit fois le soleil s'était levé depuis que les Ligures avaient débarqué à Lutèce, et chaque jour, — par simple effet du hasard, peut-être, — soit sur les flancs des collines méridionales, soit sur le bord des marais argentés ou à la lisière des sombres forêts de rouvres, Irca et Flavius s'étaient rencontrés et longuement avaient échangé leurs pensées.

Irca ne résistait plus à la joie nouvelle qui envahissait son âme. Sa pensée était pleine de l'étranger, et le souvenir de Belovix s'effaçait lentement de son cœur, comme la trace des pas s'efface sur le sable mouvant des grèves.

Flavius parlait de son pays et Irca l'écoutait, ravie, ne pensant plus qu'à une chose : le suivre sur sa barque latine et fuir loin, bien loin, là-bas, dans ces pays de soleil et d'azur où les fleurs sont si éclatantes, si parfumées et où les hommes savent parler une langue si douce.

Or un soir, comme Irca et Flavius s'étaient rencontrés dans la plaine et que, s'étant attardés, ils revenaient côte à côte vers Lutèce, au moment où ils allaient traverser le pont de bois, un homme se dressa tout à coup devant eux.

Irca tressaillit car elle venait de reconnaître Belovix.

Le batelier se planta devant le couple et croisant ses bras forts et musclés sur sa poitrine :

— Allons ! fit-il, on ne m'avait point trompé et il est bien vrai que l'étranger a pris ma place !

La jeune Parise manqua défaillir. Tout soudain elle retombait du haut du rêve où elle planait depuis huit jours et comprenait combien grandes avaient été sa faiblesse et sa faute.

Cependant, ignorant quel était cet homme qui se dressait ainsi devant ses pas, le Ligure fit un geste pour l'écarter de sa route.

Mais Belovix s'avança vers lui.

— Arrière, étranger ! cria-t-il, et maudit soit celui qui abrite de mauvais desseins sous le toit de son hôte.

Flavius bondit sous l'insulte, d'autant plus cinglante qu'il la sentait imméritée.

Aussi, faisant un pas en arrière :

— Misérable ! répondit-il ; et sa main saisit un javelot dans le carquois qui pendait à son côté.

— Arrête ! dit Irca frémissante, arrête, c'est mon fiancé !

— Ton fiancé ! cet homme ?...

Le visage brun du Ligure devint livide ; ses yeux parurent lancer des éclairs et tout son corps frémit comme la flèche qui s'enfonce dans le tronc du chêne.

— Ton fiancé ! répéta-t-il.

Mais Belovix poursuivit :

— Ah ! tu l'ignorais ! Oui, Irca avait un fiancé, un pauvre et crédule batelier qui, confiant dans la foi jurée et dans l'honneur d'une Parise, était parti vers les rives

lointaines, insouciant du danger qu'il courait et tout à
l'espoir du retour prochain. Mais la Parise, pendant ce
temps, oubliait ses serments et laissait un autre s'enivrer
de la fleur de son amour. En sorte que je me demande
quel est le plus coupable de toi ou d'elle, et qui mon bras
doit châtier.

— L'homme qui insulte une femme est considéré
comme un lâche dans mon pays, cria Flavius.

— Et celui qui vole son hôte, dans le mien, est considéré comme un bandit, riposta Belovix.

— Ah ! tu m'insultes et tu es son fiancé ! Ce sont deux
raisons pour que tu meures !...

— Allons ! défends ta vie et que Camul, le génie des
guerriers, décide entre nous.

Belovix à ces mots tira le couteau à large lame de fer
qui, dans sa gaine de cuir, pendait à sa ceinture. Flavius,
pour se défendre, n'avait que ses javelots ; mais bientôt
les deux hommes s'étreignaient et l'on n'entendit plus
que le froissement de leurs muscles également vigoureux
et le sifflement rauque, haletant de leur souffle.

Irca se tordait les mains de désespoir. Sans voix pour
appeler au secours, elle assistait, muette et angoissée, à
cette lutte dont elle était la cause.

Les deux hommes luttaient, luttaient désespérément
et déjà le sang perlait sur leurs membres ruisselants de
sueur. Ils s'étreignaient, râlant, et leurs membres noueux
se mêlaient, se tordaient, ne faisant qu'un seul corps.

Enfin Belovix roula à terre. De son genou, le Ligure
écrasa la poitrine de son ennemi et son javelot s'enfonça
dans la chair blonde et rose du Parise.

Belovix était mort.

— Malheureux ! qu'as-tu fait ?... cria Irca quand elle vit Flavius triomphant se dresser près du cadavre inerte de son adversaire.

— Il t'aimait ! répondit le Ligure.

— Il était mon fiancé ! Ma foi lui appartenait !

— L'aimais-tu ?

Irca baissa la tête et répondit, mais si bas, que le cœur plutôt que l'oreille du Ligure l'entendit :

— Non !

Puis soudain :

— Il faut fuir, dit-elle ; si les Parises s'apercevaient que tu as tué un des leurs, ils te tueraient toi et les tiens !

— Mais toi ? interrogea Flavius.

Irca se tut.

— Allons ! reprit le Ligure, puisque c'est moi que tu aimes, viens, fuyons ensemble ! Que ma barque nous emporte vers mon pays dont tu seras la fée.

La nuit était venue ; l'ombre s'étendait sur Lutèce ; le brouillard montait des marais ; le calme pesait sur la nature, à peine troublé par le vol lourd des hérons et des cygnes.

Irca hésita un instant, puis relevant la tête :

— Allons ! fit-elle enfin.

Et elle suivit Flavius.

. . . .

Le lendemain matin les Parises trouvaient sur la grève le cadavre ensanglanté de Belovix. Les Ligures étaient partis, et le guetteur de nuit raconta qu'il avait cru voir dans leur barque se détacher la blonde silhouette d'une jeune fille.

Et le vieux Galohin, en apprenant ces nouvelles, hocha sa tête blanche.

— Maudits soient ceux qui ont laissé les étrangers aborder dans Lutèce, gémit-il ; ils ont tué un des nôtres, ils ont enlevé ma fille, mais ils ne s'arrêteront pas là. Je vous le prédis, un jour ces hommes reviendront car ils ne savent pas se contenter des bienfaits que les divinités ont placés à portée de leurs mains. Alors ils détruiront vos chaumières, ils tueront vos femmes et vos enfants, ils vous chasseront de votre pays et c'en sera fait des Parises et de toute la Gaule... Mais moi, je ne verrai pas ces choses !

Et les habitants de Lutèce frémirent, car ils pensaient :

— Ésus a mis la sagesse dans le cœur des vieillards et Galohin voit l'avenir. Malheur à nous qui avons laissé l'étranger aborder dans notre île.

VITALIS ET BARBARA

IVᵉ SIÈCLE

3

VITALIS ET BARBARA

Sous l'étincelant soleil d'une lumineuse matinée d'août, les arènes de Lutèce regorgeaient de monde. Sur les gradins circulaires, abrités par un immense velum de pourpre tyrienne que soutenaient des piliers de bois peints de couleurs éclatantes, dix mille spectateurs attendaient en frémissant d'impatience le commencement du spectacle. Aux premiers rangs étaient placés les graves magistrats d'abord, les curiales ensuite, puis les soldats, et en haut le peuple, hommes, femmes, enfants accourus pour voir les jeux.

C'est que le programme promettait de surpasser en merveilles tout ce qui avait été fait jusqu'à ce jour.

Il est vrai que le motif de ces fêtes n'était pas de minime importance. On célébrait le retour triomphal de la légion parisienne qui revenait victorieuse des bords du Rhin où elle avait repoussé les hordes allemanes.

Dès le matin, précédé de ses licteurs et suivi des flamines, des curiales et des magistrats, le préfet de

Lutèce, Encus Lentulus, s'était porté au-devant des troupes par la voie du nord où, à la tête du grand pont, un arc de triomphe avait été dressé.

Un immense banquet avait réuni les chevaliers et les centurions dans le palais impérial que César avait ordonné d'ouvrir et de préparer malgré son absence. De leur côté, dans leur camp, sur le versant méridional du mont Lucotetius, les légionnaires avaient largement festoyé.

Et maintenant c'étaient les jeux aux arènes.

On avait annoncé un combat entre un myrmidon et un rétiaire fameux que l'on avait fait venir tout exprès de Rome. Puis deux andabates lutteraient. Il devait y avoir aussi des belluaires et enfin, pour finir, des prisonniers seraient livrés aux bêtes.

Depuis longtemps on n'avait donné à Lutèce un aussi beau spectacle.

C'est que la ville des Parisiens n'était encore qu'une modeste cité de la Province Lugdunaire et, bien que Constance le Pâle, César Auguste, eût fait construire un palais somptueux où parfois il daignait venir passer la mauvaise saison, on n'y voyait point s'y étaler le faste des importantes villes de la Gaule romaine telles que Lyon, Trèves, Nîmes, Autun, Bordeaux ou Arles.

Aussi des jeux si exceptionnels avaient-ils attiré au cirque une foule innombrable.

C'était à quelque distance de la ville, sur la rive gauche du fleuve, au penchant des collines qui regardent le levant, tout près du quartier des soldats, que s'élevaient les arènes.

D'une architecture assez simple et telles qu'il convient

à un humble municipe elles se composaient d'un édifice découvert, de forme arrondie avec une enceinte ovale propre aux luttes de gladiateurs comme aux courses de char. Autour de cette enceinte se trouvaient des rangs étagés de gradins de pierre. Trois cages, au-dessous, ouvraient leurs portes béantes, prêtes à livrer passage aux tigres et aux lions que des grilles de fer séparaient des spectateurs. Au nord, un aqueduc amenait l'eau pour les naumachies.

. Mais ce jour-là le programme ne comportait aucune fête nautique. Les cages étaient pleines de fauves dont les rugissements excitaient l'impatience, la terreur et la joie des spectateurs.

Cependant Encus Lentulus, préfet de Lutèce, vêtu de la toge consulaire, parut dans la loge impériale. Aussitôt une immense clameur le salua. Il prit place et fit asseoir auprès de lui un jeune homme à l'allure virile, beau comme un jeune dieu et vêtu d'une chlamyde de pourpre sous laquelle brillait une cuirasse d'écailles d'or. Son front était couvert d'un casque d'argent et une large épée battait son flanc, suspendue à un baudrier étincelant de pierreries.

Ce jeune homme était Vitalis, fils du préfet de Lutèce, et centurion dans la légion parisienne.

Encus Lentulus fit un signe et aussitôt les jeux commencèrent.

Sortant par deux portes opposées, deux gladiateurs se dirigèrent l'un contre l'autre. C'étaient un myrmidon et un rétiaire. Le premier était vêtu d'une tunique verte serrée à la taille par une ceinture de cuivre. Sa jambe droite était chaussée d'une bottine de bronze et un casque d'airain lui cachait entièrement le visage. Il portait au bras gauche un bouclier rond et sa main droite balançait un javelot.

Le rétiaire, par contre, était presque nu. Il tenait de la main droite le filet auquel il devait son nom, et de la gauche un long trident à manche d'érable et à pointe d'acier.

C'était une lutte fort émouvante que celle de ces gladiateurs si différemment armés, et le public suivait haletant les efforts du myrmidon cherchant à frapper son adversaire tout en évitant le terrible filet dans lequel il devait trouver la mort.

Enfin, après un long combat, une poursuite acharnée, le myrmidon se trouva pris sous le filet du rétiaire et le vainqueur se tourna vers la foule.

Mille poings se tendirent, le pouce abaissé : c'était la mort. Le rétiaire enfonça son trident dans la gorge du myrmidon qui expira sans pousser une plainte.

Alors, tandis que couronné de lauriers, le vainqueur quittait l'arène, des esclaves emportèrent le cadavre, ratissèrent le sable et les jeux reprirent.

C'était le tour des andabates, et des cris de joie saluèrent les arrivants, car après les émotions de tout à l'heure, les andabates allaient se charger d'amuser la foule.

Complètement nus, les deux nouveaux combattants avaient la tête enfermée dans un casque sans ouverture. Ils étaient armés d'une large épée à deux tranchants et, aveuglés par leur casque, ils devaient ainsi combattre sans se voir. Aussi rien n'était plus divertissant que de regarder ces athlètes fouillant l'air de leur épée et se cherchant à travers l'arène en se portant de grands coups qui ne rencontraient que le vide.

Cependant, guidés par les cris de la foule, les andabates finirent par se trouver face à face. Alors, l'un des deux, d'un terrible moulinet de son épée bien affilée, trancha la tête de son adversaire et la lutte burlesque se termina dans le sang.

De nouveau les esclaves envahirent l'arène dont ils ratissèrent le sable ensanglanté.

Alors parurent des belluaires et l'une des trois cages s'ouvrant laissa s'échapper deux superbes lions de Numidie.

Mais ce n'était là qu'un simple intermède et la foule désirait de plus violentes émotions. Ce qu'elle attendait impatiemment, c'était le spectacle des prisonniers livrés aux bêtes.

Aussi, quand les belluaires eurent à leur tour quitté l'arène et que les deux lions numides, fatigués, eurent regagné leur cage, chassés par les esclaves qui les fustigeaient à coups de lanière, la foule poussa une clameur enthousiaste en voyant s'ouvrir une des portes de l'arène et sortir une dizaine de prisonniers.

Mais tout à coup les cris de joie se turent et un murmure de stupeur s'éleva dans le cirque. La foule venait de reconnaître parmi les prisonniers livrés aux bêtes, Siléas Epigoner, le chef élu de la corporation des nautes parisiens.

D'ailleurs, au même instant, malgré les licteurs qui gardaient la loge impériale, une femme s'élançait et, se précipitant aux pieds de Encus Lentulu s, criait :

— Grâce ! Grâce !

Le préfet fronça le sourcil.

— Quelle est cette femme ? gronda-t-il ; que nous veut-elle ?

Mais déjà le fils du préfet, le jeune centurion Vitalis, avait relevé la suppliante.

— Toi, Barbara ! toi ! fit-il, tout surpris.

— Ah ! Vitalis ! implora la jeune fille.

Et une flamme d'espérance passa dans ses yeux éplorés.

Mais le centurion reprit :

— Que viens-tu faire ici ? Et quelle est cette grâce que tu demandes ?

— Vois ! fit la jeune fille en désignant au jeune officier le groupe des prisonniers au milieu de l'arène.

— Ton père ! Le noble Siléas Epigoner parmi les criminels qui vont être livrés aux bêtes !...

Et Vitalis se tourna vers son père comme pour l'interroger.

Mais Encus Lentulus hocha la tête :

— C'est un « Bagaude » ! Il a conspiré contre l'autorité romaine. Il faut que justice soit faite !

— Non ! Non ! cria la jeune fille. Grâce pour mon père ! Siléas Epigoner est fidèle à César Auguste ! Siléas Epigoner n'a pas conspiré contre l'État !

— Vous l'entendez, mon père ! dit Vitalis, et n'avez-vous pas peur de condamner un innocent !...

Cependant la foule attentive suivait, anxieuse, le drame qui se déroulait dans la loge impériale et si elle ne pouvait entendre les paroles qui s'y prononçaient, du moins elle comprenait que la vie du chef élu des nautes parisiens était en jeu.

Et tout à coup une clameur s'éleva, partant des hauts gradins du cirque.

— Grâce ! grâce pour Siléas Epigoner !

— Vous entendez, mon père ! reprit alors Vitalis ; ce sont les Parisiens qui réclament la vie de leur compatriote. Ne craignez-vous pas, en la refusant, de mécontenter tout un peuple et de desservir la cause romaine ?...

— Mais cet homme est coupable ! répondit le préfet.

— Il est innocent ! répéta Barbara en se tordant les mains.

— Du moins, a-t-on instruit son procès ? Lui a-t-on donné le temps de se défendre ?

— Non ! s'exclama la jeune fille. On l'a arrêté hier dans sa demeure et aujourd'hui on le livre aux bêtes.

— Oh ! mon père ! dit le centurion, que Jupiter me garde de juger votre administration, mais agir aussi rapidement, n'est-ce pas outrepasser les ordres de César Auguste ?...

Encus Lentulus ne répondit rien ; mais au bout d'un instant il fit un geste, un licteur s'avança et bientôt on vit les esclaves séparer Siléas Epigoner du groupe des prisonniers et le faire sortir de l'arène par la porte Sana Vivaria.

— Gloire à César ! cria la foule ; gloire à Encus Lentulus !

Cependant, brisée par l'émotion, anéantie par la joie, la jeune fille venait de s'évanouir.

Et comme le préfet demandait à son fils :

— Pourquoi avez-vous plaidé si chaudement la cause de cette jeune fille ?

— Parce que je l'aime ! répondit Vitalis.

II

Siléas Epigoner était un homme riche et puissant.

Au temps, lointain déjà, où Rome n'avait pas encore mis son pied d'airain sur la tranquille Lutèce, les ancêtres de Siléas remontaient et descendaient la Seine sur leurs barques légères et lui-même se vantait d'être un Gaulois de pure race et de n'avoir dans les veines aucune goutte de sang des conquérants.

Comme ses aïeux, il était batelier. Mais grâce à ses richesses, il ne conduisait pas lui-même ses embarcations et c'étaient des gens à son service qui dirigeaient ses barques innombrables et qui portaient en amont comme en aval du fleuve le renom et la puissance de Siléas Epigoner.

Comme il était le plus notable et le plus puissant d'entre eux, les nautes parisiens l'avaient élu comme chef de leur corporation.

De plus, il avait reçu le rang de curiale et mieux que personne il s'entendait à défendre devant l'autorité romaine les intérêts de sa chère Lutèce.

C'était un homme considérable.

Sa villa s'élevait sur la rive droite du fleuve dans le faubourg du Nord, sur la route qui conduisait de Lutèce à Cela; car, depuis longtemps, les Parisiens trop resserrés dans l'île qui fut leur berceau avaient construit leurs demeures sur l'une et l'autre rives du fleuve.

Il possédait encore une autre villa, là-bas, au loin, sur la colline crayeuse où s'élevait le temple du Dieu de la guerre et que, pour cela, on nommait le mont de Mars.

Sa richesse était très grande, ses esclaves innombrables et ses clients fort nombreux. A cause de sa fortune, de sa puissance et de l'influence qu'il avait sur la population parisienne, le préfet le craignait, et César Auguste, l'imperator Constance le Pâle, ne dédaignait point de l'inviter à sa table quand il venait passer la mauvaise saison dans son palais des Thermes.

Comment un homme occupant une aussi haute situation avait-il pu être livré aux bêtes ainsi qu'un vulgaire bandit, et que signifiait cette accusation portée contre lui, qu'il était un « Bagaude » ?

Quelques centaines d'années auparavant, c'est-à-dire vers l'an 1026 de la fondation de Rome, des paysans gaulois s'étaient révoltés contre les Romains conquérants dont les exactions les avaient poussés à bout, et eux-mêmes s'étaient donnés le nom de Bagaudes, du mot celte « Bagad » qui voulait dire « libre ».

Sous la conduite d'Œlianus et d'Amandus ils parcoururent les Gaules en réclamant leurs droits à la liberté.

La métropole s'émut, et l'empereur Maximien partit en guerre contre eux ; il les rejoignit non loin de Lutèce, au confluent de la Seine et de la Marne et les tailla en pièces.

Cent ans environ s'étaient écoulés depuis cette sanglante bataille mais l'esprit de révolte couvait encore dans les Gaules.

Si les Bagaudes ne se réunissaient plus en armée pour lutter, front à front contre leur ennemi ils formaient encore une sorte de fédération mystérieuse dont les membres se reconnaissaient à des gestes secrets et ils n'attendaient que le moment favorable pour se soulever contre les préfets impériaux qui ne savaient que piller les Gaules, sans avoir le courage de les défendre.

Faire partie de cette mystérieuse association, c'était le crime dont Siléas Epigoner était accusé. « Bagaude » ! ce seul titre conduisait un homme aux gémonies ! Et c'est pour être accusé de Bagaudie que le chef des nautes allait être livré aux bêtes.

Or, Siléas Epigoner était-il réellement coupable de rébellion envers l'autorité romaine ?

Un homme l'en avait accusé ; cet homme était l'affranchi Sigwid. Au cours des guerres contre les hordes transrhénanes, Sigwid, encore enfant, avait été fait prisonnier et amené à Lutèce.

Après avoir ramé en qualité d'esclave sur les barques de Siléas Epigoner, Sigwid s'étant fait remarquer par son intelligence et son esprit sérieux avait reçu l'affranchissement.

Dès lors la fortune de Sigwid avait grandi rapidement.

D'abord il avait frété quelques barques et commercé avec les villes voisines; puis il avait fondé un comptoir à la pointe orientale de l'île, non loin du temple de Jupiter. Enfin il s'était retiré des affaires, habitait une villa somptueuse au penchant du mont Lucotetius, donnant de grands festins auxquels il invitait le préfet de Lutèce dont il était un des intimes familiers.

En somme, l'affranchi Sigwid devait la haute situation qu'il occupait dans Lutèce à son ancien maître qui avait brisé ses chaînes d'esclave. Et c'était précisément Sigwid qui l'avait trahi, l'accusant du plus grand des crimes que pouvait commettre un Gallo-Romain !

Quel motif avait bien pu pousser l'affranchi ?

C'est que Siléas Epigoner avait une fille, la jeune et belle Barbara. Quand le chef des nautes vantait son origine gauloise, s'il trouvait quelque incrédule, il n'avait qu'à lui montrer Barbara pour lui prouver qu'aucun globule de sang romain ne coulait dans les veines de la vieille race des Epigoner.

Barbara avait dix-sept ans. Blonde comme les moissons d'août, avec ses yeux de pervenche, son teint lilial et sa taille haute et flexible comme les joncs qui parsemaient les rives du fleuve, Barbara était bien la fille des antiques Parises d'avant la conquête, la sœur de ces belles filles de la primitive Lutèce, qui menaient leurs troupeaux au bord des marais où s'élevaient maintenant de somptueuses villas, et sur le flanc du coteau où se dressait l'orgueilleux palais impérial.

Et l'affranchi Sigwid avait fait ce rêve de devenir l'époux de Barbara.

Seulement, comment penser que Siléas Epigoner donnerait jamais sa fille à un ancien esclave qu'il avait arraché de son banc de rameur ? Sigwid n'était pas assez fou pour le croire, et pourtant, à tout prix, il lui fallait Barbara qui était si belle et si riche aussi !

Or un soir qu'il flânait sur le port des nautes, du côté du temple de Jupiter, tout à coup une conversation entre deux bateliers lui fit prêter l'oreille. Il était question de Siléas Epigoner et les deux hommes parlaient à voix basse, dans l'ombre.

L'un d'eux racontait à l'autre qu'il arrivait d'Armorique et que là, le patron de la barque qu'il montait s'était abouché avec des Bretons des îles, notoirement connus pour des Bagaudes militants, puis qu'à son retour à Lutèce, il s'était longuement et secrètement entretenu avec Siléas.

Le cœur de l'affranchi sursauta dans sa poitrine car, tout de suite, en son âme fourbe et basse, il venait d'entrevoir la réalisation possible de son rêve orgueilleux.

Sans perdre une minute il s'éloigna de la colonnade du temple de Jupiter où il s'était dissimulé pour surprendre la conversation des deux bateliers, et tournant l'angle du palais curial il traversa le forum désert à cette heure et pénétra dans le palais du préfet, à la pointe occidentale de l'île.

Encus Lentulus était dans le triclinium. Il venait de recevoir un courrier lui annonçant que la légion parisienne ayant terminé sa campagne sur les bords du Rhin allait revenir à Lutèce et, tout à la joie de revoir son fils Vitalis absent depuis de longs mois, le préfet de Lutèce, couronné de roses, fêtait cette bonne nouvelle en compagnie de quelques amis fidèles.

En voyant apparaître l'affranchi, il l'accueillit, le sourire aux lèvres.

— Que les dieux soient loués, Sigwid, car tu arrives fort à propos pour partager notre joie.

Puis, s'adressant à un esclave :

— Allons, enfant, ceins le front de notre ami d'une couronne de myrthe et qu'on vide une amphore.

Mais Sigwid mit un doigt sur sa bouche et, d'un ton grave :

— Je voudrais te parler, Encus Lentulus.

— Peste de l'importun ! s'exclama le préfet, et que les divinités infernales t'étouffent si tu viens nous entretenir de choses sérieuses dans un moment qui n'est consacré qu'à la joie du retour prochain de mon fils !

— Il s'agit du salut de l'Empire et de la paix de la province.

Encus Lentulus pâlit et, se levant du lit où il était mollement étendu, il tira l'affranchi à l'écart.

— Parle ! ordonna-t-il.

— Les Bagaudes s'agitent ! proclama Sigwid.

Mais le préfet haussa les épaules.

— Ils sont morts depuis plus de vingt lustres ! l'empereur Maximien les a tous anéantis.

— Il en est resté !

— Oui, en Armorique, ou dans les Bretagnes galliques, de l'autre côté de la mer.

— Et si je te disais qu'ils correspondent avec les Parisiens !

— C'est impossible !

— Tu connais Siléas Epigoner ?

— Certes ! Il est des amis de César Auguste.

— Crois-tu qu'il aime les Romains ?

— Mais...

— Ne sais-tu pas qu'il proclame partout qu'il est de pure race gauloise et qu'aucune goutte de sang latin ne coule dans ses veines ?

— Orgueil de race !

— Que non pas ! Patriotisme ! haine du conquérant civilisateur ! Siléas Epigoner est un Bagaude ! Et la preuve, c'est que l'un de ses pilotes, en Armorique, s'est abouché avec des Bagaudes avérés. Pour quelle cause, sinon pour quelque révolte de Gaulois indomptés ?

— Serait-il vrai ! dit Encus Lentulus.

4

— Je le jure !

— Que faire ?

— N'es-tu pas le maître de Lutèce !

— Si ! Mais Epigoner est puissant !

— Alors, tu as peur de lui ?

— Moi !

Et le préfet fit un geste.

Un questeur s'avança.

— De suite, ordonna Encus Lentulus, qu'on aille saisir dans sa villa Siléas Epigoner et qu'on l'enferme à la prison.

Et fier d'avoir montré toute son autorité, le préfet de Lutèce revint s'asseoir au triclinium, tandis que, se frottant les mains, l'affranchi songeait :

— Et maintenant, Barbara sera à moi !

III

Dans la loge impériale où le préfet l'avait invité à venir assister aux jeux, Sigwid avait été témoin du désespoir de Barbara et de ses supplications.

Quand il avait vu Encus Lentulus accorder un délai à Siléas Epigoner, l'affranchi avait frémi de rage ; mais quand il avait entendu Vitalis avouer à son père son amour pour Barbara, alors un violent désespoir s'était emparé de tout son être.

Ainsi, il avait un rival ! Un homme aspirait à la main de la jeune Parisienne et cet homme était le centurion Vitalis, le fils du préfet de Lutèce !

Comment oser lutter contre lui! A quoi lui servait d'avoir accusé le chef des nautes du crime de bagaudie ?

Sûrement, tout à l'heure, Vitalis finirait par convaincre son père de l'innocence de Siléas, et son ancien patron serait libre. Alors, la haine du jeune centurion et celle du vieil Epigoner retomberaient sur sa tête. Qui sait si, pour le châtier, on ne le rattacherait pas à un banc de rameur, la loi étant formelle et l'ingratitude de l'affranchi envers son patron pouvant de plein droit annuler l'affranchissement.

Que faire ?

Tour d'abord, Sigwid quitta la loge impériale et tandis que l'attention du préfet et de sa suite était toute au terrible spectacle qui se déroulait dans l'arène ; tandis que chacun se repaissait férocement du long martyre des prisonniers déchiquetés vivants par les bêtes fauves, il descendit la colline où se trouvait le cirque et par les grandes prairies que traversait la voie du Midi, il gagna les rives de la Seine dont il suivit le cours.

Arrivé à la pointe orientale de l'île, où s'élevait un temple rustique dédié à Bacchus, las de sa course et accablé par les lugubres pensées qui l'assaillaient, il s'assit sur une sorte de cippe brisé. Là, le front dans ses mains, il demeura pensif.

Une voix lui fit dresser la tête :

— Eh bien! Sigwid, est-ce l'heure de la mélancolie, quand Lutèce se réjouit du retour de ses légions victorieuses? Quelle douleur t'empêche de prendre part aux réjouissances publiques, et pourquoi n'es-tu point au cirque, dans la loge d'Encus Lentulus, ton puissant ami ?

Sigwid reconnut le prêtre de Bacchus. C'était un

vieillard vêtu d'une longue robe violette ; sa barbe était
blanche et ses cheveux couronnés de pampre vert.

Depuis longtemps Sigwid le connaissait. Quand il était
esclave, souvent, avec les rameurs, il était venu offrir des
libations au dieu de la vigne et de la joie.

— Salut, Faustus, dit-il en se levant.

Le prêtre s'approcha.

— Ah ! continua-t-il, Encus Lentulus doit être particu-
lièrement heureux du retour de la légion parisienne, car
elle lui ramène son fils bien-aimé, et avant peu, je pense,
le palais consulaire retentira des cris de joie poussés pour
les noces du beau centurion Vitalis.

L'affranchi frémit, tant ces paroles répondaient à ses
pensées les plus secrètes.

Pourtant, il demanda :

— Que veux-tu dire, vieillard ?

Le prêtre hocha la tête.

— Eh quoi ! toi, l'ami de Lentulus et le familier du
palais, tu n'es point au courant des projets du préfet de
Lutèce !

— Non ! répondit Sigwid.

— Eh bien ! sache qu'Encus Lentulus voudrait donner
comme épouse à son fils bien-aimé la belle Julia, fille du
flamine Artifex, prêtre de Jupiter très grand et très bon.

Sigwid tressaillit d'aise à cette nouvelle qu'il ignorait.

Pourtant, il n'en voulut rien laisser paraître.

— Allons, vieillard, fit-il, tu divagues ! car je sais fort
bien que Vitalis aime Barbara, la fille de Siléas Epigoner.

Le prêtre de Bacchus sourit malicieusement.

— Par Bacchus ! penses-tu m'apprendre une nouvelle !
Bien des fois, quand la douce Phœbé sourit dans le ciel

clair, j'ai vu deux ombres s'égarer à travers les peupliers
qui bordent la rive du fleuve et l'âge n'a pas encore assez
éteint mon regard pour que je n'aie pu reconnaître la fille
du chef des nautes et le fils du préfet de Lutèce.

— Eh bien !

— Eh bien ! ne connais-tu pas assez Siléas, toi qui es
son affranchi ? Penses-tu que ce Gaulois donnera sa fille
à un Romain ?

— Siléas adore sa fille ; il n'aura d'autre volonté que
la sienne.

— Alors, tant pis pour toi ! reprit le vieillard, car s'il
en est ainsi, jamais tu n'épouseras la belle Barbara.

A ces mots, l'affranchi se leva, d'un bond. Il s'approcha
du prêtre, lui saisit le poignet et le serrant comme dans
un étau :

— Qui t'a dit ?... gronda-t-il durement.

— Les dieux savent tout et les prêtres sont les confi-
dents des divinités ! répondit le vieillard.

— Alors, tu sais que j'aime Barbara !

— Je sais que tu convoites sa fortune.

— Et tu crois... ?

— Je crois qu'elle épousera Vitalis ; ainsi en ont décidé
les oracles, à moins...

— A moins ? interrogea Sigwid avidement.

— A moins que Vitalis ne soit convaincu de l'infidélité
de Barbara. Seulement la Parisienne aime le centurion et
lui est fidèle.

— Alors, tout est perdu ! Et les dieux sont contre moi !

Le prêtre de Bacchus ricána.

— Les dieux n'aiment pas ceux qui se découragent,
prononça-t-il gravement ; Sigwid ! Sigwid ! tu as déjà

beaucoup fait, pourquoi t'arrêtes-tu en si beau chemin !

— Que veux-tu dire ? fit l'affranchi frémissant.

— N'es-tu plus l'ingénieux Sigwid à l'esprit fécond en ruses ? Quand même Barbara serait fidèle à Vitalis, n'es-tu pas capable de semer le soupçon dans l'esprit du jeune homme et de lui démontrer l'infidélité de sa bien-aimée !

— Que me conseilles-tu ? demanda Sigwid, haletant.

— Écoute !

Et, s'approchant de l'affranchi, le prêtre de Bacchus lui parla à voix basse et à mesure qu'il parlait, le visage de Sigwid s'irradiait de joie et de contentement.

Enfin, quand il eut fini :

— Tu hais donc bien Siléas ? demanda l'affranchi.

— Oh ! oui ! répondit le prêtre d'une voix farouche. Depuis le jour où il m'a fait fustiger de verges, moi, prêtre d'une sainte divinité, et qu'il m'a fait chasser du collège des flamines par César Auguste, notre Imperator, à qui Bacchus fasse une longue et heureuse vieillesse !

— Alors, tu veux m'aider ?

— Dès l'instant, je suis à toi !

Et étant entré dans le temple rustique, le vieillard en sortit bientôt, ayant couvert ses épaules d'un manteau de laine brune dont il rabattit le capuchon sur sa tête ; sa main tenait un haut bâton de houx à crosse recourbée.

— Voici ton chemin, fit-il à Sigwid, et voici le mien.

Et, tandis que Sigwid suivant les rives de la Seine, se dirigeait vers le petit pont dont on apercevait au loin les arches de bois, le vieux Faustus, ayant hêlé un marinier, s'installa dans une barque qui, traversant le fleuve, le déposa sur l'autre rive.

Alors, hâtant le pas, le prêtre de Bacchus se dirigea vers le faubourg du Nord.

IV

C'était sur la voie Célienne que s'élevait la demeure de Siléas Epigoner. Elle était construite comme toutes les villas de l'époque mais se distinguait des autres par une architecture plus somptueuse et un art plus délicat.

Haute d'un étage seulement, elle était couverte d'une toiture plate faite de tuile grise. La façade, ornée de bas-reliefs, était percée d'une grande porte à plein cintre ; et ses fenêtres étaient séparées par des colonnettes qui soutenaient une frise sculptée.

De grands jardins entouraient la villa et descendaient jusqu'aux rives mêmes du fleuve.

C'est vers cette somptueuse résidence que le vieux Faustus se dirigea.

Dès le seuil, on pressentait le malheur qui s'était abattu sur cette maison. Tout y était silencieux, morne, triste. La chanson des esclaves, le va-et-vient des serviteurs, le mouvement perpétuel des visiteurs entrant et sortant, tout s'était arrêté, et se taisait.

La villa de Siléas semblait avoir été touchée par l'aile froide de la mort.

Quatre ou cinq esclaves, accroupis près de la porte, se lamentaient à voix basse, enveloppés dans les plis de leurs manteaux de laine, et tant était grande leur affliction qu'à peine se dérangèrent-ils quand Faustus, ayant frappé le vantail de chêne avec la crosse de son bâton recourbé, demanda :

— Je veux voir Barbara, fille d'Epigoner.

Un des esclaves releva la tête.

— Ignores-tu le malheur qui la frappe ?

— Je le sais, répondit Faustus ; le puissant Siléas est enfermé à la prison Glaucinus.

— Alors, que viens-tu faire dans cette maison ? Arrière, vieillard ; car je te reconnais, tu es le prêtre de Bacchus. Eh bien ! il n'est point de place ici pour la joie ni les libations.

— Doutes-tu du pouvoir des divinités et crois-tu que leurs serviteurs soient incapables de consoler ceux qui pleurent ? Allons, conduis-moi vers ta maîtresse car je suis le prêtre de Bacchus et j'apporte la joie dans les plis de mon manteau.

Ces paroles furent dites sur un tel ton d'autorité que les esclaves se levèrent et ouvrirent la porte à Faustus.

Il connaissait les lieux, sans doute, car ayant traversé l'atrium et la cour intérieure où un filet d'eau chantait sa mélancolique complainte en retombant dans une vasque de marbre, il pénétra tout droit dans le gynécée où, au milieu de ses femmes, Barbara se lamentait.

Comment avait-elle trouvé la force d'aller jusqu'aux arènes ? elle se le demandait encore. Depuis la veille où, à la dixième heure, des soldats étaient venus arrêter son père, Barbara n'avait fait que pleurer et se désoler.

C'est qu'elle savait bien que l'accusation portée contre son père n'était pas dénuée de tout fondement. « Bagaude ! » Certes, si Epigoner n'était point un des leurs, du moins il avait témoigné sa sympathie pour les

membres de la secrète association. Or, porter contre lui
cette accusation devant un tribunal, c'était la mort !

Aussi, dès qu'elle apprit que des prisonniers allaient
être livrés aux bêtes dans les arènes, un funeste pressen-
timent l'avertit que son père devait être parmi les victimes.
Et elle s'était rendue au cirque. Là, reconnaissant son
père parmi les misérables captifs voués à la mort et
emportée par son amour filial, elle s'était précipitée aux
pieds de Encus Lentulus.

Les dieux immortels avaient voulu que Vitalis se
trouvât là.

Certes, elle n'avait pas entièrement sauvé son père ;
un délai seulement lui avait été accordé. Mais on allait
instruire son procès ; on allait lui permettre de se défendre
de la terrible accusation portée contre lui. Pourtant, si cette
accusation était véritable, si les preuves étaient irréfu-
tables, c'était la mort quand même ! Et si Siléas n'était pas
livré aux bêtes, il n'en mourrait pas moins sur la croix.

Pourtant elle voulait espérer encore.

En quittant les arènes, elle était revenue sur sa litière
se renfermer au fond de la villa. Quelques instants après,
un courrier lui avait apporté des tablettes scellées sur
lesquelles elle avait lu :

« Courage et espoir. Siléas Epigoner sera rendu à sa
fille car Siléas doit être innocent. Espoir et courage.
Je veille et les dieux immortels sont avec nous. Salut ! »

L'épitre n'était pas signée mais, elle le devinait, elle
était de Vitalis. Quel autre que le jeune centurion pouvait
lui parler d'espoir ?

Hélas ! si son père était coupable, Vitalis aurait-il assez
de puissance pour le sauver, malgré tout !

Et elle revivait son idylle avec le jeune centurion.

C'était aux ides de mai, lors des fêtes de la bonne déesse Cybèle, qu'ils s'étaient vus pour la première fois.

Sur la gauche de la voie qui conduisait au mont de Mars, à la lisière des grandes forêts de chênes, s'élevait le temple de Cybèle, où, chaque année, aux ides de mai, alors que la terre s'éveillant de son long sommeil se revêt de verdure et de fleurs, les habitants de Lutèce avaient coutume de se rendre pour offrir leurs vœux et leurs présents à la généreuse mère afin de se la rendre favorable.

Certes, la fille de Siléas Epigoner ne prêtait aucune croyance aux divinités romaines et, comme son père, elle réservait toute sa ferveur pour les dieux des anciennes Gaules : Esus, Cernunos, Camul ou Tarann. Mais la fête de Cybèle était celle du printemps et des fleurs, et elle avait suivi la foule parée et joyeuse qui portait son offrande à la divinité romaine.

Et c'est là, sous les vieux chênes vénérables où les druides avaient jadis célébré leurs mystérieux sacrifices que son cœur avait palpité en apercevant Vitalis. Elle s'était souvenue de la vieille légende souvent contée par son père, du Ligure abordant à Lutèce et préludant aux conquêtes futures par l'enlèvement de la jeune Parise aux cheveux d'or et aux yeux d'azur. Oui, ce Ligure légendaire, c'était lui qui reparaissait encore, jeune, beau et fier, tel enfin que le jeune centurion ; et devant lui elle avait tressailli de tout son être.

Puis, quelques jours après, au Palais impérial, lors d'une grande fête donnée par César Auguste, l'imperator Constance le Pâle, de nouveau elle s'était trouvée en

présence du jeune centurion. Il lui avait parlé ; elle lui
avait répondu... Que s'étaient-ils dit ? Elle ne savait ; mais
leurs cœurs s'étaient compris et ils s'étaient donnés l'un à
l'autre pour toujours.

Et leur idylle avait fleuri, embaumant leurs âmes ; et
ils avaient promené leur amour à travers Lutèce, là-bas,
sous les ombrages du mont de Mars, le long de la Seine,
dans les forêts du couchant, à travers les prairies embau-
mées de l'Orient, partout où le Ligure de la légende et la
primitive Parise s'étaient aimés.

Pourtant, jamais elle n'avait osé avouer cet amour à
son père, prévoyant bien que Siléas Epigoner réprou-
verait une union avec un fils des conquérants.

Et, avec la légion parisienne, Vitalis était parti pour
les bords du Rhin.

Oh ! depuis de longs mois, que de fois Barbara avait
songé au retour de l'aimé ! Alors, elle le sentait, elle
aurait la force d'avouer son amour à son père et d'être
unie enfin à celui qu'elle avait choisi entre tous.

Et voici qu'une catastrophe imprévue éclatait au
moment où elle allait retrouver l'élu de son cœur !

Telles étaient les pensées de Barbara quand un bruit
de pas lui faisant relever la tête elle vit debout devant elle
le prêtre de Bacchus.

— Que veux-tu, vieillard, dit-elle. Qui t'a laissé
pénétrer jusqu'ici et pourquoi viens-tu interrompre mes
lamentations et te mêler à ma douleur ?

— Ne me reconnais-tu pas, Barbara ?

— Non !

— Je suis pourtant un ami de Siléas Epigoner. Il est
vrai que je suis de ceux qui s'écartent tandis qu'on est

heureux, pour n'apparaître que lorsque le malheur frappe à la porte.

— Enfin, que veux-tu ?

— Te rendre ton père.

Barbara se leva aussitôt du lit où elle était étendue.

— Tu es donc bien puissant ? lui demanda-t-elle.

— Je ne suis qu'un humble prêtre de Bacchus et j'habite le temple élevé là-bas sur la rive du fleuve, au milieu des prés verdoyants.

— Alors ?...

— Alors je connais Encus Lentulus, préfet de Lutèce, et lui ayant parlé franchement ainsi que peut le faire un ministre des Dieux, je lui ai fait comprendre qu'il fallait ouvrir à Siléas Epigoner les portes de son cachot.

— Tu veux le faire fuir ?

— Je le veux.

— Mais cette évasion ne passerait-elle pas pour la preuve qu'il est coupable et ne vaut-il pas mieux qu'il attende ses juges ?

— Crois-tu donc à son innocence ? répondit Faustus en souriant douloureusement.

Barbara baissa la tête.

Le prêtre reprit :

— Crois-moi, jeune fille, Lentulus n'a pu que retarder le supplice de ton père ; et celui de la croix est aussi terrible que les bêtes fauves, car ton père est un Bagaude et rien ne pourra le soustraire au châtiment.

A ce moment, la jeune fille considéra le prêtre.

— Tu aimes donc bien mon père, fit-elle, pour vouloir ainsi le sauver ?

— Oui, car il fut bon pour moi !

— Alors que faut-il faire ?

— Écoute ! Ce soir, quand la nuit aura caché dans l'ombre les peupliers de la rive, tiens-toi dans ton jardin, sur la rive du fleuve. Une barque abordera, conduite par Siléas Epigoner. Alors, que des chevaux soient préparés ; et avant les premières clartés du jour, ton père aura déjà pris de l'avance pour échapper à ses bourreaux. Gagnez l'Armorique. Attendez en sûreté des jours meilleurs qui ne sauront tarder à luire. Ainsi l'a décidé le préfet de Lutèce qui veut vous épargner et Lentulus ne risquera point de mécontenter les populations parisiennes en châtiant ton père ainsi que sa charge l'y oblige. J'ai dit.

— Il sera fait comme tu le veux ! dit la jeune fille.

— Alors, à ce soir !

Et ayant rabattu sur son front chauve le capuchon de son manteau de laine grise, le prêtre de Bacchus quitta la villa de Siléas Epigoner et se dirigea vers la prison Glaucinus dont le gardien était son ami et son obligé.

V

Cependant, ayant traversé le petit pont, Sigwid l'affranchi avait gagné le palais de la cité.

Dans la cour intérieure, le centurion Vitalis discutait, plein d'ardeur, avec son père.

Et c'était encore, sous l'émotion de la scène qui s'était passée aux arènes quelques heures auparavant, la cause de Siléas Epigoner que plaidait le jeune homme.

— Non ! assurait-il, le chef des nautes n'est pas un

ennemi de la puissance romaine. Il se vante de son origine gauloise ? Eh bien ! Peut-on lui en faire un crime ?
Ne suis-je pas fier de mon origine romaine et de descendre
de Caïus Lucius Lentulus qui fut consul à Rome !... Et
d'ailleurs même, je vais plus loin ! N'aurait-il pour nous que
de la haine, qu'il serait encore excusable, car ne sommes-
nous pas pour lui des ennemis, nous qui nous sommes
installés en maîtres sur son sol natal ?

— C'était pour apporter aux Gaulois la civilisation !

— Excuse de conquérants !

— Alors tu approuves cet homme qui conspire contre
la chose publique ?

— Certes, non ! mais il ne conspire pas ; je m'en porte
garant !

— Cependant...

— C'est quelque lâche dénonciateur, quelque fourbe,
quelque intrigant...

C'est à ce moment que Sigwid pénétra dans la cour.

Mais il avait entendu assez de la conversation pour
comprendre ce dont il s'agissait.

Aussi s'inclinant devant le préfet et saluant le centurion :

— C'est moi, fit-il, qui ai dénoncé Siléas Epigoner.

Vitalis jeta sur l'affranchi un regard de suprême
dédain.

Sigwid continua.

— Et ce que j'ai dit, j'en ai la preuve. Le chef des
nautes conspire contre la République ; il a des intrigues
avec les Armoricains et ceux des îles bretonnes ; à la
première occasion il se mettra à la tête de la rébellion.

— Tu entends ! fit le préfet.

— Mais je ne crois pas un mot de tout cela.

— Tu as tort ! Et moi-même, tout à l'heure, j'aurais dû laisser justice se faire et ne pas me laisser attendrir par les pleurs de cette jeune fille.

— Laquelle, d'ailleurs, appuya Sigwid, n'est pas digne de l'intérêt que lui porte le centurion.

— Qu'en sais-tu ? riposta avec hauteur Vitalis.

— Je sais que le noble fils d'Encus Lentulus a bien mal placé son affection et que la jeune Gauloise se raille de lui.

— Misérable ! cria Vitalis.

Et le bras levé, il s'élança sur l'affranchi comme pour l'écraser sous son poing.

Sigwid ne recula point.

Mais le centurion ne laissa pas retomber sa main puissante qui eût écrasé le traître.

Seulement, il le saisit par le bras, l'étreignant à le briser et, face à face, les yeux dans les yeux :

— Écoute, affranchi ! gronda-t-il, si tu ne rétractes pas à l'instant les infâmes paroles que tu viens de prononcer, si tu ne t'excuses pas bassement des calomnies que ta bouche vient de proférer, je te fais arracher la langue et crever les yeux !

Sigwid ne perdit rien de son audace et, regardant le centurion :

— Tu peux me crever les yeux ; tu ne les empêcheras pas d'avoir vu. Tu peux m'arracher la langue ; tu ne feras pas qu'elle n'ait point dit la vérité.

— Tu oses encore ? s'exclama Vitalis pâle de colère.

— Dire ce qui est, oui ! Barbara, la fille de Siléas Epigoner, n'a pour toi que du mépris car tu es le fils des étrangers qui ont envahi son pays. Tous les soirs, Barbara

que tu crois chaste et fidèle, reçoit un homme de sa race
à qui elle prodigue son amour.

— Oh! fils d'esclave! tu vas mourir! cria Vitalis, au
comble de la fureur.

Et déjà il tirait sa large épée, prêt à l'enfoncer dans la
poitrine de l'affranchi.

Mais le préfet qui avait jusque-là écouté, impassible,
cette querelle, s'élança vers eux et retint le bras de son fils.

— Arrête! fit-il, si cet homme dit vrai tu te reproche-
rais un meurtre inutile.

— Mais il ment! cria Vitalis.

— Eh bien! s'il ment tu auras le loisir de le tuer!

— Oh! des preuves! des preuves! fit le centurion.

— Tu en auras!

— Sur l'heure! il m'en faut! à l'instant!

— Attends au moins que la nuit soit venue.

— Misérable! tu recules! Des délais, déjà! pour avoir
le temps de fuir et d'éviter ma colère!.

— Fais-moi garder par tes soldats, ils ne me laisseront
pas sortir de ce palais avant la nuit.

— Alors, pourquoi attendre ?

— Pour que je puisse te conduire sur les rives du
fleuve et que tes yeux voient ce que ton esprit ne veut
point admettre.

— Eh bien, soit! à ce soir! fit le centurion fou de
colère, et si tu as menti...

— Ma vie t'appartiendra et tu pourras me jeter au
milieu des plus durs supplices. — Mais je n'ai pas peur!

Cependant Vitalis avait fait un signe et deux licteurs
s'étant emparé de l'affranchi, l'avaient enfermé dans une
salle basse du palais impérial.

Le centurion s'était dirigé vers les jardins qui s'étendaient à la pointe occidentale de l'île, baignant leur pied dans le fleuve.

A cet endroit, deux îlots émergeaient de la Seine comme deux bouquets de verdure et, au delà, sur l'une et l'autre rives, c'étaient les prés, les bois, la campagne et son silence imposant.

Le soleil rougeoyait, empourprant le ciel et le fleuve qui semblait couler des flots d'or et de sang.

— Si pourtant ce misérable avait dit vrai ! songeait Vitalis.

Et d'effroyables projets de vengeance traversaient son esprit.

Mais bientôt il se reprit.

L'image de Barbara, si belle, si douce, si charmante, s'évoquait devant lui et il ne pouvait croire à tant de trahison de la part de la fille de Siléas.

Vitalis passa trois mortelles heures dans les cruelles alternatives du doute et de l'espoir.

Enfin le soleil disparut derrière la colline occidentale. Lentement la Seine éteignit ses flots empourprés; une légère brume monta du fleuve, puis l'eau disparut comme recouverte d'un voile de ténèbres.

Alors Vitalis revint vers le palais et faisant sortir l'ancien esclave de la prison où il l'avait fait enfermer :

— Es-tu prêt ! lui demanda-t-il.

— Oui ! dit l'affranchi.

Ils sortirent du palais, traversèrent le forum puis s'engagèrent dans une ruelle bordée de boutiques fermées à cette heure et pavée de larges dalles de pierres qui résonnaient sous leurs pas.

5

Ils débouchèrent bientôt devant le grand pont.

Le centurion allait s'y engager mais l'affranchi le retint :

— Non, par ici ! fit-il.

Et, tournant à droite, il lui fit suivre la rive du fleuve.

Bientôt ils eurent devant eux, sur l'autre rive, la villa de Siléas.

Mais ils firent encore quelques pas.

Enfin ils parvinrent au port des nautes.

Il était vide et silencieux à cette heure. Une centaine de barques amarrées aux colonnes dressées sur la rive dansaient et s'entrechoquaient, doucement balancées par le flot. Sur le quai, dallé de pierres, des ballots de marchandises étaient amoncelés.

Un peu plus loin s'élevait le temple de Jupiter très bon et très grand, silhouettant dans la nuit ses hautes colonnades de marbre.

— Arrêtons-nous, fit l'affranchi, et cachons-nous !

Vitalis frémissait de tout son être.

Pensif, obéissant aux ordres de l'ancien esclave, il se blottit derrière un amoncellement de ballots. L'endroit était merveilleusement choisi. Cachés à tous les yeux, ils pouvaient voir tout ce qui se passait sur le fleuve et le regard embrassait les deux rives de la Seine en même temps que le jardin de Siléas Epigoner.

La nuit était sombre ; mais bientôt la lune parut, illuminant le paysage et pailletant le fleuve comme de lamelles d'argent.

Ils attendirent longtemps.

Enfin, dans le calme silence de cette lumineuse nuit d'été, ils entendirent à leur gauche comme un bruit de rames.

— Attention ! fit Sigwid.

Une barque venait de se détacher de la rive et se dirigeait vers le jardin de Siléas.

A ce moment, là-bas, sur le bord, une forme blanche
émergea d'un massif de verdure.

— Barbara ! murmura l'affranchi.

Vitalis tremblait comme la feuille secouée par l'orage.

Cependant la barque avançait, conduite par un seul
rameur. Bien que la lune éclairât le fleuve, il était difficile de distinguer les traits du batelier, d'autant plus qu'il
était recouvert d'un long manteau de laine brune dont
le capuchon était rejeté sur sa tête.

Enfin la barque aborda.

L'homme sauta sur la rive et bientôt fut dans les bras de la jeune fille, qui, sans rien dire, le tint longuement embrassé ; puis, tous deux, serrés l'un contre l'autre, remontèrent, toujours silencieusement, vers la villa où bientôt ils disparurent.

Le centurion était comme anéanti.

— Eh bien ! ai-je menti ? demanda l'affranchi.

— La misérable ! gémit Vitalis.

— Alors ! continua l'autre, me feras-tu conduire au supplice ?

Vitalis se leva.

En un geste plein de dédain il jeta aux pieds de Sigwid une bourse pleine d'or et, sans un mot, il s'enfonça dans l'île.

— Imbécile ! murmura l'affranchi, crois-tu que c'est pour de l'or que j'ai fait ce que j'ai fait !

Cependant le centurion était retourné au palais et se présentait devant son père.

— Je t'abandonne Siléas Epigoner. Tu peux le rendre au bourreau. Et maintenant je consens à ce que tu ailles trouver le flamine Artifex : dis-lui qu'il peut tout préparer pour les noces de sa fille avec le centurion Vitalis.

VI

Quatre jours après ces événements, une foule innombrable entourait les portiques du temple de Jupiter. Magistrats, curiales, officiers de la légion parisienne, riches commerçants, gens du peuple, se pressaient à la pointe orientale de la cité lutécienne pour assister aux noces de Vitalis, fils d'Encus Lentulus et de Julia, fille du flamine Artifex.

A l'entrée du temple s'élevait la statue du dieu, haute de dix pieds et taillée dans le marbre le plus pur qui fût sorti des carrières de Poujole.

Le piédestal sur lequel elle était posée était lui-même orné, sur ses quatre faces, de bas-reliefs qui représentaient des guerriers.

Une inscription indiquait que ce temple avait été élevé à Jupiter très bon et très grand sous le règne de Tibère Auguste, par les nautes parisiens.

De chaque côté de la statue jupitérienne s'élevaient deux autels pour les sacrifices.

Auprès de celui de gauche étaient rangés les dix témoins exigés par le rite et choisis parmi les plus nobles habitants de Lutèce. Chacun était assis sur un siège recouvert de la toison d'une brebis purifiée par le sacrifice.

Devant la statue se tenaient les deux fiancés, la tête voilée.

Cependant le grand pontife assisté de deux flamines, après avoir fait une libation de lait et de vin miellé, s'avança vers les fiancés et dit :

— Caïus Lucius Vitalis, je te donne Julia ; sois son époux, son ami, son tuteur et son père ; je te fais maître de tous ses biens et je les confie à ta bonne foi.

Et en même temps il mettait la main de la jeune femme dans celle de Vitalis, puis relevait leurs voiles afin que chacun pût saluer les deux époux.

Mais à ce moment un effroyable cri retentit dans le temple, et une femme se précipita dans l'enceinte sacrée et se dressant devant Encus Lentulus s'écria :

— Parjure ! qu'as-tu fait de mon père ?

C'était Barbara !

Quatre jours auparavant, accompagnée de quelques serviteurs, elle avait quitté Lutèce en compagnie de son père échappé de la prison Glaucinus et, confiante dans la parole donnée, la petite troupe avait piqué devant elle, droit vers l'Armorique où elle devait trouver le salut.

Toute la nuit et toute la journée du lendemain ils avaient chevauché, s'arrêtant à peine pour prendre quelque nourriture et changer de montures.

Cependant, vers le soir, ils s'étaient arrêtés en une grande ville et, exténués de fatigue, avaient décidé d'y prendre quelque repos jusqu'à la première aube du lendemain.

Au milieu de la nuit un grand bruit les avait réveillés.

C'étaient des soldats partis à leur poursuite. Ils s'étaient précipités dans la chambre où reposait Siléas Epigoner, l'avaient égorgé par ordre, avaient-ils dit, d'Encus Lentulus, préfet de Lutèce, Siléas étant convaincu du crime de rébellion envers la République.

Alors, folle de douleur, sans prendre le temps d'ensevelir son père, Barbara était revenue à Lutèce pour demander vengeance.

En voyant apparaître cette jeune fille, pâle et hagarde, Vitalis tressaillit.

Mais le préfet se redressa sous l'insulte.

— Allons ! jeune fille, dit-il, je pardonne à ta douleur ;

mais ne me fais pas souvenir de quelle race tu es et ne pousse pas la folie jusqu'au sacrilège !

— Il te sied de m'insulter ! dit Barbara, toi dont le cœur dément les paroles. Il fallait laisser les fauves dévorer mon père, au cirque, et ne pas jouer la clémence pour le faire ensuite assassiner par tes soldats.

— Pourquoi s'est-il échappé de sa prison ? En fuyant, il a prouvé qu'il était coupable ; d'autant plus qu'il retournait rejoindre ses complices aux rives d'Armor.

— Mais c'est toi qui lui as fait ouvrir la porte de son cachot.

— Moi !

— Le nieras-tu ! un homme n'est-il point venu de ta part me dire que mon père serait libre ! Ne m'a-t-il point dit de l'attendre silencieusement, le soir, sur la rive du fleuve ! Il est venu, j'ai pu le presser dans mes bras ; c'est donc que tu avais donné des ordres ! Nieras-tu que tu aies donné des ordres ?

Mais, frémissant, Vitalis venait de s'avancer. Tout à coup, comme un voile qui se déchire, la vérité venait de lui apparaître.

— C'était ton père ! cria-t-il, au comble de la colère. Réponds, Barbara : c'était ton père, cet homme que tu pressais si tendrement dans tes bras ?

— Qui voulais-tu que ce fût ? répondit la jeune fille, fièrement.

Le centurion comprit tout !

Pourtant, le préfet intervint.

— Tu te trompes, jeune fille. Je n'ai jamais donné l'ordre d'ouvrir la prison de ton père.

— Alors celui qui est venu ?...

— Qui ?

— Le prêtre de Bacchus !

Mais Vitalis s'était précipité vers l'affranchi qui se trouvait dans l'assistance et qui, frémissant d'effroi, demeurait témoin de cette scène et comprenait bien que c'en était fait de lui.

Le saisissant par le poignet, le centurion l'amena devant l'autel et s'écria :

— Voilà le coupable !

Puis, se tournant vers l'ancien esclave :

— Nieras-tu avoir été l'instigateur de toute cette perfidie ? Je vois clair, maintenant ! Siléas était innocent et c'est toi qui l'as dénoncé ; Barbara était innocente et c'est toi qui m'as fait croire à sa trahison !... Que diras-tu pour te défendre ?

— Rien ! répondit l'affranchi.

Seulement, il jeta un regard de dépit sur l'assistance puis, relevant la tête, il dit :

— Eh bien ! oui, c'est moi !... Je hais Siléas parce qu'il est riche et je te hais, toi, parce que tu es puissant ! Gaulois, Romains, que m'importe ! Je vous englobe tous dans ma haine ! Tout ce que j'ai fait, je l'ai fait par amour du luxe ! J'ai voulu avoir les richesses de Siléas Epigoner dont j'ai été l'esclave et j'ai cru pouvoir y arriver en épousant sa fille que tu aimes et qui t'aime, centurion ! car je suis d'une race errante et vagabonde n'ayant ni feu ni lieu. Mais ce que je n'ai pu faire, d'autres le feront ! Conduis-moi au supplice, je mourrai content car j'aperçois dans l'avenir mes vengeurs qui surgissent ! Tremblez, Gallo-Romains, car vous avez l'abondance et ils n'ont rien qu'un appétit formidable et un besoin immense de lucre. Voyez-vous les plaines noires de guerriers ? Entendez-vous la terre gémir et crier sous le roulement des chars et sous les pieds des chevaux ? Ce sont mes frères qui viennent ! Je suis vaincu ; tuez-moi ! c'est bien ! mais un jour, le colosse romain s'écroulera ; et sur ses ruines, les hordes dont j'entends le tonnerre fonderont leur empire ; et mes frères seront les maîtres en ce pays où je n'ai été qu'un esclave.

Et l'affranchi enveloppa d'un regard de colère cette foule qui, sous sa parole, courbait la tête en frémissant.

Cependant le centurion ordonna :

— Aux fourches ! aux fourches ! l'esclave !

Alors des soldats s'emparèrent de l'affranchi et l'entraînèrent.

Barbara baissa son voile et, tandis que la foule s'inclinait devant sa douleur, elle quitta le temple de Jupiter.

Or, comme elle allait traverser le pont de bois, un homme l'arrêta par un pan de son peplum.

C'était un vieillard à barbe blanche, vêtu de bure comme un homme du peuple ; son regard était doux et son visage respirait la bonté.

— Que me veux-tu, vieillard ? dit la jeune fille.

— Te consoler.

— Que t'importent mes larmes ?

— Tous les malheureux sont frères ! si grande que soit ta peine, mon dieu m'inspirera des mots qui sauront l'adoucir car je suis le ministre d'un dieu qui compatit à toutes les misères ; il a dit : Bienheureux ceux qui pleurent, ils seront consolés !

— Quel est ton nom ?

— Martin.

— Et quel est ton titre ?

— Je suis chrétien !

Alors, silencieusement, la jeune fille suivit le vieillard, comme attirée par sa bonté et sa clémence, et tous deux disparurent de l'autre côté du fleuve !

LE PENDU D'ELIGIUS

VIIe SIÈCLE

LE PENDU D'ÉLIGIUS

I

OR, ce soir-là qui était le dixième du mois de juin, le noble Éligius accompagné de quatre ou cinq serviteurs s'en revenait de son chastel qui était situé dans le petit village de Gentilly et regagnait à cheval Paris où il avait son logis dans le palais du roy.

Comme il traversait le bois de chênes qui s'étend sur le versant méridional de la colline que couronne l'abbaye de Sainte-Geneviève, il crut apercevoir, pendu à la branche la plus basse d'un arbre, le cadavre d'un homme qui se balançait dans le vide.

Alors, se haussant sur ses étriers, Éligius tira la large épée qui pendait à sa ceinture et trancha la corde qui soutenait le pendu. Le cadavre tomba sur le gazon.

Les gens de sa suite s'exclamèrent.

— Qu'as-tu fait, seigneur ! s'écria Balderic, qui était l'affranchi d'Éligius et qui chevauchait à ses côtés. Ne sais-tu point que ce bois est e domaine de Chlodoald, comte de Paris, le plus puissant des seigneurs francs et

leudes du roy Dagobert, notre sire ? Cet homme n'a pu
être pendu que par son ordre.

Mais Éligius, sans répondre à Balderic, sauta de
cheval et, s'agenouillant auprès du corps du pendu, tenta
de le faire revenir à la vie par des moyens qu'il connaissait et qui, bien souvent, l'avaient fait passer aux yeux
des foules pour un savant thaumaturge.

Le pendu, sans doute, n'était point branché depuis
longtemps car, grâce aux soins qu'Éligius lui donna, il
ne tarda pas à respirer ; ses paupières battirent et lentement
il reprit ses sens.

Alors Éligius, appelant un de ses serviteurs, lui
ordonna de prendre l'homme sur sa large selle ; ce qu'il
fit non sans une visible répugnance ; puis, étant remonté
à cheval, il continua tranquillement sa route.

Cependant, Balderic ayant ramené sa monture auprès
de celle de son maître, dit à Éligius :

— Dieu me garde de trouver à redire à ce que tu fais
mais ne crains-tu pas, seigneur, de t'attirer la colère du
puissant Chlodoald ?

Pour toute réponse Éligius haussa les épaules.

L'affranchi reprit :

— Tandis que tu ressuscitais ce mort j'ai cru voir des
hommes courir vers le chastel de Chlodoald. Évidemment, ils allaient l'avertir.

— Eh bien ? interrogea Éligius.

— Eh bien ! Chlodoald est un des leudes préférés du
roy Dagobert, notre sire, et s'il se plaint...

— Je n'ai fait que ce que je devais faire !

— Oui ! mais la Loi Salique qui régit les Francs...

— Ignores-tu le noble privilège que je tiens du roy et

ne sais-tu pas que lorsque j'eus fini la châsse du vénérable saint Martin de Tours, Dagobert m'accorda le droit de décrocher tous les pendus que je trouverais sur ma route, dans tout le royaume des Francs, et d'en disposer à mon gré ! Je n'ai donc fait qu'user de cette prérogative et Chlodoald peut se plaindre, je n'en ai cure car le roy ne me désapprouvera pas.

Convaincu, Balderic baissa la tète et se tut.

Éligius, qui devait mourir évêque en l'évêché de Noyon, était un homme puissant à la cour du descendant de Mérowic, bien qu'il ne fût pas de race franque.

Il était né au village de Cataillac, près de Limoges, de parents gaulois et libres qui étaient chrétiens ; son père se nommait Eucher et sa mère Théorigie.

On le fit élever pieusement ; puis, le laissant libre de disposer de lui, puisqu'il n'était soumis à la servitude d'aucun seigneur, on le mit en apprentissage chez un très habile orfèvre de Limoges nommé Albon.

Éligius fit de très rapides progrès dans l'art de travailler l'or et les métaux précieux et lorsqu'il eut appris tout ce que son maître pouvait lui enseigner, il vint à Paris où, recommandé par de hauts personnages, il ne tarda pas à entrer au service de Bobbo, lequel était trésorier du roy Chloter.

Or, un jour que le roy barbu et chevelu revenait de la guerre, riche du butin conquis sur les ennemis, il exprima le désir, qu'avec l'or de sa part de prise, on lui fît un siège tel que jamais on n'en aurait vu de pareil. Il fallait pour ouvrer ce travail un artiste habile et Bobbo proposa Éligius.

On remit donc à Éligius tout l'or et toutes les pierre-

ries qui semblaient nécessaires et on lui commanda de
faire vite, sans négliger de faire bien.

Le jeune homme se mit donc à l'œuvre ; mais avec l'or
et les pierreries qu'on lui avait remis, au lieu d'un siège
il en fit deux surpassant en délicatesse et en art tout ce
qui se pouvait voir.

Et ayant porté ces deux sièges au palais, le roy ne sut
ce qu'il devait le plus admirer ou du talent de l'orfèvre ou
de sa probité, et il lui dit :

— Je vois par ce que tu as fait, Éligius, que l'on peut
avoir confiance en toi pour de plus importantes affaires.

Et, de ce jour, Éligius devint un des familiers du
roy.

Puis, quand Chloter mourut et que son fils Dagobert
réunit sous son sceptre les deux royaumes de Neustrie
et d'Austrasie, le nouveau roy voulut qu'Éligius demeurât
constamment auprès de lui.

Aussi, bien qu'il ne fût point de race franque, Éligius
était un des hommes les plus puissants de Neustrie et
d'Austrasie. Le roy Dagobert le chérissait pour sa probité,
pour sa sagesse et pour sa piété. Il voulait toujours l'avoir à
ses côtés pour profiter de ses bons conseils, soit qu'il demeurât dans son palais de la Cité, à Paris, ou qu'il s'installât
dans une des villas nombreuses qu'il avait à Clichy, à Épi-
nay, à Verberie ou à Compiègne, soit encore qu'il voyageât
dans son royaume, lequel était fort étendu, comprenant
outre la Neustrie et l'Austrasie, la Bourgogne, l'Aquitaine
et les pays qui sont au delà du Rhin.

Cependant, silencieusement la petite troupe chevauchait dans la nuit. Comme ils étaient parvenus au haut
de la colline, en face de la grande entrée de l'abbaye de

Sainte-Geneviève construite par Chlodowig et où, depuis deux siècles, le vieux mérovingien dormait son dernier sommeil auprès de sa femme Chlotehilde, tout à coup la lune perça la nue, illuminant Paris qui s'étendait au pied de la colline sacrée.

C'était, en l'an de l'Incarnation 632, une forte importante cité que la capitale de la Neustrie.

Solidement renfermée dans une enceinte de murailles dont, aux rayons de la lune, Éligius et ses compagnons pouvaient embrasser tout l'ensemble et compter toutes les tours, on eût dit un océan de tuiles rougeâtres d'où émergeaient les cent clochers des églises dont les roys très chrétiens, depuis Chlodowig, avaient doté leur capitale.

Et c'étaient sur la rive gauche du fleuve, à partir de l'abbaye de Sainte-Croix et de Saint-Vincent — où Hilderic le Grand était inhumé — les églises de Saint-Michel, de Saint-Bacchus, de Saint-Séverin, de Saint-Marcel et de Saint-Julien-le-Pauvre. Au delà de la Seine, sur la rive droite, se trouvaient Saint-Germain-d'Auxerre, la chapelle de Saint-Jean, celle de Saint-Paul, de Saint-Laurent, et, plus loin, la riche abbaye de Saint-Martin, au milieu des champs et des vignes.

Mais c'était surtout dans la cité que les églises, en grand nombre, élevaient vers le ciel leurs tours carrées et puissantes. On y voyait à l'orient la double cathédrale de Saint-Pierre et de Notre-Dame, la maison de l'évêque et l'école épiscopale, l'abbaye de Saint-Martial, les chapelles de Saint-Jean-Baptiste, de Saint-Denis-du-Pas et de Saint-Jean-le-Rond, serrées les unes contre les autres, à cette pointe extrême de l'île où jadis les Romains avaient élevé

des temples à Jupiter. Puis c'étaient encore, autour de
la vieille prison Glaucin et de la tour de Maufras à moitié
en ruines, les églises de Saint-Denis, de Saint-Siphorien-
de-la-Chartre et de Saint-Christophe.

Enfin, à l'autre extrémité de l'île, se dressait le vieux
palais royal, héritage des Romains que les rois de Neustrie avaient conservé presque tel quel et qu'ils n'habitaient
d'ailleurs que rarement, préférant aux villes la demeure
champêtre dans les grands bois au travers desquels ils
pouvaient mener les chasses aventureuses.

Un instant Éligius s'arrêta pour contempler ce spectacle
qui cependant lui était familier.

Balderic rompit le silence :

— J'ai ouï dire, déclara-t-il, que cette cité si grande,
si riche et si opulente que nous avons devant nous, ne fut
autrefois qu'une pauvre et misérable bourgade ; cela est-il
vrai, seigneur ?

Eligius répondit :

— Cela est vrai, Balderic. Autrefois, ce Paris, dont la
Neustrie s'enorgueillit à juste titre, ne se composait que de
quelques huttes parsemées dans l'île et n'était habité que
par une centaine de pauvres hères qui n'avaient pour se
vêtir et se nourrir que les bêtes qu'ils traquaient dans les
bois environnants.

— Est-ce possible !

— Mais, sans remonter si loin, continua l'orfèvre,
lorsque Chlodowig, le roy très saint et l'ancêtre de notre
sire, vint pour la première fois en ce pays, c'est à peine
si la ville débordait sur l'une et l'autre rives du fleuve.
Vois, comme en peu de temps elle a pris de l'extension.

— Et qui a bien pu accomplir ce miracle ?

— Le Christianisme ! répondit Éligius en se signant.

Cependant, tout en causant ainsi, ils avaient franchi la muraille de la ville, et ayant passé devant le vieux palais des Thermes, inhabité depuis que la reine Frédégonde était morte, ils traversèrent le petit pont, péné-

trèrent dans la cité et bientôt parvinrent au palais du roy.

Alors Éligius donna l'ordre de porter l'homme qu'il avait sauvé de la mort, dans une des chambres de son appartement particulier et, après avoir pris quelque nourriture, il se rendit auprès de lui pour l'interroger.

II

Quand Éligius pénétra dans la chambre où il avait fait transporter son pendu, celui-ci se jeta aux pieds de l'orfèvre et lui baisant les genoux :

— Grâces éternelles te soient rendues, Éligius, prononça-t-il, toi qui m'as sauvé la vie !

— Tu sais mon nom ?

— Qui ne connaît le grand orfèvre, le saint homme, l'ami et le conseiller de Dagobert, notre roy !

L'orfèvre l'interrompit :

— Mais toi, fit-il, me diras-tu qui tu es ?

— Le plus humble de tes serviteurs désormais, répondit l'homme. Mon nom est Phatir et je suis marchand d'or, en la rue qui conduit du petit pont au grand pont.

Éligius considéra l'homme.

Il était petit et maigre, âgé d'une cinquantaine d'années et sa peau était aussi brune que celle d'un Sarrazin ; son nez était busqué comme le bec d'un aigle ; ses yeux brillants et sa barbe grise s'allongeant en pointe, telle une barbe de bouc.

— Tu es juif ! dit Éligius.

L'homme, qui était demeuré à genoux, baissa la tête comme si on lui eût reproché quelque horrible forfait.

— Eh quoi ! fit-il d'une voix gémissante, toi aussi, Éligius, tu vas me reprocher ma religion ! C'est celle de mes aïeux et j'y suis resté fidèle, malgré les persécutions. Le roy Hilpéric a fait crever les yeux à mon père, parce qu'il n'avait pas voulu renier sa foi, et partout on me traite d'immonde. Toi qui es sage et bon, vas-tu regretter de m'avoir arraché à la mort, parce que je n'ai pas la même religion que toi, et vas-tu me remettre aux mains de mes bourreaux ?

Eligius secoua la tête, et relevant le juif :

— Non ! fit-il, mon Dieu m'enseigne la charité et me dit que tous les hommes sont frères ; je te plains seulement de ta cécité, car tes yeux sont privés de la grande lumière du Christ !... Maintenant, dis-moi, qui t'avait si bien branché à ce chêne où je t'ai cueilli comme un fruit ?

— Chlodoald.

— Et quel est ton crime ?

— Mon crime, je l'ignore, mais mon histoire est terrible. Écoute-la, Éligius, et tu jugeras !

Et le juif Phatir commença ainsi :

— Comme je te l'ai dit, je suis marchand d'or, de pierreries et de métaux précieux, en la rue qui va du petit pont au grand pont et ma demeure est la troisième à gauche quand on sort de la place du Commerce. Mais à quoi bon te donner tous ces détails, tu connais ma boutique, Eligius, car bien souvent je t'ai aperçu contemplant les vases précieux et les bijoux d'or fin qui sont à ma devanture.

« Or, il y a quelques années, quand Dagobert, notre sire, partit, entouré de ses leudes et à la tête de sa puissante armée, pour combattre les Windi, Chlodoald, qui est un comte opulent, vint me trouver et me dit :

— Juif, avec ma truste et mes guerriers, je vais partir pour la guerre, mais tous mes trésors sont épuisés et je n'ai plus d'or en mes coffres pour suffire à mes besoins. Prête-m'en ; et, à mon retour, foi de Chlodoald et de chrétien, ce que tu m'as prêté je te le rendrai au centuple, sur ma part de butin.

« J'avais confiance en Chlodoald. C'est un seigneur très influent ; il est l'ami de Dagobert et je sais que le sang du vieux Mérowig coule dans ses veines.

« Je lui remis donc un sac contenant trois mille sous d'or, en lui disant :

— J'ai confiance en toi, puissant Chlodoald, mais jure-moi que tu me rendras à ton retour ces trois mille sous d'or.

— Je t'en rendrai bien davantage !

— Tu me donneras ce que tu voudras pour me remercier, mais je ne veux point gagner sur toi ; jure seulement de me rendre cette somme.

— Sur quoi veux-tu que je fasse mon serment ?

— Sur ce que tu as de plus sacré.

— Alors, viens ! me dit le comte.

« Et Chlodoald me conduisit là-haut, dans la basilique de Pierre et Paul qui surmonte la colline méridionale, et il jura solennellement sur la châsse du vaillant Mérowicg, qui fut un grand roy et que les gens de ta religion considèrent comme un saint.

« Cependant, le ban de guerre ayant été publié par tout le royaume, au milieu de la truste du roy, Chlodoald partit pour combattre les Windi que l'on nommait aussi Vénètes.

« Je ne veux pas rappeler ce que fut cette guerre où les guerriers francs, unis aux Lombards, aux Thuringiens et aux Allemands, s'enfuirent dans les marais qui bordent le Danube.

« Vaincu, Dagobert, notre bon roy, revint dans sa Neustrie, et Chlodoald qui avait échappé à tous les périls de cette campagne meurtrière s'enferma dans son domaine, pleurant ses braves compagnons qui étaient morts.

« Des mois passèrent ; et comprenant la douleur de Chlodoald, je demeurai chez moi, attendant des jours meilleurs.

« Or, un soir, Chlodoald revint me trouver.

— Juif, me dit-il, j'ai besoin de mille sous d'or.

— Tu sais, lui dis-je, que je t'en ai prêté trois mille, que tu devais me rendre sur le butin...

— Par le Dieu tout puissant, interrompit Chlodoald, tu sais bien qu'il n'y a pas eu de prise et que si je suis revenu sain et sauf de ce maudit pays, je le dois à la protection divine.

— Aussi ne te demandé-je rien ; mais pour te prêter encore mille sous d'or, cela m'est impossible.

« A ce moment de mon entretien avec le comte, ma fille descendit dans la boutique.

« Elle a seize ans, Éligius, et les filles de Sion peuvent la réclamer pour leur sœur, tant elle est belle. Elle se nomme Agar.

« Chlodoald qui ne la connaissait point, la regarda longuement.

— C'est ta fille ? demanda-t-il.

— Oui, lui répondis-je.

— Heureux celui qui sera son époux ! ajouta Chlodoald.

— Il habite Limoges, et c'est un riche marchand qui attend qu'elle soit en âge de devenir sa femme.

« Et je disais vrai car, suivant la coutume d'Israël,

bien avant qu'elles soient nubiles, nous choisissons des fiancés pour nos filles.

— Alors, heureux ce marchand de Limoges, car ta fille est bien la plus belle que j'aie jamais vue.

« Agar sourit à ce compliment, d'autant qu'il venait d'un homme puissant et noble, et que nous n'avons pas l'habitude d'être flattés, nous, les juifs, par les Gallo-Romains ou par les Francs.

« Et elle dit :

— J'ai entendu, de là-haut, votre entretien ; pourquoi ne donnes-tu pas au seigneur franc ce qu'il te demande ?...

— Mais, ma fille... voulus-je dire.

— Nous n'en serons pas plus pauvres et tu obligeras le seigneur franc qui a beaucoup perdu sans doute dans la malheureuse guerre contre les Windi.

— D'ailleurs, ajouta alors Chlodoald, je te rembourserai bientôt, juif, car, tu le sais, mes domaines sont considérables et je ne vais pas tarder à toucher les revenus de mes fiefs.

« Je consentis ; je donnai de nouveau mille sous d'or à Chlodoald, et de nouveau il jura sur les os vénérables de Mérowicg, qu'il me rendrait cette somme en même temps que l'autre.

« Or, il y a trois jours, comme j'étais allé sur le port où des marchands syriaques amenaient d'Orient des barques pleines d'or, je m'étais attardé à négocier avec eux. Quand je rentrai chez moi, je trouvai la maison vide.

« Et comme, inquiet, j'appelais Agar et que nul ne me répondait, les marchands qui étaient mes voisins entrèrent dans ma boutique et, tout tremblants, m'apprirent que ma fille avait été enlevée vers la huitième heure par des guerriers francs de la truste de Chlodoald.

« Tout d'abord, je ne sus que penser de cette nouvelle ; j'en demeurai consterné ; à peine pouvais-je y croire et toute la nuit je restai à pleurer et à me lamenter.

« Au matin, dès que les portes de la ville furent ouvertes, je me dirigeai vers la villa de Chlodoald qui se trouve au delà du mont Sainte-Geneviève, dans le lieu que l'on nomme le Val de Viridi.

« Mais je ne pus parvenir jusqu'au puissant seigneur et des esclaves gardant la porte m'empêchèrent de pénétrer jusqu'à lui.

« Pourtant, le lendemain, le désespoir dans l'âme et ne sachant à qui m'adresser pour réclamer justice, comme j'avais regagné ma boutique, un homme vint me trouver qui me dit :

— Je me nomme Rugulf et je suis au service du seigneur Chlodoald au nom de qui je viens te voir. Il s'est épris de ta fille et l'a fait enlever pour en faire son épouse. Il garde, comme dot, les quatre mille sous d'or que tu lui as prêtés. D'ailleurs, sois persuadé qu'il agira généreusement et qu'il donnera à ta fille quelque riche présent comme *Morghen-gab*.

« Ces paroles m'anéantirent ; à peine eus-je la force de répondre :

— Mais ma fille est fiancée à un marchand de Limoges !

— N'aimes-tu pas mieux lui voir épouser le puissant seigneur franc ?

— Chlodoald a déjà une femme et la religion du Christ défend d'être bigame.

— La coutume des Germains l'autorise et les saints Évêques respectent les coutumes des Germains.

— Ma fille est juive !

— Elle sera convertie au Christianisme.

« C'en était trop ; je tombai sur le sol, accablé par tant de douleur.

« Quand j'eus repris mes esprits, je décidai d'aller aux portes du domaine de Chlodoald et de l'attendre pour lui demander grâce. Car encore je ne voulais pas douter de lui. Et puis, n'avait-il pas juré sur les os du roy Mérowicg !

« Je me rendis donc au Val de Viridi et j'attendis, non loin de la porte de la villa.

« J'y demeurai longtemps.

« Enfin, comme le jour tombait, je le vis revenir à cheval au milieu de sa truste de guerriers.

« Je me jetai à ses genoux et lui criai :

— Seigneur, je t'ai prêté quatre mille sous d'or et sur la châsse de Mérowicg tu as fait serment de me les rendre. Or voici que non seulement tu gardes cette somme, mais encore tu me prends ma fille, qui ne t'aime pas, qui est fiancée à un marchand de Limoges et dont tu ne peux faire que ta concubine puisque tu es déjà marié et que ta religion te défend d'avoir plusieurs femmes. Réponds, seigneur franc, cela est-il juste ?

« Chodoald s'était arrêté.

« Mais en entendant mes paroles il poussa son cheval qui faillit m'écraser et répondit simplement :

— Que me veut ce juif immonde ?

« Alors, m'étant relevé, je courus après lui et je criai :

— Je veux justice ! Le juif immonde vaut mieux que le chrétien qui est parjure à ses serments !

« Un murmure accueillit mes paroles. Chlodoald fit un geste, et des hommes alors s'emparèrent de moi et me

pendirent à la branche d'un chêne où je serais mort,
Éligius, si tu n'étais passé par là à ce moment et ne
m'avais sauvé.

« Voilà mon histoire, Éligius, et maintenant, dis-moi,
de quel côté est la justice et le bon droit?

Ainsi parla le juif Phatir.

Impassible, et sans l'interrompre une seule fois, Éligius avait écouté ce long récit; quand le juif eut terminé :

— Juif, dit-il, je t'ai décroché de l'arbre où tu étais
pendu dans la forêt de chênes, d'après le noble privilège
que je tiens du roy Dagobert, notre sire. Désormais, tu
m'appartiens et je peux disposer de toi à mon gré. Tu
fais donc partie de ma maison et, à ce titre, sois tranquille
je saurai te faire rendre justice. Espère donc et aie confiance.

— Ainsi soit-il, répondit le juif humblement

III

Or, à quelque temps de là, le roy Dagobert se trouvant
en son domaine de Clichy appela devers lui et réunit en
un solennel concile tous les évêques et tous les hauts
barons de son immense empire afin d'établir des statuts
et des mandements qui fussent profitables à la paix de
l'Église et du royaume.

Ce domaine de Clichy se trouvait sur les bords du
fleuve de Seine et au bas de cette vaste plaine qui des-
cend de l'orient de la colline du mont des Martyrs, ainsi
nommé parce que c'est en cet endroit que furent occis
saint Denis et saint Éleuthère.

Cette villa, car c'est ainsi que se dénommaient ces habitations dans les champs, était d'un aspect extérieur fort simple et rappelait les établissements gallo-romains analogues. L'entrée principale, fermée d'une palissade, se composait d'une petite cour avec deux bâtiments contenant la porterie et quelques pièces d'attente pour les étrangers. De là, on pénétrait dans une seconde cour plus vaste, entourée de portiques bas faits de charpentes, donnant sur les logements de la suite du roy. A l'angle occidental de cette cour était une vaste tour carrée à quatre étages : c'était la demeure particulière de Dagobert. Le dernier étage ne consistait qu'en une plate-forme couverte d'où la vue s'étendait au loin. Du rez-de-chaussée de cette tour, on communiquait dans la grande salle par un autre portique ouvrant sur une troisième cour. C'est dans cette grande salle que le roy donnait des banquets, et c'est là que devait se tenir le concile. A côté, et réunie par une courte galerie, était une immense cuisine. Sur l'autre flanc, un portique conduisant aux écuries ; au fond, un immense bâtiment était réservé aux étrangers, invités ou visiteurs, avec une entrée particulière.

Cette villa de Clichy était une des plus petites que possédait le roy, et cependant elle pouvait loger de cinq cents à six cents personnes, tant maîtres qu'esclaves ou serviteurs, car d'ordinaire ceux-ci couchaient sous les portiques.

L'intérieur, par son ameublement et sa décoration, offrait un singulier mélange de somptuosité et de barbarie. A côté d'étoffes d'Orient d'une richesse incalculable qui couvraient les lits et les bancs, on voyait sur les murs des peintures violentes exécutées par des artistes inexpé-

rimentés. Les sièges et les meubles, qui provenaient des
butins conquis sur des ennemis ou de pillages des édifices
gallo-romains, juraient avec ceux qui étaient dus à la
fabrication contemporaine des artistes francs.

On sentait que les ouvriers qui avaient collaboré à
cette décoration avaient désappris l'art délicat que les
Gaulois tenaient des Romains. Le luxe de cette royale
demeure consistait moins en un travail d'art éclairé qu'en
un vain étalage d'or, d'argent ou de pierres précieuses.

Cependant, les invités du roy, les seigneurs, les hauts
barons et les évêques sortaient de la chapelle qui se trouvait en dehors de la villa et se dirigeaient vers la grande
salle où une immense table était copieusement servie.

Il y avait là Judicaël, roi des Bretons, et son fils,
Alain le Long; Amand, le vieux duc des Gascons; Eswald,
le roy de Northumberland, et Sighebert, le petit roy
d'Essex, qu'accompagnait son maître le burgonde Félix,
archevêque de Contorberg; et encore Ebalt, roy du
Kent.

Puis, il y avait Grasulfe, duc de Frioul; Theodelap,
duc de Spolette, Arigise, duc de Bénévent; Rhotharis,
duc de Brescia.

Il y avait encore tous les évêques de Neustrie et
d'Austrasie et tous les comtes de la Truste du Roy et tous
les grands dignitaires et Pépin de Landen, maire du palais
d'Austrasie, et Ega, maire des palais de Neustrie et Audoe-
nus, le grand référendaire.

Enfin, le roy lui-même apparut.

Dagobert avait 35 ans, mais sa figure gracieuse plutôt qu'énergique était vieillie par les plaisirs et les passions. Ses yeux étaient bruns et ses longs cheveux châtains

étaient réunis en huit tresses dont deux seulement tombaient sur la poitrine; les six autres flottaient sur le dos ; et dans chaque tresse, des rubans de couleur se mêlaient aux cheveux qui étaient retenus à leur extrémité par de petites agrafes d'or.

Le roy s'étant assis, tout le monde allait prendre place, quand tout à coup Éligius s'avança :

— Grand roy, fit-il, si quelqu'un parmi nous avait la conscience lourde de quelque crime, le sachant, le laisserais-tu s'asseoir à côté de ces rois, de ces hauts seigneurs et de ces saints évêques ?

— Que veux-tu dire, Éligius ? fit Dagobert qui fronça le sourcil.

— Grand roy, continua Éligius sans répondre à cette question, si quelqu'un parmi nous était coupable de vol, d'assassinat, de rapt et de parjure, le sachant, ne le chasserais-tu pas de cette noble assemblée et voudrais-tu rompre avec lui le pain et partager le vin ?

— Certes, non ! fit le roy. Si quelqu'un était coupable du crime dont tu parles, je briserais cette table et mettrais le feu à cette villa plutôt que de partager mon repas avec lui.

— Alors, fit Éligius, je dénonce à ta justice le comte Chlodoald qui, ayant juré à un juif sur la châsse du grand roy Mérowicg, ton ancêtre, de lui rendre quatre mille sous d'or que le juif lui avait prêtés, non seulement ne lui a rien rendu, mais encore lui a enlevé sa fille et l'a fait pendre dans son domaine.

A ces mots, toute l'assemblée fut saisie d'horreur.

Frémissant de colère, Chlodoald bondit vers Éligius en criant :

— Tu en as menti !

Mais Éligius ne recula pas.

— Je jure par le Christ que j'ai dit la vérité ! répondit-il d'une voix calme.

Dagobert se leva.

— Les paroles que tu as prononcées sont graves, Éligius, fit-il ; songe que Chlodoald est un de mes leudes et que le sang de Mérowicg coule dans ses veines.

— J'ai dit la vérité.

— Tu en as menti ! répéta Chlodoald, je n'ai jamais rien demandé à un juif immonde, je n'ai enlevé aucune fille d'Israël et je n'ai pendu aucun homme dans mon domaine.

— J'ai dit la vérité ! déclara pour la troisième fois Éligius.

— As-tu une preuve seulement de ce que tu avances et penses-tu qu'il suffise de ta parole pour que l'on te croie ?

— J'ai une preuve ! fit l'orfèvre.

— Tu mens !

— Eh bien ! regarde.

Et ayant fait un signe, deux hommes s'écartèrent et le juif Phatir apparut aux yeux épouvantés de Chlodoald.

— Lui ! fit le Franc en reculant.

Et muet, tout blême de colère et de terreur :

— Qui donc a dépendu cet homme ? murmura-t-il en proie à un trouble indicible.

Cependant dans l'assemblée les avis étaient partagés ; les uns avaient foi en la parole d'Éligius : c'étaient les évêques ; les autres, et c'étaient les guerriers francs, prenaient parti pour leur frère d'armes et se rangeaient à ses côtés.

Mais Dagobert interrogea le juif Phatir :

— Est-ce vrai que tu as prêté quatre mille sous d'or à Chlodoald ? lui demanda-t-il.

— C'est la vérité !

— Et sur la châsse de Mérowicg il a juré de te les rendre ?

— Il l'a juré.

— Et il a enlevé ta fille ?

— Oui ; elle est enfermée dans sa villa de Viridi.

— Mais il ne t'a pas fait pendre, puisque tu es là !

— Interroge le sage Éligius qui m'a décroché de l'arbre où j'étais suspendu.

— Il ment ! il ment ! il ment ! répéta Chlodoald écumant de rage ; allez-vous croire cet ignoble juif ?

— Je dis vrai ! déclara Phatir.

— Allons ! conclut Dagobert, Dieu décidera.

Mais Chlodoald se récria :

— Tu ne vas pas me demander de me battre avec ce juif ?

— Mais tu te battras avec moi, fit Éligius, avec moi qui me fais le garant de Phatir.

— Tu veux être le champion du juif ? demanda Dagobert à son conseiller.

— Je serai le défenseur du juste contre le félon.

— Eh bien, Chlodoald, tu acceptes, je pense, le combat ?

— Oui ! oui ! Et que Dieu me juge !

Alors tout le monde abandonna la grande salle et se dirigea vers la cour de la villa.

Des serviteurs apportèrent des armes bénites par l'évêque de Tours et les remirent aux combattants. Chacun d'eux prit une épée à deux tranchants, une framée et un large bouclier pour se défendre.

Quand les deux adversaires furent en présence et que l'on vit Chlodoald en face d'Éligius, chacun pensa à part lui que c'en était fait de l'orfèvre.

Cependant, avec adresse Chlodoald avait violemment lancé sa framée contre Éligius et l'arme terrible était venue frapper en plein centre du bouclier qui fut percé de part en part. Éligius rejeta son bouclier devenu inutile et s'avança à découvert contre Chlodoald.

Et alors on vit bien que Dieu se détournait du guerrier franc car, à chaque coup qu'il portait, bien que son adversaire fût sans bouclier pour se défendre, aucun ne frappait Éligius ; et tout à coup celui-ci ayant fait tournoyer sa framée l'abattit sur la tête de Chlodoald qui tomba assommé, aux applaudissements du roy, des barons et des évêques qui criaient :

— Dieu a parlé !

Ainsi expira, l'an 632 de l'Incarnation, le Franc Chlodoald, parjure au serment qu'il avait fait sur la châsse du puissant roy Mérowicg.

Le Juif retrouva ses quatre mille sous d'or mais il perdit sa fille à jamais car, touchée par la grâce, elle s'était faite chrétienne et réfugiée à Poitiers dans le couvent qu'avait fondé Radegonde, première femme du puissant roy Chloter.

Quelque temps après Éligius fut appelé au siège épiscopal de Noyon où il vécut et mourut de façon si vertueuse que, depuis, l'Église l'honora sous le nom de saint Éloi.

ODOALDE

IXᵉ SIÈCLE

ODOALDE

LE sixième jour d'avril de l'an du Seigneur 861, lequel jour était la vigile de Pâques, vers la neuvième heure et alors que le soleil baissait déjà à l'horizon, un homme tout essoufflé, hagard, affolé, se précipita sur la place du Commerce en criant :

— Les Northmanns ! les Northmanns !

Aussitôt, les marchands sortirent de leurs échoppes, les ouvriers quittèrent leurs labeurs et les bateliers qui travaillaient sur le port accoururent.

— Les Northmanns ! les Northmanns ! continuait à crier l'homme.

Et comme on l'interrogeait, il répondit qu'il descendait du mont des Martyrs et que, de cette hauteur où l'on embrasse du regard toute la plaine du Nord, il avait vu le château de Saint-Denis dévoré par les flammes et la Seine couverte presque entièrement par les innombrables barques des bandits danois.

A cette terrifiante nouvelle, la consternation s'empara de la foule.

Tant de souvenirs douloureux étaient encore si vivaces au cœur des Parisiens !

Seize ans auparavant, conduits par un chef du nom de Raghener, les pirates normands, sur leurs barques légères dont la proue était ornée d'un dragon, avaient remonté la Seine, pillant et massacrant tout sur leur passage, et tant avait été rapide cette invasion que lorsqu'ils arrivèrent devant Paris, rien n'était préparé pour la défense et on n'avait pu leur opposer aucune résistance.

Les Parisiens désertèrent leur ville ; les prêtres et les moines, avec leurs trésors et leurs reliques, prirent brusquement la fuite et tout ce qui demeura dans cette place sans défense devint la proie des hommes du Nord.

Cependant, l'empereur Karl, que l'on surnommait le Chauve, était accouru à la tête d'une armée pour porter secours au comte de Paris. Mais n'osant combattre ses ennemis, il s'était arrêté à l'abbaye de Saint-Denis et là, ayant traité avec les Northmanns, il leur avait donné la somme de sept mille livres pesant d'argent pour qu'ils se retirassent.

A peine Paris renaissait-il de ses ruines que, onze ans plus tard, l'an de l'Incarnation 856, les Northmanns revenaient sur leurs dragons. Hélas ! la ville n'était pas plus prête à se défendre que la première fois ! De nouveau, ils pillèrent tout, brûlèrent la basilique du bienheureux Pierre et de Sainte-Geneviève, celle de Saint-Germain-le-Rond, de Saint-Vincent et de Saint-Denis de la Chartre. Ils s'emparèrent des vases sacrés et de tous les objets précieux, tuèrent les familiers des abbayes qui n'avaient pas eu le temps de fuir, puis abordèrent dans l'île de la Cité. A leur approche, les commerçants épouvantés se hâtèrent de transporter leurs marchandises sur leurs bateaux et cherchèrent à échapper aux pillards ; mais ceux-ci s'emparèrent des marchands et de leurs richesses et réduisirent en cendres les habitations de la ville. Cette fois Karl le Chauve, dans son Austrasie lointaine, n'avait point bougé.

Il y avait cinq ans de cela.

Sur l'une et l'autre rives de la Seine tout n'était que ruines et que deuils, et la Cité elle-même n'offrait plus qu'un funèbre amoncellement de décombres.

Pourtant on s'était efforcé de réparer le désastre.

Déjà les moines relevaient les murs croulants de leurs abbayes, et les églises renaissaient de leurs cendres. Les faubourgs se repeuplaient autour des vieilles basiliques et, dans la Cité, les marchands ayant reconstruit leurs boutiques, le commerce semblait vouloir revivre et la hanse des marchands de l'eau commençait à reprendre confiance.

Et voici que tout à coup, ce cri d'épouvante retentissait de nouveau :

— Les Northmanns ! les Northmanns !

Aussitôt la désolation s'emparait de toute la gent parisienne ; et au milieu de la terreur générale la haine grondait et des poings menaçants se tendaient vers l'Orient, du côté de la maison de l'évêque et vers l'Occident où s'élevait le palais du comte, les seuls monuments demeurés intacts au milieu des ruines.

— Voyez si nos seigneurs nous défendent ! criait un ouvrier. Que fait Enéas, évêque de Paris, de tout l'argent dont il nous rédime ? Est-ce qu'il n'aurait pas dû reconstruire les fortifications de notre cité !

— Et Corrar, notre comte, l'envoyé de l'empereur, reprenait un autre, va-t-il réunir son ban pour lutter contre les pirates scandinaves ?

— Bah ! faisait un marchand, reconnaissable à sa longue robe, Karl, notre empereur, est à Senlis ; il se soucie bien de Paris !

— Il traitera encore avec l'ennemi, quand nous serons tous morts et qu'il ne restera plus pierre sur pierre de notre cité.

— Les empereurs d'Austrasie n'aiment pas la Neustrie ! Paris n'est plus la capitale de l'empire ; c'est maintenant la plus petite ville du royaume ! Bientôt nous n'existerons plus !

Et les plaintes et les récriminations partout se faisaient entendre. La foule était visiblement exaspérée.

A ce moment, un homme venant de l'église cathédrale et se dirigeant vers le palais arriva sur la place du Commerce.

Il pouvait avoir une trentaine d'années ; il était grand, fort et superbement vêtu.

Un vaste manteau, de couleur bleue et de forme carrée, l'enveloppait tout entier, depuis les épaules jusqu'aux genoux ; mais comme ce manteau était fendu sur les côtés, il laissait apercevoir le costume de dessous qui se composait d'une ample veste de pourpre tyrienne, serrée au col par une agrafe d'or. Une étoffe de laine brune couvrait ses jambes, et ses cuisses étaient enveloppées d'une sorte d'écharpe ornée de superbes broderies ; enfin il était chaussé de brodequins en cuir doré, attachés

par de longues courroies. Une lourde épée pendait à son
côté et il marchait appuyé sur une haute canne faite
d'une branche de pommier dont l'extrémité était recouverte d'argent ciselé.

Cet homme était un des quatre échevins qui défen-
daient les intérêts de la ville auprès de Corrar, comte de
Paris et duc de France, gouvernant la Neustrie au nom de
l'empereur. Il s'appelait Eric et était fils de Gherber qui
fut un des plus riches marchands de l'eau.

En le voyant apparaître, la foule de plus en plus
surexcitée l'entoura et une voix cria :

— Tu connais la nouvelle, Eric ? Les Northmanns se
dirigent vers Paris !

L'échevin pâlit.

— Qui a dit cela ? demanda-t-il.

— Moi ! répondit l'homme qui avait apporté la nouvelle tout à l'heure ; je les ai vus du haut du mont des
Martyrs ; ils sont à Saint-Denis dont ils brûlent l'abbaye.

Alors cent voix clamèrent.

— Nous faut-il donc mourir jusqu'au dernier ! Fuyons
cette ville dont les seigneurs ne peuvent nous défendre !

Et tout à coup, comme si un vent de panique soufflait
sur cette foule terrifiée, chacun se prépara à gagner sa
demeure pour y prendre ce qu'il avait de plus précieux
et se réfugier dans les bois ou dans les églises lointaines,
hors de la portée de ces brigands du Nord qui ne respec-
taient rien.

Mais, d'un geste autoritaire Eric contint cette foule.

— Eh ! quoi ! dit-il, n'êtes-vous point des hommes ! Et
si vos maîtres vous abandonnent, n'avez-vous point le

courage de lutter hardiment pour votre vie, pour votre liberté et pour la conservation de vos foyers !

— Mais ils sont trop ! firent quelques voix.

— Fussent-ils cent mille, vous avez pour vous le bon droit et la justice ! Et puis, si deux fois déjà les hommes du Nord sont tombés sur vous à l'improviste, aujourd'hui vous êtes prêts et vous pouvez vous défendre !

— Oui ! oui ! défendons-nous ! crièrent plusieurs voix, et si nous sommes vaincus, que la honte de notre mort retombe sur l'empereur et sur le comte !

Cependant d'autres demandèrent :

— Mais il nous faut un chef ! Qui nous commandera ?

— Moi ! répondit Eric.

Alors, enhardie par cette parole, toute la foule cria :

— Vive Eric, fils de Gherber ! Vive notre échevin !

— Allons, mes amis, continua Eric, vite à l'œuvre car nous n'avons pas une minute à perdre ! Aux ponts d'abord, qu'il nous faut barricader sans retard pour arrêter les *dragons* des bandits ; puis, aux murailles dont il faut réparer les brèches ; et s'il nous reste du temps, nous élèverons une tour à la pointe de l'île d'où nous pourrons dominer l'ennemi et l'écraser. Allons, à l'œuvre ! et que demain tous soient prêts à repousser l'assaut de ces démons du Nord !

Immédiatement la foule, sans distinction de rang ni de fortune, courut aux ponts et aux remparts.

— Vengeons nos morts ! Vengeons nos morts ! criaient les Parisiens, en préparant la défense de la ville.

— Moi aussi, j'ai un mort à venger ! déclara Eric, mon frère Eymar, mon frère qui était moine à Saint-Germain et que les Northmanns ont tué ! Je le vengerai !

Et toute la nuit les Parisiens travaillèrent sans relâche, tandis que dans les églises les moines et les prêtres priaient et chantaient :

Ab ira Normanorum libera nos, Domine !

II

Le vieux Gherber, un des plus riches marchands de l'eau, de la hanse parisienne, avait eu deux fils, deux jumeaux : Eric et Eymar.

Comme Gherber était un homme sage et noble, il avait voulu que ses enfants fussent instruits et il les avait envoyés à l'école, — la seule de Paris et de toute la Neustrie, — que Karl le Grand, empereur d'Occident avait fait édifier proche de la maison de l'évêque et attenante à l'église cathédrale.

Eric et Eymar apprirent tout ce que l'on enseignait à cette époque, c'est-à-dire à lire, à écrire et à compter, puis l'astrologie qui se bornait au calcul appelé comput et à la méthode de déterminer les fêtes mobiles ; en plus, l'art de chanter au lutrin, ce qui donnait une grande considération à celui qui le possédait complètement.

Eric et Eymar avaient donc grandi en force et en science et c'étaient deux jeunes gens dont le marchand de l'eau avait à juste titre le droit de se montrer fier.

Cependant, si les deux jumeaux se ressemblaient au physique, il était difficile de trouver des caractères plus nettement opposés. Autant Eric était doux, charitable et bon, autant Eymar était violent, irascible et cruel. Il était

évident qu'Eric héritait de sa mère la douceur et la
noblesse gallo-romaine, tandis qu'au contraire Eymar
tenait de son père, d'origine purement franque, toutes les
passions qui fermentaient dans l'âme des Barbares.

Or il advint qu'un jour, à l'insu l'un de l'autre, les
deux frères s'éprirent de la même femme. C'était la
blonde Odoalde, la fille du mosaïste Gooswin qui demeurait auprès de l'église Saint-Merri.

Mais tandis que, plus timide, Eric avait caché son
amour, n'osant l'avouer hautement, Eymar avait ouvert
son âme à la jeune fille et leurs cœurs ayant battu
ensemble, tous deux s'étaient secrètement fiancés.

C'était il y avait seize ans, au moment où les Northmanns venaient d'envahir pour la première fois le pays
parisis. Alors, au péril de sa vie, Eymar, farouchement,
avait défendu la blonde Odoalde contre les pillards qui
assaillaient la demeure de son père située dans le faubourg
du Nord. Il avait sauvé la vie de la jeune fille en lui
faisant franchir le fleuve et en la conduisant, saine et
sauve, dans la Cité, c'est-à-dire à l'abri des terribles
envahisseurs.

Puis, un jour, la paix revenue, Eymar était parti.
Il s'en était allé là-bas, dans l'Orient lointain, au pays des
Syriaques, pour trafiquer; et longtemps il avait été absent.

Mais à son retour quelle ne fut point sa douleur et en
même temps sa colère, en retrouvant Odoalde unie à son
frère Eric.

Elle avait donc été parjure ? Non ! Mais, tandis que
celui qu'elle pensait aimer plus que tout était au loin,
Eric, ignorant des projets de son frère, avait avoué au
vieux Gherber son amour pour la fille du mosaïste et lui

avait déclaré qu'il mourrait si Odoalde ne devenait pas
son épouse.

Gooswin était l'obligé de Gherber et il avait ordonné
à sa fille d'épouser Eric.

La pauvre enfant n'avait point osé refuser, ne s'était
pas senti le courage d'avouer que c'était l'autre frère
qu'elle aimait, que c'était Eymar qui avait reçu ses
promesses et à qui elle était fiancée. Et elle avait épousé
Eric.

Eymar n'avait pu accuser ni son frère, ni sa fiancée.
La fatalité seule était coupable !

Son caractère morose s'était encore aigri à ce coup du
sort, et ne pouvant supporter la vie, il était allé s'enfermer
à l'abbaye de Saint-Germain-le-Rond, espérant y trouver
le calme et le repos.

L'ombre du cloître éteignit-elle ses ardeurs et la vie
monacale parvint-elle à apaiser la fougue de cette âme
barbare ? C'est ce que nul ne put savoir car Eymar cacha
sa détresse, comme il avait su cacher autrefois ses rêves
de bonheur.

Pourtant son humeur farouche ne se modifia point et
lorsque les Barbares furent revenus sur leurs barques
légères et qu'à leur approche, avec tout le peuple affolé,
les moines de Saint-Germain-le-Rond se furent enfuis en
emportant leurs trésors et les reliques de leur saint, Eymar
demeura seulement avec quelques religieux résolus à
défendre leur monastère.

Que se passa-t-il alors dans l'abbaye ? On ne sait ;
mais quand les Northmanns se retirèrent, pareils aux flots
de l'océan qui après la tempête ne laissent sur les grèves
que les épaves des navires qu'ils ont brisés, l'abbaye de

8

Saint-Germain-le-Rond n'était plus qu'un amas de ruines, au milieu desquelles on ne trouva que les corps horriblement mutilés de ses derniers défenseurs.

Mais malgré toutes ses recherches, Eric ne put découvrir le cadavre de son frère.

Il voulait le venger maintenant ce frère dont il avait toujours ignoré l'amour pour Odoalde et dont l'entrée au monastère de Saint-Germain-le-Rond était demeurée pour lui une indéchiffrable énigme.

Cependant, à la lueur des torches fumeuses qui éclairaient sinistrement les berges, les Parisiens, encouragés par leur échevin, s'étaient mis de tous côtés à l'ouvrage avec une fiévreuse activité.

On consolida le grand et le petit pont à l'aide de poutres et de troncs d'arbres, et leurs arches étroites furent obstruées au moyen de branchages épineux afin que les barques des Northmanns ne pussent les franchir.

Ailleurs, à la hâte, on boucha les brèches des remparts entourant la Cité, et à la pointe occidentale de l'île, dans les terrains incultes qui se trouvaient derrière le palais du comte, on éleva une sorte de tour en bois.

Pendant ce temps, on amoncelait sur les remparts et sur les deux ponts, des flèches, des carreaux, des armes de toutes sortes et aussi du bitume, de la poix et du plomb que l'on ferait fondre et que l'on verserait sur les barques des ennemis assez téméraires pour s'approcher.

La nouvelle de l'arrivée des Northmanns s'était répandue sur les deux rives et les habitants de ces faubourgs se hâtaient de gagner l'île de la Cité, emportant avec eux leurs meubles et leurs objets les plus précieux.

Enfin le jour parut.

C'était la fête de Pâques ; toutes les cloches des églises
se mirent en branle, et l'on n'aurait su dire si elles son-
naient la joie de la Résurrection ou le funèbre appel du
tocsin.

Mais tout était prêt et les Northmanns pouvaient venir.

Et bientôt en effet, là-bas, au loin, on aperçut la Seine,
dont les flots miroitaient au soleil levant, s'obscurcir
comme si, tout soudain, un sombre nuage étouffant les
rayons du soleil en eût terni l'éclat.

C'étaient les barques des Northmanns qui arrivaient.

Alors un grand cri s'éleva de Paris et chacun courut
aux armes.

III

Cependant, quand les premiers drakes furent parvenus
à une portée de trait des murs de la Cité, les barques
s'arrêtèrent et toute la flottille, dont on ne pouvait
apercevoir la fin, sembla s'immobiliser.

C'est que les bandits scandinaves venaient de constater
les préparatifs de défense des Parisiens et ils se rendaient
compte que la ville qu'ils s'attendaient à surprendre à
l'improviste se trouvait sur ses gardes et prête à se
défendre opiniâtrement.

Alors on vit les barques s'approcher de la rive et les
Barbares débarquèrent et se répandirent dans les plaines
environnantes.

Ils étaient si nombreux que bientôt ils couvrirent l'une
et l'autre rives, depuis l'abbaye de Saint-Germain-le-

Rond jusqu'à celle de Saint-Martin, et à gauche, depuis Saint-Victor jusqu'à Saint-Germain-des-Prés.

C'était comme une mer humaine et flottante qui enveloppait la Cité, au delà du fleuve.

Bientôt les faubourgs furent en flammes et les Parisiens impuissants voyaient s'allumer de tous côtés à la fois d'immenses incendies. C'étaient Saint-Germain-le-Rond, et Saint-Merri, et l'abbaye de Saint-Vincent qui après avoir été pillés par les Barbares avaient été livrés au feu.

Pendant huit jours, huit longs jours, le fléau dévastateur continua son œuvre.

Les Northmanns n'osaient attaquer Paris mais, sans nul doute, ils espéraient le prendre par la famine.

Et en effet, dans la Cité dont la population s'était accrue de tous les habitants des faubourgs, les vivres commençaient à manquer.

— Voyez, disaient les Parisiens à bout de ressources, voyez si notre empereur viendra à notre aide !

Et Eric se multipliait partout, relevant les courages et faisant espérer aux défenseurs un secours illusoire.

Mais lui-même commençait à être à bout de forces.

Or le siège durait depuis plus d'une semaine déjà lorsqu'un matin un homme se précipita dans la maison de l'échevin.

C'était un pauvre ouvrier potier qui demeurait au faubourg du Nord et qui n'avait pu résister au désir d'aller voir si les Barbares avaient saccagé sa misérable maison, comme ils avaient pillé et brûlé les riches abbayes.

Ayant traversé le fleuve à la nage, il s'était faufilé à travers la horde des Barbares et était parvenu jusqu'à sa demeure dont il n'avait retrouvé que les ruines fumantes.

Il s'en revenait de sa périlleuse expédition, tout désolé et abattu, moins terrifié par la dévastation de sa chaumière que par un spectacle stupéfiant dont il venait entretenir l'échevin.

— Écoute, Éric, fit-il, et crois en ma parole ! Moi-même, au premier moment, je me suis cru le jouet d'une vision, mais mes yeux ont vu et mes oreilles ont entendu. A côté du chef des Barbares, que l'on nomme Hroll, lui servant de conseiller et de lieutenant, j'ai vu ton frère Eymar.

L'échevin se dressa frémissant :

— Tu es fou, potier ! fit-il, tu sais bien que mon frère Eymar a été tué par les Barbares, il y a six ans ! Comment se trouverait-il au milieu d'eux ?

— Je l'ai vu ! affirma le potier.

— Non ! tes yeux ont été trompés par quelque étrange ressemblance. Mon frère est mort ! Et d'ailleurs, vivrait-il, est-il possible d'admettre que le frère d'Éric, que le fils de Gherber se soit fait l'allié des pirates qui viennent dévaster son pays !

— Je te dis que je l'ai vu !

— Mensonge !

— Et j'ai entendu sa voix. Car si mes yeux ont pu se méprendre à quelque ressemblance, mes oreilles ne m'ont point trompé et j'ai entendu Eymar, ton frère, dire à Hroll, le chef des Northmanns : « Patience ! je connais les Parisiens, ils ont du courage, mais la famine les aura bientôt domptés et mis en notre pouvoir. Crois-en la parole d'Eymar dont l'île de la Cité fut le berceau ! »

Voilà ce que j'ai entendu, Eric, et maintenant douteras-tu de ma parole ?

Eric baissa la tête.

Cet homme ne pouvait lui mentir.

Et il dit :

— Que la malédiction du ciel tombe sur celui qui tourne son épée contre son pays et combat parmi les ennemis de son frère.

Cependant le potier demeurait silencieux devant l'échevin.

— Eh bien ! dit Eric, maintenant que tu m'as fait ta terrible confidence, qu'attends-tu de moi, potier ? Tu ne désires pas une récompense, je pense ?

— Non ! répondit l'homme, mais tu es échevin, Paris souffre, ton frère est à la tête de nos ennemis, et je viens te dire : Que comptes-tu faire ?

— Et que veux-tu que je fasse ? Et en quoi ce que tu viens de m'apprendre change-t-il notre situation ?

— Il me semble, déclara l'artisan, que tu pourrais aller trouver ton frère. Peut-être écouterait-il tes prières et consentirait-il à lever le siège.

Mais Eric se dressa menaçant :

— Tais-toi, potier ! cria-t-il, ou je croirais que tu es envoyé par mes ennemis et je te ferais mettre à mort sur-le-champ ! Te figures-tu que je vais m'abaisser devant le renégat et le traître ! Je mourrai en défendant ma ville, et ses décombres m'enseveliront, mais je ne ferai jamais la démarche que tu me proposes.

L'homme ne répondit rien. Une minute encore il hésita, comme s'il avait autre chose à dire puis, sans ajouter un mot, il s'éloigna.

Eric, demeuré seul, laissa tomber son front dans ses mains. Des larmes coulaient sur ses joues et il murmurait :

— O vieux Gherber, ô mon père, toi qui du haut du ciel nous vois en ce moment et connais nos secrets desseins, dis-moi ce qui a poussé Eymar à s'allier à nos ennemis.

Cependant, de la salle voisine où elle se trouvait, Odoalde avait entendu tout cet entretien et l'épouvante angoissait son âme.

Ainsi Eymar n'était point mort, comme on l'avait dit ! Il n'avait pas été massacré dans le sac de Saint-Germain-le-Rond, et maintenant il commandait dans les rangs des pirates du Nord !

Ah ! ce qui l'avait poussé à trahir sa foi et son pays Odoalde ne le savait que trop !

Combien de fois ne s'était-elle point reproché son ingratitude envers ce fiancé auquel librement elle avait donné sa foi !

Depuis le jour où Eymar meurtri par le parjure de sa fiancée s'était cloîtré sous la voûte de l'abbaye, elle n'avait plus osé approcher du saint monastère, de peur que les plaintes de l'amour désolé ne parvinssent jusqu'à elle et ne traversassent les murs pour lui reprocher sa trahison.

Et, de loin, quand son regard rencontrait les hautes tours de Saint-Germain-le-Rond, il lui semblait toujours apercevoir un moine éploré lui criant son abandon ; et la voix des cloches elle-même lui paraissait celle du délaissé.

Cent fois elle avait été sur le point de confesser son tourment à son mari. Mais Eric l'aimait et elle ne se sentait pas le courage de briser son bonheur en lui avouant que ce bonheur-là était fait du désespoir de son frère.

Puis, quand les Northmanns eurent saccagé l'abbaye de Saint-Germain-le-Rond, comme on croyait Eymar enseveli sous ses ruines, Odoalde s'était sentie plus calme. Il lui semblait que, mort, Eymar lui avait pardonné puisque, comme tous ceux qui reposent dans la paix du Seigneur, il devait savoir maintenant toute la vérité sur les événements passés.

Et voici que tout à coup elle apprenait qu'Eymar vivait, qu'Eymar se trouvait parmi les Barbares, qu'Eymar était presque leur chef !

Ah ! Si les Northmanns étaient venus de nouveau assiéger Paris, c'était Eymar, certainement, qui les avait amenés ! Et n'était-ce pas elle, la pauvre Odoalde, la cause initiale de tous les malheurs qui fondaient sur le pays parisis !

Aussi, quand elle entendit le potier demander à Eric d'aller trouver son frère et de le supplier de lever le siège, tout de suite sa décision fut prise.

— Puisque c'est moi qui suis la cause du mal, pensa-t-elle en son exaltation, c'est à moi qu'il appartient de le conjurer !

Et ayant revêtu son manteau, furtivement elle quitta sa demeure et se dirigea vers la Seine.

IV

Dans l'abbaye ruinée de Saint-Germain-le-Rond, les Northmanns festoyaient. Il n'y avait là ni chefs ni soldats

car, à table, quand circulaient les quartiers de moutons
rôtis et les cornes débordantes d'hydromel, tous étaient
égaux. Le Kuning ou chef de la horde, qu'on appelait
aussi le roi de la mer, perdait tout le privilège de son rang
dès qu'on ne se battait plus.

Pourtant, c'était un guerrier valeureux que Hroll.
Grand et fort, ses bras et ses jambes nus solidement
musclés accusaient sa vigueur incomparable, et la cuirasse
à mailles d'or dont il était revêtu indiquait son titre de
chef. Mieux que pas un il savait gouverner sa barque à
l'heure de la tempête et, lors du combat, nul n'aurait
osé lui résister.

On disait aussi qu'il était initié à la science des Runes
et connaissait les caractères mystérieux qui, gravés sur
les épées, donnent la victoire et ceux qui, inscrits à la
poupe des vaisseaux, peuvent éloigner la tempête.

— C'est le fils préféré d'Odin et de Thor, disaient les
Danois, et il a vu s'ouvrir déjà les palais éblouissants du
Walhalla.

Mais à cette heure où, dans les ruines du vieux Saint-
Germain-le-Rond, les Northmanns festoyaient, le terrible
Hroll n'était que l'égal du dernier de ses compagnons.

A ses côtés se trouvait un homme d'une trentaine
d'années. Bien qu'il fût vêtu comme les guerriers du
Nord, on devinait, par son teint et par la couleur sombre
de ses cheveux, qu'il devait être d'une autre race.

C'était Eymar.

Il était l'ami de Hroll et les Northmanns n'avaient
pour lui que de l'affection, bien qu'il ne fût pas des leurs,
parce que, oubliant qu'il avait été régénéré dans les eaux
saintes du baptême, il adorait avec eux Odin et Thor.

Puis il leur servait de guide, les aidait à déjouer les ruses des Francs de Neustrie dont il était, et découvrir les points accessibles où la victoire les attendait.

Comme les vrais Northmanns, Eymar se gorgeait de mouton rôti et s'enivrait d'hydromel, dans ce pieux monastère que ses compagnons actuels avaient autrefois dévasté et où lui-même avait vécu si longtemps dans la prière et dans la méditation.

Mais tout à coup un homme s'approcha et lui dit :

— Franc, une femme est là qui te demande.

— Une femme ? fit Eymar étonné.

— Elle sort de Paris et est venue jusqu'à nous. Nous allions la tuer, quand elle a prononcé ton nom.

Eymar pâlit car tout de suite il devina quelle devait être cette femme.

Et, troublé plus qu'il n'aurait voulu le laisser paraître, il quitta la salle du festin et se dirigea vers la partie du cloître où se trouvait la visiteuse.

Il la reconnut tout de suite, bien qu'il ne l'eût vue depuis bientôt huit ans, c'était Odoalde !

En apercevant Eymar, une telle émotion s'empara de la jeune femme qu'elle dut s'appuyer sur le fût d'une colonne brisée pour ne point choir sur les dalles de pierre.

Cependant Eymar s'approcha et d'une voix indéfinissable :

— C'est bien tard pour venir, Odoalde ! fit-il, car voici bientôt huit années que je t'attends !

Au son de cette voix, l'épouse d'Eric tressaillit.

— Ainsi, c'est toi ! fit-elle, et le potier n'avait pas été le jouet d'une vaine illusion !

— Oui, c'est moi! Cela est-il pour t'étonner? J'avais cru trouver la paix et le repos à l'ombre de ce vieux cloître; mais les Northmanns sont venus, ils m'ont fait prisonnier; ils allaient me livrer à la mort, quand je leur ai demandé de me laisser vivre, et, reniant le Christ et ses dogmes qui n'avaient pas pu me donner la joie et le bonheur, j'ai sacrifié à Odin. Alors mon humeur aventureuse reprenant le dessus, avec les hommes de Scandinavie, j'ai couru le monde. Est-ce à toi à me le reprocher, Odoalde?

— Je ne te reproche rien! répondit humblement la jeune femme.

— Et si, oubliant de quelle race je suis né et quel pays fut mon berceau, je suis venu avec les compagnons que je me suis librement donnés, vers cette ville où je savais que le butin serait plus abondant, est-ce à toi que j'en dois rendre compte, Odoalde?

— Je ne te demande rien! reprit Odoalde, seulement je te dis: Pourquoi m'accables-tu? parce que tu ne sais pas ce que j'ai souffert!

— Et moi! n'ai-je pas souffert? Ah! quand je voguais dans les mers syriaques, revenant des pays lointains où le soleil se lève, je n'avais qu'une pensée: revoir celle que j'aimais et qui m'attendait pour me donner la joie et le bonheur. Je trouvais que le vent qui gonflait nos voiles soufflait avec trop peu de violence et j'aurais souhaité que la rafale féroce et rauque de l'océan balayât dans la tempête ma barque légère et l'emportât sur les lames furieuses vers la rive où je pensais trouver le repos tant désiré. Mais quand je suis arrivé et que j'ai vu celle que j'aimais assise au foyer d'un autre, crois-tu que je n'ai pas souffert ? J'ai voulu prier, mais ton image, sans cesse, surgissait entre Dieu et moi ! Je me suis lancé dans les aventures et les combats, mais ton fantôme se dressait encore au milieu des flaques du sang que j'avais répandu, et pas plus que la prière la bataille ne m'a donné le repos ! Ah ! tu crois que je n'ai pas souffert ! Alors j'ai voulu revoir les lieux où l'espoir m'avait caressé de son aile indulgente et voilà pourquoi les hommes du Nord couvrent l'une et l'autre rives du fleuve. Odoalde, la paix a fui à jamais de mon cœur ; c'est toi qui l'en as chassée et je te crie : Que viens-tu faire ici ? Tu es la femme d'un autre ; je ne te connais plus !

Odoalde releva la tête.

— Eymar, fit-elle gravement, puisque c'est la haine qui t'a ramené en ces lieux et qu'il te faut une victime pour l'assouvir, me voilà ! A quoi bon faire souffrir tant d'innocents ? Prends ma vie, elle est tienne.

— Ce n'est pas ta vie qu'il me faut !

— Hélas ! je ne puis te donner que cela ! Seule ma vie m'appartient.

— Et ton amour ?

— Il est à ton frère.

— Tu mens !

— J'aime Eric.

— Tu mens !

— Il est mon époux !

— Il est ton époux mais ton cœur est à moi ! Tu n'as jamais cessé de m'aimer, Odoalde ; tu m'aimes encore ; sans cela, serais-tu venue ?

Et la femme d'Eric ne répondit rien, mais elle baissa la tête.

Alors Eymar s'approcha et la prenant par la taille, il pencha vers elle son front hâlé par les tempêtes des océans.

— Écoute, fit-il fiévreusement, c'est ton amour que je veux, car alors, peut-être, pourrai-je trouver le repos que je cherche depuis tant d'années ! Ton amour, Odoalde, donne-moi ton amour, et par Odin et toutes les délices du Valhalla, je te le jure, dans une heure les Northmanns remonteront sur leurs barques légères et auront quitté le pays parisis.

— Dis-tu vrai ?

— Je le jure !

— Alors, Eymar, tu peux donner le signal du départ !

— Et tu seras à moi ?

— A jamais !

. . . .

Deux heures après, les Parisiens qui guettaient sur les murailles de la Cité virent avec stupéfaction les Northmanns remonter sur leurs barques légères, puis lentement descendre le fleuve et disparaître à l'horizon.

Sur le conseil d'Eymar, Hroll avait donné le signal du départ, persuadé que les Parisiens qui leur tenaient tête depuis douze jours déjà étaient capables de prolonger très longtemps leur résistance.

Le soir même ils arrivaient à Médunta, qu'ils avaient pillée et dévastée en passant et dont les ruines fumaient encore.

Alors Eymar dit à Odoalde qui l'avait suivi sur sa barque.

— J'ai tenu ma promesse ; à toi de tenir la tienne.

— Crois-tu à mon amour ? répondit la jeune femme.

— Oui! j'y crois!

— Et toi, m'aimes-tu?

— Oh! tu me le demandes!

— Alors je suis à toi, à jamais!

Et ce disant, Odoalde tira un poignard qu'elle dissimulait sous son manteau et, s'en perçant le cœur, elle tomba inanimée aux pieds d'Eymar.

Ainsi mourut le dix-huitième jour du mois d'avril de l'an de l'Incarnation 861, Odoalde, femme d'Eric, qui, nouvelle Geneviève, avait sauvé Paris de la famine et de la mort.

POUR SAUVER SA TÊTE

XIIIe SIÈCLE

POUR SAUVER SA TÊTE

I

Au milieu de cette vaste plaine qui s'étend des collines de Montmartre jusques à l'abbaye royale de Saint-Denis, il y avait fêtes et réjouissances.

On se trouvait au lundi de juin qui suit la fête de Saint-Barnabé et au troisième jour de la célèbre foire du Lendit.

Comme chaque année, un débat s'était élevé l'avant-veille, entre l'évêque de Paris et l'abbé de Saint-Denis, sur la question de savoir lequel des deux ferait la bénédiction de la foire, car une somme de dix livres devant revenir au bénisseur, l'évêque excipait de son droit ancien, tandis que l'abbé répondait que le Lendit se trouvait sur ses terres. Cette raison ayant prévalu, l'abbé de Saint-Denis avait béni la foire et touché les dix livres.

La foule s'était d'ailleurs désintéressée de la question; pourvu qu'elle fût bénie, peu lui importait que ce fût par un évêque ou par un abbé, même mitré; et bourgeois, gens d'armes et seigneurs se pressaient autour des tentes bariolées dont les drapeaux claquaient aux vents, abritant regrattiers, tapissiers, merciers, potiers, archers, taméliers et parcheminiers.

Mais c'étaient surtout les taverniers et les cervoisiers qui retenaient la plus nombreuse clientèle.

Cependant il n'y avait point que des marchands à la foire du Lendit. De-ci, de-là, des bateleurs de toutes sortes arrêtaient les promeneurs ; équilibristes, jongleurs et acrobates franchissant des cerceaux ou dansant sur des épées, Béarnais montreurs d'ours ou de singes, ménétriers et joueurs de cornemuse, et même quelques filles d'Égypte et autres nécromans devinant l'avenir sans crainte du fagot qui les attendait en place de Grève.

Néanmoins, tous ces amuseurs de foule ne paraissaient pas jouir de la même faveur publique, car voici qu'en un coin de la foire, à l'ombre d'un ormeau, une façon de trouvère qui psalmodiait ses vers en s'accompagnant sur la viole n'avait pu rassembler autour de lui que cinq à six personnes.

Il est vrai que ce poète était fort minable.

Jeune encore, de figure émaciée, les pommettes saillantes et les yeux creux, il avait ce teint jaunâtre de vieux parchemin qui trahissait les journées sans pain et les nuits sans sommeil. Son corps, maigre et long, était couvert d'une ample socquine plus percée de trous que le ciel n'est d'étoiles et sous laquelle on apercevait des chausses et un surcot dont il eût été bien difficile de deviner la couleur primitive. Sa tête était coiffée d'une huncque mirifique d'où s'échappaient, en ruisselant sur les joues, de longs cheveux noirs qui depuis longtemps,

certainement, n'avaient dû connaître la morsure du
peigne.

Le poète avait trop piteuse mine pour retenir l'attention des bourgeois, des gens d'armes et des escholiers.

Et ce pourtant, le fabliau qu'il psalmodiait en s'accompagnant sur la viole ne manquait point d'esprit et eût
été fort propre à intéresser les auditeurs s'il s'en fût pré-
senté.

Il y était question d'un moine sacristain qui, ayant
voulu séduire une bourgeoise aimable et accorte, nommée
Ydoine, avait été cruellement puni de sa mauvaise
action.

Or, en ce bel an du Seigneur 1256, sous le règne du
saint roy Louis le neuvième qui avait fondé tant de couvents dans sa capitale que l'on ne pouvait y faire un pas
sans se heurter à quelque moine, il fallait une certaine
audace pour se gausser de ces béguins et papelards qui
grugeaient le peuple et tenaient le haut du pavé.

Le fabliau rythmé du pauvre hère eût donc été du
goût du public, mais le public lui manquait.

Seulement cinq ou six badauds l'entouraient; et
quand le poète, ayant fini son *dict*, tendit vers eux son
aumônière, chacun lui tourna les talons, et l'infortuné
demeura seul au pied de son orme, en poussant un
profond soupir.

Certes, on eût été bien embarrassé de dire si ce
soupir était motivé par le manque de recette ou par le
peu de cas qu'on faisait de son œuvre.

Il s'apprêtait à s'éloigner et à fuir cette foire où la
poésie semblait si peu en honneur, quand tout à coup il
s'entendit interpeller.

— Holà! messire Rutebeuf, mon compère! te voici tout penaud et dépité! Quelle pensée te suffoque?

S'étant retourné, Rutebeuf, — puisque tel était le nom du poète, — reconnut aussitôt, et non sans surprise, celui qui venait de lui adresser la parole.

Certes, le nouvel arrivant ne paraissait pas être en meilleur équipage que notre pauvre poète; cependant il avait un bon tabard de tiretaine et il était chaussé de houseaux poudreux, ce qui semblait indiquer qu'il venait de fournir une longue étape.

Une sorte de viole était pendue à son dos.

Rutebeuf s'avança vers son confrère, et soudain redevenu joyeux:

— Hé! c'est maître Colin Muset, le bon trouvère de Champagne!

Celui-ci sourit:

— Allons! dit-il, je vois que tu n'oublies point les vieux amis, et bien que dix ans se soient écoulés depuis notre dernière rencontre, tu m'as reconnu tout de même.

— Or çà, dit Rutebeuf, que viens-tu faire en pays parisis? La Champagne est-elle en feu ou son comte Thibaut est-il mort, que tu sois encore par les chemins, comme au temps de notre prime jeunesse? Enfin, quel dessein t'amène à Paris?

— J'ai l'humeur aventureuse, déclara Muset, et quand je suis resté quelques semaines dans les castels ou dans les abbayes, j'éprouve un irrésistible désir d'aller ailleurs. Ainsi l'idée m'est venue de me rendre à Paris et j'y vais!

Rutebeuf hocha la tête.

— Mauvaise inspiration ! fit-il.

— Pourquoi ?

Mais le pauvre poète, sans répondre, saisit le bras du trouvère champenois et l'entraîna.

— Tiens ! dit-il enfin, viens-t'en chez quelque tavernier, mon compaing, nous y serons mieux que sous cet orme, qui ne vaut pas le hêtre sous lequel Virgile Maro, notre ancêtre, modulait ses pastorales et élégies. Et là, en buvant quelques pintes de ce bon vin de Chanteloup qui pourtant ne vaut pas l'ambroisie de notre Champagne, nous pourrons causer tout à notre aise.

A quelques pas de là, un tavernier s'était installé sous une vaste tente. Mais, par suite de l'abondance des clients, ses tables débordaient au dehors et faisaient comme une joyeuse ceinture de buveurs bruyants et gesticulants.

Au-dessus de la tente flottait un grand drapel de pourpre sur lequel on pouvait lire :

ROBERT TURGIS

CERVOISIER EN LA RUE GAILANDE

Et, monté sur un tonneau, un homme s'égosillait, criant :

— Entrez céans, messieurs ! C'est ici que se débite la meilleure cervoise de Paris ; et dans tout le Lendit vous ne dégusterez plus excellent vin de Chanteloup !

— Ma foi ! fit Rutebeuf, installons-nous ici. Justement Robert Turgis est de mes amis ; le hasard ne pouvait mieux nous servir.

Et tous deux s'installèrent.

Bientôt une gente servante déposa devant eux deux gobelets et un broc où écumait la blonde cervoise.

Les deux amis se versèrent force rasades.

— Ainsi, dit Rutebeuf, tu viens à Paris, mon compaing, dans l'espoir d'augmenter ton pécule?

— Dame! répondit le trouvère champenois, telle est en effet mon intention. Car te l'avouerai-je, les châteaux, à cette heure sont plus vides que nids de faisans quand la belette y a passé ; aussi ai-je espoir qu'à Paris j'arriverai facilement à grossir mon aumônière.

— Heu! heu! fit Rutebeuf en hochant la tête.

Colin Muset poursuivit :

— C'est que là-bas, au village de Champagne où je suis né, il y a une chaumière où m'attendent ma femme et mes deux enfants. Et, ma foi, quand après quatre ou cinq mois de voyage je rentre au logis l'escarcelle vide, ma femme n'est guère contente : — « Holà! messire le morfondu, me crie-t-elle, de quel pays venez-vous donc pour avoir l'aumônière ainsi gonflée de vent? Male heure arrive à celle qui vit en votre compagnie! »

« Tout au contraire, quand elle me voit arriver avec un sac bien rebondi, elle a vite fait de jeter là sa quenouille et de me tendre les bras ; mon garçon range ma cornemuse et ma fille va tuer deux chapons bien gras ; je suis alors réellement le roy de la maison. »

Le bon trouvère avait prononcé ces paroles, l'œil vague et rêveur, comme s'il se voyait déjà de retour au logis, l'aumônière craquant sous le poids de l'or et de l'argent.

Mais Rutebeuf ferma à demi les paupières, plissa le nez, fit une moue et secoua la tête de droite à gauche.

— Eh bien ! mon compère, dit-il, si tu veux voir ta fille tuer deux chapons bien gras, à ton retour dans ton village natal, tourne bride au plus tôt et ne rentre pas dans Paris.

— Pourquoi cela ?

— Parce que notre sire le roy s'est croisé et va partir pour la Terre-Sainte, que nos seigneurs préparent leurs équipages et que ce n'est point le moment d'aller leur chanter tes fabliaux ou tes pastourelles.

— Pardieu ! fit Colin Muset, je sais bien que la nouvelle croisade fait le vide à la cour comme dans les châteaux ; mais à Paris, il y a des bourgeois.

— Que le mal ardent les étouffe ! Les bourgeois ne desserrent pas les cordons de leur escarcelle pour les pauvres poètes comme nous ! Mais regarde-moi donc, mon compaing ! Je suis sans cotte, sans vivres, sans lit ; je tousse de froid, je bâille de faim, personne ne me donne, je ne sais où aller et je ne pense point qu'il y ait un homme aussi pauvre que moi de Paris à Senlis ! Pourtant, tu sais si j'ai du talent !

— Certes ! répondit Colin Muset.

— Eh bien ! voilà où j'en suis ! C'est à croire que Dieu le débonnaire m'aime d'un peu trop loin. Depuis la ruine de Troie, on n'en a jamais vu d'aussi complète que la mienne !

— Pourtant, hasarda le Champenois que ces discours ne décourageaient pas, pourtant si les seigneurs s'en vont et que les bourgeois soient si chiches, il y a les moines !

Rutebeuf leva les deux bras au ciel.

— Oh ! oui, des moines ! ce n'est pas ce qui manque à Paris, et de toutes les couleurs, des noirs, des blancs, des gris, des bruns, des barrés..., moines grands seigneurs et moines mendiants..., et les capucins, et les cordeliers, et les minimes, et les frères prêcheurs, et les carmes et les augustins. Ils vont de porte en porte et l'on n'entend que : pain aux frères mineurs ! pain aux barrés ! pain aux croisés ! pain aux frères Saint-Jacques !... pain par-ci, pain par-là... et ils demandent tant de pain, les papelards, et on leur en donne tant qu'il n'en reste plus pour les poètes qui, certes, en ont plus besoin qu'eux ! — Et comme s'il n'y avait pas déjà assez de couvents dans Paris, chaque jour notre sire Louis en fonde encore de nouveaux. Quelle aberration !

Colin Muset pâlit ; il se signa et voulut faire taire son compère, car médire du roy et cela en pleine foule !...

Mais Rutebeuf était lancé.

— Et le voilà qui part de nouveau pour la Terre-Sainte ! Comme s'il ne pouvait demeurer tranquille en son palais au lieu de courir, au delà des mers, guerroyer contre les mécréants qui finiront par lui faire un mauvais parti.

— Eh quoi ! fit le trouvère champenois surpris, c'est ainsi que tu parles des croisés ! Mais on m'avait dit que tu admirais ces expéditions lointaines, et l'on m'a même rapporté de toi certaine complainte d'outre-mer qui a été fort de mon goût.

Le poète se rengorgea.

— Certes ! fit-il, ce ne sont point les plus mauvais vers que j'aie faits !

Et il déclama :

> Voici le temps; Dieu vous appelle,
> Bras étendus teints de son sang
> Lequel éteint, en le touchant,

Feux d'enfer et de purgatoire.
Héros d'une nouvelle histoire,
Soyez à Dieu de cœur entier
Car il vous montre le sentier
De ses terroirs et ses domaines...

— Oh ! oui, une fière complainte ! Et certes, je ne connais pas beaucoup de poètes capables d'en composer une pareille !

— Eh bien ?

— Eh bien ! à qui veux-tu que je la chante et qui pourrait me la payer, puisque tous les seigneurs sont partis ?

Puis il ajouta en soupirant :

— Dire que ce soir, l'auteur de cette si jolie complainte couchera à la belle étoile !...

— Tu n'as donc pas de logis ? lui demanda Colin Muset.

— Si fait, j'en ai un... et fameux ! rue de la Huchette, mais je suis dans l'impossibilité d'y rentrer, faute de quelques doublons, car la terrible Mayette, ma propriétaire, m'a signifié que l'huis serait verrouillé pour moi, tant que je ne lui aurai pas payé son dû.

— Une terrible femme ?

— Oh ! oh ! Qu'on pourrait bien attendrir si l'on voulait !

— Comment ?

— En l'épousant ! répondit Rutebeuf le plus sérieusement du monde.

Le Champenois éclata de rire.

— Eh quoi ! fit-il, tu as la possibilité d'épouser ta propriétaire, et tu te lamentes de ne pouvoir lui payer ce que tu lui dois ! Et tu te plains de ta misère ! Elle doit être riche cette Mayette ?

— A remuer les doublons d'or à la pelle ! Elle est l'unique fille de Jehan le Meusien qui était drapier et le plus gros paroissien de Saint-Julien-le-Pauvre.

— Alors, qu'attends-tu pour devenir son mari ?

Rutebeuf fit une horrible grimace de dégoût.

— Ah ! dit-il, si tu la connaissais !... Cinquante ans, louche, brèche-dents, claudicante, un peu bossue, le nez rubicond et le menton pileux, voilà la dame ! Ah ! plutôt que l'épouser, je préférerais endurer la faim le reste de mes jours !

— Oh ! oh ! fit Colin Muset en riant, je comprends que tu paraisses peu empressé !

— Et quand on pense, continua le poète, qu'un pareil

monstre est amoureux de moi !... Elle s'imagine me forcer
à l'hymen en me fermant la porte de mon réduit ; mais je
trouverai toujours bien une pierre pour poser ma tête, et
je te jure que, même si je me trouvais en face du gibet et
ayant à choisir entre elle et la corde, je n'hésiterais pas :
jamais je ne consentirais à devenir son époux !

Cependant, tandis que les deux compères bavardaient
ainsi, ils n'avaient cessé de boire, et les brocs de cervoise,
vides à cette heure de leur contenu, s'accumulaient sur
leur table.

Or, le soleil baissait à l'horizon et si l'on voulait
rentrer dans Paris avant qu'il fît nuit noire, il fallait se
hâter de quitter le champ du Lendit.

Colin Muset, le premier, daigna s'en apercevoir.

— Allons ! fit-il, si nous levions le siège ? Nous avons
assez bu et nous pouvons continuer à causer en mar-
chant.

— Ainsi, c'est bien décidé, tu veux aller à Paris,
malgré tout ce que je t'ai dit ?

— Ma foi ! puisque je suis venu jusqu'ici, pourquoi
m'en retourner ? Ne serait-ce que pour voir la chapelle
que Pierre de Montereau construit dans le palais royal et
dont partout on dit merveille.

— Alors, en route !

Et Rutebeuf se leva.

— Mais avant de partir, observa le Champenois, il
faudrait peut-être payer notre écot...

— Eh bien ! paye, dit Rutebeuf.

Pour toute réponse, Colin Muset ouvrit son aumônière dont les deux toiles se touchaient.

— Eh quoi ! tu n'as pas un écu !...

— J'ai donné mon dernier doublon à Saint-Denis pour acheter un morceau de pain.

— Diable ! fit le poète parisien, en se grattant l'oreille, c'est que je ne suis pas plus riche que toi ! J'ai mangé hier les dernières mailles que m'avait rapportées mon *Miracle de Théophile*, le superbe mystère que j'ai fait jouer au parvis de Saint-Jacques, et je n'étais venu au Lendit que dans l'espoir de rejaunir mon escarcelle ! Mais hélas ! c'est en vain que j'ai dit mes fabliaux les plus fameux et même mon *dict des Ordres de Paris*, je n'ai rien récolté !... C'est à croire que les mécréants n'aiment plus la poésie !

— Alors que faire ?...

Cependant, du coin de l'œil, Robert Turgis examinait ses deux clients. Il ne connaissait pas Colin Muset, mais Rutebeuf était une de ses vieilles pratiques, et il l'avait assez fréquenté pour savoir que le plus souvent le poète logeait le diable dans son escarcelle.

Aussi, devant la mine contrite des deux compères, jugea-t-il à propos de s'approcher.

— Ma foi ! fit Rutebeuf, voici justement Robert Turgis ; il est de mes amis ; je vais lui expliquer notre cas et il nous fera crédit, car c'est un bon homme.

Et s'adressant au cervoisier :

— Mon compère, de bonne foi, nous nous sommes attablés chez toi, l'un croyant que l'autre avait de quoi payer l'écot, et voici que nous n'avons ni l'un ni l'autre ni sou ni maille. Comment faire ?

Robert Turgis ricana.

— C'est bien simple ! Je vais appeler le guet des métiers qui est chargé de la police du champ de foire, et ces braves gens vous remettront entre les mains des moines de Saint-Denis qui ont de fort belles geôles où les poètes qui boivent sans pouvoir payer seront très bien pour réfléchir sur leur mauvais sort.

Colin Muset pâlit.

Mais Rutebeuf prit la parole :

— Or çà, tu veux rire, mon compère ! Voici Colin Muset qui est des plus fameux trouvères de Champagne et moi-même tu me connais : je suis Rutebeuf.

— C'est justement parce que je vous connais que je ne veux point vous faire crédit, répondit le cervoisier dans sa logique implacable.

Cependant, au bruit de la discussion, les buveurs s'étaient levés et entouraient les deux malchanceux.

Et cette foule moqueuse paraissait hostile aux deux poètes.

Colin Muset, inhabitué à de pareilles scènes, baissait la tête, tout rougissant de honte, mais Rutebeuf, lui, s'indignait et prenait la foule à témoin de l'ingratitude de Turgis :

— Et voilà un homme, fit-il, qui se disait mon ami ! voilà un homme chez qui, maille par maille, j'ai dépensé en beuveries tout mon *Mystère de Théophile*, et tous les beaux doublons d'or que notre sire Louis IX m'avait donnés pour mes dicts sur la guerre sainte ! Pour quelques misérables pots de cervoise, il parle de me faire emprisonner !

Ce à quoi Robert Turgis répondit non sans justesse :

— S'il me fallait verser à boire à crédit à tous les malandrins qui se sont enivrés dans ma boutique !...

— Un malandrin, moi ! riposta Rutebeuf.

Et s'avançant vers le cervoisier, les poings levés :

— Sache, manant, que je suis des familiers de Thibault, duc de Navarre, et que sa Majesté Louis le Neuvième m'honore de son amitié.

— Cela ne vous enrichit guère ! riposta le cervoisier... Mais assez de disert. Holà ! qu'on aille me chercher le guet.

A ce moment, un homme fendit la foule et, d'un ton de reproche :

— Eh bien ! maître Turgis, fit-il, vous allez faire de la peine à ces deux braves gens !

Le nouveau venu portait la robe des clercs ; c'était un escholier jeune et de visage réjoui ; le costume qu'on apercevait sous sa longue robe brune indiquait un homme de bonne éducation.

En le voyant, la mine de Rutebeuf s'illumina.

— Hé ! c'est mon brave ami Lagnelet !

Cependant l'escholier demanda à Turgis :

— Combien vous doivent-ils ?

— Six doublons.

— Les voici !

Et, ouvrant son aumônière, il remit six doublons au cervoisier qui salua et, voulant s'excuser :

— Croyez bien, messire Lagnelet, dit-il, que ce que j'en faisais n'était qu'une plaisanterie. Dans une heure, j'aurais fait relâcher cet excellent Rutebeuf.

— C'est bon ! c'est bon ! fit Lagnelet.

Et prenant Rutebeuf par le bras, suivi de Colin Muset tout heureux d'être sorti sain et sauf d'un aussi mauvais pas, ils se dirigèrent tous trois vers Paris.

II

Des quinze mille escholiers peuplant la rive gauche de
la Seine et fréquentant les divers écoles et collèges que
Louis IX venait de réunir en Université de Paris, le
plus joyeux, le moins studieux et le plus turbulent était
assurément Lorédan Lagnelet.

Venu d'Aquitaine et étudiant les sept arts libéraux,
qu'on nommait aussi la clergie, au collège des Bons-
Enfants de la rue Saint-Victor, on le rencontrait plus
souvent dans les tavernes ou au Pré-aux-Clercs que
sur les bottes de paille qui servaient de bancs à son
collège, et cet escholier des Bons-Enfants vivait en coutu-
mière fréquentation des pires mauvais garçons du pays
latin.

Comme il était riche, que son aumônière se trouvait
toujours amplement garnie de beaux doublons et qu'il
avait l'argent facile, il était honoré de l'amitié de tous les
joyeux drilles de Paris et le bon poète Rutebeuf le
considérait comme son camarade le plus cher.

Aussi, venant de le rencontrer si à propos pour le tirer
de cette méchante affaire, Rutebeuf suivait Lagnelet
comme son ombre, sachant bien qu'avec lui il demeurait
assuré sinon du couvert, du moins du vivre et surtout
du boire, pour quelque temps.

Ayant donc quitté le champ de foire du Lendit, nos
trois compères se dirigèrent vers Paris.

Ils traversèrent le petit bourg de la Chapelle, laissèrent
à leur droite la colline de Montmartre que couronnait

10

un opulent monastère de béguines, puis parvinrent bientôt à la maladrerie de Saint-Ladre.

Dès qu'ils eurent franchi le ruisseau de Ménilmontant, ils traversèrent un immense marais que, depuis un siècle, on tentait vainement de dessécher pour le livrer aux cultures.

Enfin ils aperçurent les murailles neuves qui entouraient Paris et se dirigèrent vers la porte du Peintre, qu'on nommait aussi porte de Saint-Denis.

Mais à ce moment, une mendiante, d'une voix lamentable, les arrêta.

C'était une Égyptienne qui demandait l'aumône en marmotant un jargon incompréhensible; mais si sa parole manquait de clarté, son geste était éloquent car elle tendait la main d'une façon fort ostensible.

Lagnelet lui donna un double parisis.

Alors l'Égyptienne saisit la main de l'escholier et l'examina avec une grande attention.

Puis, au bout d'un instant, elle dit, en un français à peu près intelligible, cette fois :

— Pour te remercier de ton obole, je voudrais te prédire des merveilles; malheureusement le destin est plus fort que mon désir et je lis dans ta main qu'avant qu'il ne soit longtemps tu n'auras plus pour te nourrir que du pain noir et de l'eau fraîche.

Lagnelet éclata de rire, tandis que Colin Muset déclarait :

— Elle te prend pour un poète !

Mais déjà la vieille s'était emparée, presque de force, de la main du Champenois tout tremblant et lui disait :

— Ton escarcelle est vide mais hâte-toi de t'en procu-

rer une trois fois plus grande car, en vérité, bientôt tu
retourneras dans ton pays l'aumônière chargée d'or.

— Oh! oh! fit Lagnelet, la sorcière sait au moins
varier ses prédictions !

Mais Rutebeuf, mis en joie, tendit sa main à l'Égyptienne.

— Et à moi, quel mauvais destin vas-tu m'annoncer
maintenant, fille de l'Enfer ?

— Toi, répondit la femme, tu épouseras bientôt une
femme fort riche.

— Par le Dieu vivant ! clama le poète, voilà du moins
une bonne parole.

— Mais ne t'en réjouis pas trop, reprit la vieille, car
tu n'en seras pas plus fortuné pour cela.

— Holà ! quel est ce baragouin ? L'antique sybille eût
été moins mystérieuse que toi ! J'épouserai une femme
riche et néanmoins je serai pauvre ! Tu divagues, je
pense !

— J'ai dit ! répondit la femme.

Et s'étant enveloppée de son manteau, elle disparut
dans la brume du soir.

— Peut-on, pour un simple double parisis, dire autant
de sottises ! opina Rutebeuf en ricanant.

— Peut-être ! fit Muset.

— Bon ! voilà le Champenois qui va croire à la sorcel-
lerie, maintenant ! Prends garde ! tu sens déjà le fagot !

Cependant les trois hommes avaient repris leur route.

Ils avaient franchi la porte du Peintre et s'étaient
engagés dans la rue Saint-Denis.

Ils parvinrent devant l'église Saint-Magloire, puis au
cimetière des Innocents où déjà une lampe brillait dans

la lanterne des morts, car la nuit était tout à fait venue;
ils longèrent l'hôpital de Sainte-Catherine et bientôt arrivèrent devant le grand Châtelet.

— Or çà, où nous mènes-tu, Lagnelet, demanda
Rutebeuf, quand ils se trouvèrent sur le Pont aux
Changeurs.

— Je vous mène souper! répondit l'escholier.

— Est-il encore loin, ce souper? reprit le poète, car
je te l'avoue, mon gastre crie famine, n'ayant rien mangé
depuis vingt-quatre heures.

— Patience, ami! Je veux aujourd'hui t'offrir un
festin digne de toi; aussi vais-je te conduire au Puits
d'Amour.

— Oh! oh! mais c'est à l'autre bout de Paris!

— Bah! aux Jacobins, rue Brenneuse. Dans un
instant, nous y serons!

— Allons! fit Rutebeuf.

Ils passaient devant l'église Saint-Barthélemy, dans la
cité. Maintenant, ils longeaient la rue de la Barillerie.
A droite, de grands échafaudages se dressaient et on
apercevait vaguement dans la nuit les pierres blanches
d'une construction encore inachevée.

— Tiens! fit Rutebeuf à Colin Muset, voici la chapelle
que messire de Montereau élève pour le roy, et qui
servira d'asile aux reliques que notre sire tient de l'empereur Beaudoin.

Ils continuèrent leur route, et ayant tourné à gauche
par la rue de la Calande, ils traversèrent le petit pont, au
bout duquel se dressait le petit Châtelet, et s'engagèrent
dans la rue Saint-Jacques.

A chaque pas, ils rencontraient la silhouette d'une

église, Saint-Julien-le-Pauvre, presque en face de Saint-Séverin, puis les Mathurins, puis Saint-Benoît; enfin ils aperçurent le cloître de Saint-Étienne-des-Grès.

Ils étaient arrivés.

A l'angle de la rue Brenneuse et de la rue Saint-Jacques, ils voyaient devant eux, tout étincelante de lumières, la taverne du Puits d'Amour.

L'assemblée était nombreuse quand y entrèrent Lagnelet, Rutebeuf et Colin Muset. De tous côtés, des clercs de la Basoche et aussi des filles qu'on nommait les Ribaudes, parce qu'elles étaient sous la domination directe du roy des Ribauds, c'est-à-dire du chef des Ribauds qui étaient les gardes du corps de Sa Majesté le roy de France.

Une table restait vide et nos trois amis s'y installèrent car ils étaient fatigués par la longue course qu'ils venaient de fournir.

A peine avaient-ils pénétré dans la taverne que maître Yvelin, l'hôtelier du Puits d'Amour, accourut vers eux, car le bon Lagnelet était un de ses meilleurs clients et, de suite, il se mit aux ordres du jeune Aquitain.

— Que vais-je servir à vos seigneuries ?

— Ce que tu as de meilleur ! répondit Rutebeuf.

Bientôt la table se trouva recouverte d'un fort succulent pâté de venaison, d'une oie grasse et dorée et de cinq ou six flacons d'un vin qui avait dû mûrir sur les coteaux de Bourgogne, sous le règne de Philippe Auguste pour le moins.

Colin Muset attaqua le pâté, tandis que Rutebeuf, d'un couteau expert, découpait la volaille.

Bientôt les mâchoires entrèrent en jeu de si brillante

façon qu'il était évident que les deux pauvres poètes n'avaient pas mangé depuis longtemps.

Lagnelet, souriant, les regardait. C'était sa joie de voir festoyer ses amis. D'ailleurs, cette joie, il put la goûter d'une façon complète, car des escholiers et des clercs étaient venus s'asseoir sans façon à la table de l'Aquitain. Chacun apportait son gobelet et prenait sa part tant du pâté que de l'oie magnifique dont bientôt il ne resta plus que la carcasse.

Tous les clients du Puits d'Amour entouraient maintenant Lagnelet et les deux poètes, tandis que le bon Yvelin, radieux de joie, faisait la navette de la cave à la table, ne se plaignant point de la fatigue, car il savait bien que l'escholier des Bons-Enfants n'était pas de ceux qui ne payent qu'en bonnes paroles.

Les visages s'illuminaient et le brouhaha croissait dans la taverne.

Chacun criait, chacun chantait, chacun gesticulait à qui mieux mieux.

Le Puits d'Amour exultait et on pouvait prévoir que, comme l'eau qui bout dans un vase trop petit, toute cette bacchanale allait déborder tout à l'heure.

Soudain Rutebeuf proposa :

— Si l'on allait donner l'aubade aux Jacobins ?

— Oui ! oui ! Aux Jacobins ! Aux Jacobins ! cria toute la bande.

Les frères mendiants n'étaient pas amis de l'Université. La discorde avait commencé par la querelle toute didactique entre l'Italien Thomas d'Aquin, de l'ordre de Saint-Dominique, et le savant professeur Guillaume de l'Amour.

Les escholiers avaient pris parti pour leur maître et
ces têtes folles et jeunes, après les luttes de théologie, se
disputaient maintenant dans la rue.

C'était entre les clercs de Paris et les frères mendiants,
qu'ils fussent de Saint-Jacques ou de Saint-Dominique,
des batailles quotidiennes où les escholiers n'avaient pas
toujours le dessus bien qu'ils fussent protégés par leur
franchise inviolable.

Aussi, le cri que venait de pousser Rutebeuf, qui portait
au fond de son cœur la haine des moines, trouva-t-il un
écho parmi tous les escholiers.

— Aux Jacobins ! aux Jacobins ! clamèrent-ils tous en
chœur.

Et comme un fleuve qui soudain rompt sa digue, ils
se précipitèrent vers les Jacobins.

Ils n'avaient pas loin à aller car le couvent des
Jacobins s'élevait juste en face de la rue Brenneuse, de
l'autre côté de la rue Saint-Jacques.

C'était un ordre tout-puissant que celui des Jacobins
de la rue Saint-Jacques. Le roy les favorisait ouverte-
ment et les comblait de biens. Même il avait pris comme
confesseur l'un des religieux de cette maison, Geoffroy
de Beaulieu qui, suivant l'usage du temps, le fustigeait
avant de l'absoudre.

Aussi les Jacobins jouissaient-ils de privilèges considérables, entre autres celui d'avoir des sergents d'armes
à leurs gages. De plus, ils détenaient le droit de haute
justice sur leur domaine qui s'étendait depuis la porte
Saint-Jacques jusqu'à celle d'Enfer et de la Chapelle
des Mathurins jusqu'au clos des Bourgeois. Devant la
chapelle s'élevait la potence et une échelle de justice.

Mais les clercs de l'Université n'avaient cure de tous ces privilèges. Ils ne craignaient ni le guet du roy ni le guet des métiers, n'étant justiciables que de leur official; et la potence ou l'échelle des Jacobins n'étaient pas pour les effrayer.

Bientôt ils se trouvèrent sous les murs de l'abbaye, au pied de la chapelle dont les riches verrières étincelaient car les moines assistaient à l'office et c'était l'heure de complies.

Alors, comme si un signal eût été donné, cent voix s'élevèrent en huées et vociférations, entonnant ce chant dont Rutebeuf était l'auteur :

> Papelards et béguins
> Ont le siècle honni.
> Nostre créance tourne à guille,
> Mensonge devient évangile,
> Nul n'est mes saig sous béguinage,
> Papelards et béguins
> Ont le siècle honni.

En même temps, des pierres étaient lancées contre l'abbaye, les unes frappant les lourds vantaux de la porte, les autres venant briser les verrières de la chapelle.

Cet assaut furieux dura bien vingt minutes.

Tout semblait mort dans le couvent qui paraissait absolument désert; mais soudain la porte s'ouvrit avec fracas et un flot d'hommes armés de bâtons, de poutres et d'épées fondit sur les assaillants.

C'étaient les gens d'armes de Saint-Jacques et les frères mendiants qui tombaient sur les escholiers.

Aussitôt ce fut dans la nuit une effroyable mêlée. On entendait au milieu des cris de colère et des lamentations

de douleur, le choc des lourds bâtons s'abattant sur les crânes et celui des épées s'entrecroisant.

Mais les escholiers rendaient coup pour coup et l'on ne savait comment se terminerait l'échauffourée, quand le bruit d'une chevauchée se fit entendre dans la rue Saint-Jacques : c'était le guet qui arrivait.

Les chevaliers du guet et les hommes d'armes eurent vite fait de séparer les combattants.

— Arrêtez-les ! cria alors une voix qui était celle de messire Geoffroy de Montigny, prieur des Jacobins. Ce sont des méchants garçons, des truands sans feu ni lieu qui ont voulu forcer nos portes pour nous voler !

Et comme les sergents du guet se disposaient à appréhender les escholiers :

— Arrière ! cria Lagnelet, nous sommes des clercs de l'Université !

Le chevalier du guet hésita.

Cependant, dès le commencement de la mêlée, Colin Muset qui s'entendait mieux à jouer de la viole que du bâton, avait pris la fuite. Mais Rutebeuf était resté, et au moment ou le guet arriva, il luttait corps à corps avec un moine qu'il avait terrassé et s'apprêtait à écraser sous son genou.

A ce moment, d'autres moines étant venus au secours de leur frère, Rutebeuf avait succombé sous le nombre et maintenant il demeurait prisonnier des Jacobins.

Et après que Lagnelet eût fait valoir ses droits :

— Mais celui-là n'est pas de l'Université ! fit un moine en désignant Rutebeuf.

Le chevalier du guet s'approcha du pauvre hère :

— Es-tu clerc ? demanda-t-il.

— Hélas! non! répondit Rutebeuf qui savait très bien
qu'il ne lui servirait à rien de mentir.

— Qui es-tu?

— Poète et bourgeois de Paris.

— Où demeures-tu?

— Rue Gailande, chez dame Mayette.

— Et ton nom?

— Rutebeuf.

— Parfait! répondit le chevalier du guet.

Et se tournant vers messire Geoffroy de Montigny :

— Mon père, je vous abandonne celui-là. Quant aux
autres, c'est à leur recteur qu'il faudra demander justice.

Le prieur haussa les épaules car il savait très bien
qu'il n'obtiendrait jamais rien contre les escholiers fautifs.

Mais se tournant vers Rutebeuf.

— A l'*in pace!* ordonna-t-il, et demain, pendu!

Et tandis que les escholiers s'éloignaient, impuissants
à défendre le malheureux poète, les moines entraînaient
Rutebeuf dans le couvent dont la lourde porte se referma
derrière eux.

III

L'*in pace* dans lequel le bon poète Rutebeuf venait
d'être incarcéré était un fond de basse-fosse qui se trouvait dans le sous-sol d'une des tours de l'abbaye.

Un soupirail grillé, étroit, à ras de terre, n'éclairait
que faiblement cette humide prison dont le sol était
jonché de paille à moitié pourrie.

Les murs ruisselaient d'eau ; le salpêtre envahissait le plafond voûté ; dans un coin, une cruche d'eau croupie, près d'un pain moisi et mol.

Quand il se trouva seul, la porte de chêne s'étant refermée sur lui avec un fracas lugubre, Rutebeuf songea tristement :

— Quelle fin pitoyable pour une soirée si bien commencée !

Aussi, c'était sa faute !

Qu'avait-il besoin de pousser la horde des escholiers contre les Jacobins ?...

Il se trouvait prisonnier maintenant et retenu comme souris dans un piège.

Il ne devait s'en prendre qu'à lui-même !

Encore, si les moines se contentaient de l'enfermer dans cet *in pace* peu confortable, il n'y aurait que demi-mal. La prison, c'était du moins le vivre et le couvert assurés ; et quand il jouissait de la liberté, le pauvre Rutebeuf se trouvait-il jamais sûr de pouvoir manger, fût-ce une croûte de pain, et de dormir sous un toit !...

Oui ! mais on lui avait parlé de le pendre le lendemain matin, dès l'aube !

Et il connaissait les Jacobins ! il n'ignorait pas que le roy leur avait donné le droit de justice sur leur domaine, et ce droit, ils en usaient fréquemment. Le pauvre poète se souvenait fort bien avoir vu quelques croquants se balançant à l'échelle de la rue Saint-Jacques.

Ainsi, demain, quand le soleil se lèverait, lui-même...

Ouais ! quel triste réveil !

Cependant, tandis que Rutebeuf songeait mélancoliquement, frère Borromée qui était l'argentier du couvent des Jacobins s'en venait trouver Messire de Montigny, le grand-prieur, et lui disait :

— Quand le chevalier du guet interrogeait le truand que nous avons incarcéré dans l'*in pace*, n'a-t-il pas répondu qu'il se nommait Rutebeuf ?

— Si fait, répondit le grand-prieur, et je le connais, c'est ce mécréant de poète qui déblatère toujours contre les moines ; il a fait ce trop fameux dict des ordres de Paris. Aussi nous le tenons ! qu'il n'espère aucune pitié de nous !

— Certes, répondit frère Borromée, il mérite la corde. Cependant...

— Cependant ?... interrogea messire de Montigny, étonné qu'un simple moine osât élever la voix quand il avait dicté sa volonté.

L'argentier baissa le front mais il n'en continua pas moins :

— N'a-t-il pas dit qu'il habitait rue Gailande ?

— Qu'importe !

— Et dans la maison de dame Mayette, la fille de feu prud'homme Simon le Meusien...

A ces mots, le grand-prieur qui jusque-là n'avait écouté son argentier que d'une oreille impatiente se leva tout à coup.

— Eh bien ! fit-il vivement intéressé.

— Eh bien ! messire, j'ai ouï raconter par deux de nos frères qui vont mendiant par les rues de Paris et qui entendent tout ce qui se dit et se chuchote par la ville, que dame Mayette était fort éprise de son locataire, le poète Rutebeuf, et qu'elle ne désirait rien moins que l'épouser.

— Vraiment ! et pourquoi ne l'épouse-t-elle pas ?

— Parce que le poète ne veut pas d'elle.

— Le mécréant a du goût ! déclara Montigny.

— Pourtant, répondit l'argentier, je pense que si on lui faisait choisir entre dame Mayette et la potence, il n'hésiterait pas et ainsi se trouverait résolue cette fameuse question de l'héritage de Maître Simon le Meusien, qui nous préoccupe depuis si longtemps !

Messire de Montigny hocha la tête.

— Certes l'idée est bonne, et si elle pouvait réussir tout serait pour le mieux. D'ailleurs rien ne coûte de l'essayer.

— Évidemment.

— Quoique, ajouta-t-il avec un sourire, si je me trouvais à la place de ce maudit poète et qu'on me donnât à choisir, je ne sais si je ne préférerais la potence... Enfin, nous verrrons !

— Alors je puis tout préparer ?

— Fais pour le mieux ! répondit le grand-prieur.

Et le frère argentier se retira satisfait, en se frottant les mains.

Cependant, dans son *in pace*, le pauvre Rutebeuf se désolait. Le sommeil qu'il appelait en vain ne pouvait venir fermer ses paupières et, pour faire diversion à ses tristes pensées, il avait beau se réciter les fabliaux les plus gais et les plus pétillants d'esprit, même se déclamer des passages tout entiers de son fameux *Miracle de Théophile,* il ne pouvait chasser de son esprit l'image de la potence, à laquelle, le lendemain matin, il se voyait irrémédiablement accroché !

Et il se frappait la poitrine, faisant sa coulpe comme

jamais pénitent ne l'avait faite en confession plénière.

— Oh! Rutebeuf, mon ami, se disait-il, tu ne peux accuser que toi-même. Si tu avais mieux fréquenté l'école, si tu t'étais montré plus studieux, tu aurais le trivium et même le quadrivium et, maître en clergie à cette heure, tu serais à la tête de quelque riche prébende, gros chanoine en quelque chapitre fortuné, au lieu d'être un poète qui, dans quelques heures, se balancera au bout d'une corde. Certes, la postérité redira ton nom avec admiration et tes œuvres seront lues par les générations à venir, mais tu n'en seras pas moins pendu... et à quoi te sert-il maintenant d'avoir du génie!...

La nuit semblait s'éterniser pour le pauvre Rutebeuf.

Enfin le jour parut.

A travers le soupirail passa un pâle rayon de soleil qui s'en vint allumer quelques étincelles d'or aux brindilles de paille de son cachot.

Presque aussitôt, Rutebeuf, en frémissant, entendit ouvrir la porte et quatre sergents le saisirent, le garrottèrent et l'entraînèrent au dehors.

La place qui se trouvait devant l'abbaye, en face de la porte Saint-Jacques, et où se dressait l'échelle de justice des Jacobins, regorgeait de monde, car la nouvelle s'était répandue qu'on allait pendre un criminel et le peuple de Paris se montrait toujours très friand de ces sortes de spectacles.

Au premier rang des curieux on pouvait voir Lagnelet et Colin Muset qui, n'ayant pu sauver leur ami, venaient du moins assister à ses derniers moments et lui donner ainsi cette suprême preuve d'amitié.

Mais Rutebeuf ne prêta aucune attention à la foule et

ne vit point ses deux amis; ses yeux remplis d'épouvante demeuraient fixés sur la potence où déjà la corde suspendue présentait son nœud coulant au cou du pauvre poète.

Cependant les bons Jacobins entouraient l'échelle de justice. Rutebeuf se trouvait maintenant au pied de la potence; le valet du bourreau venait de lui passer au col la corde fatale et déjà s'apprêtait à le hisser.

— Arrête! cria un moine.

Et se tournant vers Rutebeuf :

— Tu peux vivre, si tu le veux!

— Hé! que ne le disiez-vous plus tôt! se hâta de déclarer le poète. Que faut-il que je fasse? Je suis prêt à tout.

— Oh! rien que de très facile! Te marier!

— Me marier!

— Oui! épouser une femme qui a demandé ta grâce et juré de faire de toi un prud'homme et un bon chrétien!

— Où est-elle? Qu'on l'amène! cria Rutebeuf. Que je l'épouse, fût-elle la femme de Satanas en personne!

Mais à ce moment, frère Borromée s'avança, conduisant par la main dame Mayette émue, troublée et baissant les yeux.

— Comment! c'est ma propriétaire! s'exclama Rutebeuf. C'est la femme qu'il faut que j'épouse!

Et il recula épouvanté.

Lagnelet se trouvait au premier rang de la foule qui s'était approchée.

— Va donc! épouse-là! conseilla-t-il au pauvre poète; dame Mayette est riche! Et puis cela ne vaut-il pas mieux que d'être pendu!

11

— Ouais ! je ne sais guère ! murmura Rutebeuf.

— Voyons ! hâte-toi de choisir ! ordonna frère Borromée, tandis que dame Mayette se taisait, la poitrine soulevée par de gros soupirs.

Mais Rutebeuf ne répondant rien, l'argentier fit un signe.

Aussitôt le bourreau tira la corde et Rutebeuf se sentit enlevé à un pied de terre.

— Arrête ! arrête ! cria-t-il à demi étranglé et suffoquant. J'épouse ! j'épouse !

L'argentier triomphait.

Il fit un nouveau signe ; les valets du bourreau lâchèrent la corde et Rutebeuf tomba dans les bras de dame Mayette.

— A la bonne heure ! fit frère Borromée. Je savais bien que tu finirais par entendre raison ! Et pour mettre le comble à tes vœux, je vais te marier tout de suite.

La chapelle était tout proche.

L'argentier conduisit devant l'autel les deux fiancés et la foule accourue pour assister au supplice de Rutebeuf se porta dans l'église pour voir son mariage.

Ma foi, le pauvre poète en avait presque pris son parti.

Du coin de l'œil il regardait celle qui, dans une minute, serait sa femme. Elle était vieille et très laide aussi, mais elle possédait de bons écus d'or et d'argent !

Et déjà Rutebeuf se forgeait une félicité attendrissante, pleine de bons repas et de larges beuveries.

Aussi, quand frère Borromée ayant réuni la main de Rutebeuf à celle de dame Mayette prononça les paroles qui lient pour l'éternité, le bon poète se réjouissait-il tout à fait.

Hélas !...

La cérémonie était terminée et Rutebeuf avait désormais pour épouse dame Mayette, lorsque tout à coup l'argentier souriant malicieusement tira un parchemin de sa poche et dit :

— Maintenant, qu'il vous plaise de lire les volontés dernières de prud'homme Simon le Meusien, lesquelles

ont été écrites sous sa dictée par le protonotaire de l'ordre de Saint-Jacques.

Et comme tout le monde se regardait, surpris, l'argentier lut :

— « Moi, Simon le Meusien, marchand drapier en la rue Gailande, étant sain de corps et d'esprit, déclare que voici mes dernières volontés :

« Je lègue toute ma fortune à ma fille Mayette que je laisse toute seule dans la vie.

« Mais au cas où elle se marierait, ayant désormais un protecteur et un soutien, tous mes biens, tant meubles qu'immeubles, passeront aux frères mendiants de Saint-Jacques. »

A cette lecture, l'assistance éclata de rire.

— C'est une trahison! s'écria Rutebeuf. Qu'on me rende à la potence!

— Trop tard! déclara frère Borromée.

— Vous connaissiez ce testament? demanda le poète à sa nouvelle épouse.

— Oui! fit celle-ci rougissante.

— Et vous m'avez épousé!... Mais il ne vous reste rien!

— Si!... Toi!... Je t'aime tant!...

Lagnelet pouffait de rire, tant il trouvait de joie en l'aventure.

— Plains-toi! fit-il au poète. Où trouverais-tu une femme qui préfère ton amour à la fortune!

— Mais regarde-la! fit Rutebeuf.

— Bah! la beauté passe!... Elle est passée!

— Et l'argent aussi s'en est allé!

— Ma foi! je ne vois qu'un moyen de calmer ta peine, c'est de la noyer dans le vin!... Allons venez au Puits d'Amour. Je vous invite et c'est moi qui paierai le festin nuptial.

Alors la foule se rendit au Puits d'Amour à la suite de Rutebeuf au bras duquel dame Mayette s'accrochait désespérément.

MICHAULT LALLIER

XVe SIÈCLE

MICHAULT LALLIER

I

Dis-moi, Lallier, ne te semble-t-il pas que notre fils devrait être rentré depuis longtemps ?... Il n'y a pas loin d'ici à Popincourt et je trouve que son absence se prolonge bien tardivement.

Michault Lallier haussa les épaules en interrompant sa femme :

— Vas-tu point te mettre en peine pour un grand garçon de vingt-cinq ans !

— C'est qu'il fait nuit noire et Paris n'est guère sûr !

— Que nous racontes-tu là ? Paris n'est point sûr ?...
D'ailleurs, calme tes alarmes ; ton fils s'est simplement
arrêté en chemin pour conter fleurette à Nicolette Guyot,
sa fiancée, et l'amour lui fait trouver les heures brèves.

Dame Lallier ne parut point convaincue par ces
bonnes raisons et, lentement, regagna l'appentis où elle
aidait sa servante à cuisiner le repas du soir.

Michault Lallier la regarda s'éloigner et se tournant
vers Thomas Pigache, l'arquebusier de la rue du Vert-
Bois, qui était assis en face de lui :

— Pour un rien les femmes se mettent martel en tête.

— Hé ! hé ! fit Thomas Pigache en hochant la tête d'un
air entendu.

— Eh ! quoi ! mon compère, vous allez maintenant
être aussi de l'avis de ma femme qui s'inquiète d'un si
grand garçon !

— Oh ! je sais Robert en âge de se défendre ; mais je
pense comme dame Lallier que les rues de Paris ne sont
point aussi sûres que vous voulez bien le croire car nous
vivons, sur ma foi, à une bien vilaine époque !

Lallier haussa de nouveau les épaules.

— Vous me faites rire ! s'écria-t-il. Par ma foi, cette
époque n'est meilleure ni pire que les autres et je ne vois
pas en quoi l'an 1436 a quelque chose à envier aux
années qui l'ont précédé.

— Mais, fit Thomas Pigache, nous n'avons plus de
blé et c'est la famine ! Le peuple meurt de faim quand il
ne crève pas de cette maudite maladie pestilentielle qui
fait tant de victimes ; ajoutez à cela les loups qui viennent
jusque dans la ville et les écorcheurs qui tiennent la

campagne !... Si vous trouvez tout cela agréable, vous
n'êtes guère difficile.

— Bah ! cela a toujours été ainsi ! affirma le batteur
d'or.

— Eh bien ! moi, je vous dis, poursuivit l'arquebusier, que nous vivons à une terrible époque et qu'il
n'en était pas ainsi avant que les Anglais fussent maîtres
de notre ville.

— On ne se trouvait pas plus heureux du temps des
Armagnacs.

— Du moins c'étaient des princes français !

— Bah ! Henri VI, notre sire, est Français par sa mère
qui est la propre fille de feu le roi Charles le sixième,
dont Dieu ait l'âme !

— Oui, mais son père était Anglais, de sorte qu'Henri VI
est roi d'Angleterre et de France, et que les Anglais sont
nos maîtres, à cette heure !

— Ah ! çà, mon compère, vous n'aimez point les
Anglais, à ce qu'il paraît.

— Certes, non ! avoua franchement Thomas Pigache,
et j'ai pour cela de fort bonnes raisons. Il me déplaît de
voir des étrangers s'ériger en maîtres chez nous ! Et quels
maîtres !... Avares, cruels, perfides !

— Oh ! oh !

— Je le répète : perfides, avares et cruels ! Le sacre
du jeune roy a-t-il fait marcher le commerce, dites-moi ?...
Les orfèvres, les tapissiers et tous les métiers enfin,
ont-ils gagné le quart de l'argent qu'ils purent mettre de
côté lors des sacres précédents ? A-t-on relâché des prisonniers, ainsi que c'est l'usage ? A-t-on diminué les imposi-
tions, les maltôtes, les gabelles ?... Rien de tout cela !

Au contraire, nos charges augmentent tous les jours ;
on multiplie les taxes et, si l'on murmure, on est pendu !...
Ah ! certes, non ! je n'aime pas les Anglais ! Et pour tout
dire, je ne serai heureux que le jour où le dauphin, qui
est notre vrai roy en somme, et qui, d'ailleurs, a été sacré
à Reims, les aura chassés de Paris et se sera placé sur le
trône de ses pères.

— Ouais ! fit le batteur d'or, c'est là votre espoir ?

Thomas Pigache se rapprocha de Michault Lallier.

— Et tenez, fit-il, baissant la voix, en venant vers
vous, cette vesprée, j'avais un motif...

— Qu'y a-t-il ?

— Voici : je vous sais un prud'homme et incapable
d'une trahison. Aussi, quoi qu'il advienne, vais-je me
confier à vous, certain que vous ne vous servirez point
contre moi de ce que je vais vous dire.

— Eh ! vous me faites peur, mon compère ! murmura
Michault Lallier, moitié sérieux, moitié riant.

— Voulez-vous être des nôtres ?

— Des vôtres ?

— Oui ! Nous sommes quelques bourgeois, et non des
moindres, qui avons le dessein d'en finir et qui mettons
tout en œuvre pour que Charles le septième rentre enfin
dans sa capitale.

— Oh ! oh ! fit Lallier.

— Voulez-vous des noms ?... Jehan de Lafontaine,
Pierre de Loucroix, Nicolas de Louvain, Jacques de
Bergières...

— Tous quarteniers ?

— Tous ! Déjà le 27 février, Pierre de Loucroix et
Nicolas de Louvain se sont rendus à Bourges. Charles VII

a promis la vie sauve, l'oubli du passé pour tous les Parisiens, le jour où il rentrera dans Paris. Son armée est à Saint-Denis à cette heure ; le connétable de Richemond, le maréchal de l'Isle-Adam, Dunois attendent que nous leur ouvrions les portes. Seulement, pour ce faire, il nous manque encore une adhésion. Vous êtes quartenier et tenez le quartier des Halles : c'est le plus important. Soyez des nôtres, et demain, 13 avril, à la pointe du jour, les Français chasseront l'Anglais de la ville et des faubourgs !

Michault Lallier avait écouté ces révélations le front grave, sans qu'un seul muscle de sa physionomie tressaillît.

Enfin, quand Thomas Pigache eut terminé :

— Mon compère, fit le batteur d'or, je regrette que vous m'ayez fait cette confidence.

— Pourquoi ?

— Parce qu'ayant prêté serment de fidélité entre les mains d'Henri VI, je ne puis me parjurer maintenant.

— Hé ! nous avons tous prêté serment !

— Ensuite, parce que j'éprouve une profonde aversion pour les Armagnacs, ayant toujours servi le parti des Bourguignons.

— Le duc Philippe a fait alliance avec Charles VII ; voudriez-vous être plus Bourguignon que Bourgogne lui-même !

— Enfin, je n'ai pas comme vous la haine des Anglais. Aussi ne serai-je jamais des vôtres et je regrette votre confidence qui me met dans une très fausse posture. Car je suis trop honnête homme pour vous trahir et, d'autre part, en me taisant je ne sais si ce n'est pas mon parti que je trahis.

Thomas Pigache s'était levé.

— Ainsi, c'est bien décidé ? fit-il.

— Absolument !

— Tant pis ! Nous agirons sans vous ! et si nous n'avons pas le quartenier des Halles, j'espère que le peuple de votre quartier marchera avec nous.

— N'y comptez pas !

— C'est ce que nous verrons !

Et Thomas Pigache se dirigeait vers la porte quand tout soudain elle s'ouvrit pour livrer passage à un jeune homme qui entra rapidement, pâle, défait et les yeux comme agrandis par l'épouvante.

II

Devant la brusque apparition de ce jeune homme, Thomas Pigache s'était arrêté net, tandis que Lallier s'avançait, inquiet, et demandait :

— Eh bien ! Robert, que t'advient-il ? Te voici la figure toute bouleversée !

Le fils du batteur d'or se laissa tomber sur un banc et d'une voix sourde :

— Je suis perdu ! murmura-t-il.

— Que dis-tu ?... Explique-toi ! Tu me mets à la torture !.. supplia Michault Lallier.

Cependant dame Lallier était accourue et devant la mine défaite de son fils, elle se précipita vers lui et l'entoura de ses bras en criant miséricorde.

Mais Pigache prit la parole.

— Taisez-vous, de grâce, dame Lallier, vous allez

ameuter le quartier des Halles et ce n'est point besoin peut-être !...

— Certes non ! soupira le jeune homme en relevant la tête.

— Enfin qu'arrive-t-il ? interrogea le batteur d'or.

— Eh bien! voilà!... je viens de tuer un homme.

— Toi !

— Je viens d'occire le capitaine Crisparkle.

— Le capitaine Crisparkle! le crenequinier! Le lieutenant, l'ami de messire Willy, gouverneur de Paris pour sa Majesté Henri VI !

Le jeune homme hocha la tête pour toute réponse.

— Mais ce n'est pas possible! tu deviens fou! gémit Michault Lallier, tandis que sa femme sanglotait, toute agitée par un désespoir sans borne.

— Cela est ! répéta Robert Lallier.

Et se dressant, farouche, il ajouta :

— Et si c'était à refaire, je recommencerais !

Le batteur d'or demeurait atterré ; Thomas Pigache baissait la tête, comme absorbé dans ses pensées.

Cependant Robert Lallier s'exaltait.

— Oh! oui, je le ferais encore, clama-t-il, car je n'ai aucun remords de l'action que je viens de commettre. D'ailleurs, écoutez et soyez juges :

« Je revenais du châtel de Popincourt et étant rentré dans Paris par la Bastille Saint-Antoine, comme je longeais la rue du Roy-de-Sicile et m'approchais de la rue Barre-du-Bec, je songeais qu'il n'était point encore trop tard et que je pouvais m'arrêter un instant chez maître Guyot où je verrais Nicolette à laquelle vous m'avez promis voici bientôt cinq mois.

« Je tournai donc vers la rue Barre-du-Bec; mais quand je fus devant la maison à « l'Image Saint-Benoît » qui est celle où maître Guyot tient sa boutique de drapier drapant, je trouvai l'échoppe close et l'étal relevé.

« Pensant que le maître drapier, ayant fermé son échoppe de meilleure heure, se trouvait dans son logis du premier étage, je tournai la maison de « l'Image Saint-Benoît » et montai l'escalier qui s'accote au mur de gauche.

« Et là, comme j'allais pousser le loquet pour pénétrer dans le logis, j'entendis comme une plainte. Ayant appuyé l'oreille contre la porte, j'entendis distinctement une voix, la voix de Nicolette qui disait :

« — Taisez-vous, de grâce, capitaine! Je suis seule au logis; est-ce le cas d'un féal chevalier d'abuser ainsi de sa force envers une pauvre jeune fille !

« Et une voix d'homme reprit :

« — Non ! non ! depuis trop longtemps je t'aime, et sur Saint-Georges, le baiser que tu me refuses je saurai bien le prendre malgré toi !

« Alors je vis rouge ! le sang me monta à la tête et, sans prendre la peine de tirer le loquet, d'un coup d'épaule j'enfonçai la porte et me précipitai dans le logis de maître Guyot où je vis ma Nicolette, ma douce et belle fiancée, se débattant entre les bras d'un soldat anglais.

« Fondre sur cet homme qui ne s'attendait point à mon agression, le saisir par les épaules et le pousser vers la porte fut pour moi l'affaire d'un instant.

« Mais la fureur avait centuplé ma force, et l'Anglais trébuchant sur le seuil, tomba du haut de l'escalier et vint s'écrouler sur le pavé de la rue.

« Si dure qu'eût été la chute, il n'était point blessé car

je le vis se relever lourdement et remonter les degrés en
s'écriant :

« — Ah ! truand ! j'aurai ta vie !

« Mais je n'attendis pas son attaque.

« Ayant saisi une large dague qui se trouvait à terre
et qui, sans doute, avait glissé de la ceinture du soudard,
comme l'homme s'apprêtait à bondir sur moi, de haut en
bas je lui enfonçai dans la naissance du cou son couteau
jusqu'à la garde.

« Il poussa un soupir et roula jusqu'à terre ; il était
mort.

« — Malheureux ! s'écria Nicolette qui, muette de
terreur, venait d'assister à cette scène, tu viens de tuer
le capitaine Crisparkle !

« — Eh ! j'aurais tué le roy, si le roy t'avait ainsi
maltraitée !

« — Mais tu sais bien que le capitaine Crisparkle a
son logis dans notre maison et si on le trouve ici...

« — Attends ! fis-je.

« Alors je descendis dans la rue ; elle était déserte ;
prenant le cadavre du capitaine par les jambes, je le traî-
nai jusqu'à cinquante pas de la maison, du côté de la
rue de la Bretonnerie.

« Puis revenant :

« — Et maintenant, fis-je à Nicolette, quand on
trouvera son cadavre on croira que le capitaine a été tué
dans une rixe avec des mécontents.

« — Oui, mais fuis ! me dit Nicolette ; rentre chez toi
et que personne ne te voie dans ces parages.

« Alors j'embrassai Nicolette et rabattant mon chape-
ron sur les yeux, rasant les murs, je suis revenu.

« Et voilà ! »

Puis, relevant la tête :

— N'ai-je pas bien fait, mon père ?... interrogea le jeune homme en se tournant vers Michault Lallier.

Le batteur d'or ne répondit pas.

Dame Lallier gémissait toujours.

Alors le compère Pigache prit la parole :

— Si, tu as bien fait, mon enfant ! Et meurent comme ce maudit capitaine Crisparkle, tous les Anglais qui se sont abattus sur notre pays et nous traitent en vaincus !

Cependant Michault Lallier ajoutait :

— Es-tu bien sûr au moins que nul ne fut témoin de ce que tu as fait ?

Le jeune homme haussa les épaules.

— La nuit était noire, la rue déserte, je pense bien que nul ne m'a vu , cependant je ne pourrais l'affirmer...

— Le mieux serait que tu partes ! opina Thomas Pigache.

— C'est facile à dire, objecta le batteur d'or ; oubliez-vous que ce maudit connétable de Richemond tient la campagne autour de Paris, que la ville est en état de siège et que les murailles sont mieux gardées que celles de la grosse tour du Louvre où se trouve le trésor royal.

— Bah ! fit Thomas Pigache, les murs ne sont point si surveillés qu'un homme déterminé ne puisse les franchir à la barbe de vos Anglais de malheur !

— Ouais ! comment ?

— C'est simple !

Et baissant le ton :

— J'habite en la rue du Vert-Bois, fit-il, c'est-à-dire que mon pignon domine le mur ; mais j'ai mieux, entre

la porte Saint-Denis et celle du Temple, tout au bout de la rue de la Croix, j'ai là une courtille que les murs qu'édifia Étienne Marcel ont coupée en deux, de telle sorte que pour m'éviter du chemin, j'ai pris l'habitude, grâce à quelque entaille que j'ai faite dans la muraille, de franchir le rempart au nez des Anglais qui rient de me voir monter et descendre, pareil à quelque singe, et espèrent, pour le moins, me voir un beau jour me rompre le col. Or, Robert franchissant par là la muraille, passerait inaperçu et, à la grâce de Dieu !

Michault Lallier s'approcha de l'arquebusier et lui prenant les mains :

— Merci ! mon compère !... Vous sauvez peut-être la vie à Robert. Allons, vite, ne perdons pas de temps ! partons, avant que l'on ne se soit aperçu de la mort du capitaine...

Mais le batteur d'or fut interrompu par un grand vacarme qui se faisait à la porte.

Et ayant ouvert l'huis, il jeta un regard au dehors et, reculant, frémissant et blême :

— Le guet ! fit-il.

III

Ayant à leur tête le chevalier du guet en personne, une quinzaine de sergents à cheval et tout autant d'hommes à pied entouraient la maison du batteur d'or, laquelle s'élevait au coin de la rue Tirechope et de la rue Saint-Honoré, en plein quartier des Halles.

Étant descendu de cheval, le chevalier du guet,

messire d'Orgemont, frappait le vantail de la porte de la rue avec son gantelet de fer, tout en criant :

— Holà ! maître Michault Lallier, ouvrez au nom du roy !

Cependant, ayant vu sa demeure cernée par le guet du roy, Michault Lallier s'était vivement retiré de sa fenêtre et, le visage décomposé par la terreur :

— Malheureux ! fit-il à son fils, ton crime est connu et l'on vient t'arrêter.

Dame Lallier se redressa en poussant un cri. Toute son énergie semblait lui être revenue.

— N'es-tu point quartenier, cria-t-elle à son mari, et vas-tu laisser emprisonner ton fils !

Le batteur d'or demeurait anéanti.

— Alors, continua la dame, les Anglais peuvent traiter la France en pays conquis, emprisonner les bourgeois, abuser de leurs femmes et de leurs filles et les faire pendre s'ils viennent se plaindre ! Et tu es quartenier ! Alors, s'ils agissent ainsi avec les magistrats de Paris, quelle conduite doivent-ils tenir avec le menu peuple !

Mais, dans la rue, le gantelet du chevalier du guet continuait à marteler la porte et sa voix criait :

— Ouvrirez-vous au nom du roy, maître Michault Lallier, ou faut-il que j'enfonce la porte ?

— Allons ! fit Thomas Pigache, qu'on aille ouvrir ; ça ne sert à rien de se rébellionner.

Le batteur d'or descendit, et bientôt, précédés de messire d'Orgemont, une dizaine de sergents envahirent la chambre.

Durant tout ce temps, Robert Lallier n'avait pas bougé de l'escabelle où il se trouvait assis ; mais quand le chevalier du guet entra, il se leva et se campant devant lui :

— Que cherchez-vous céans ! fit-il fièrement.

— Nous venons arrêter, au nom du roy de France et d'Angleterre, l'homme qui, tout à l'heure, dans la rue Barre-du-Bec, a méchamment occis le capitaine Crisparkle.

— Êtes-vous fol ! clama dame Lallier, et pensez-vous que nous connaissons cet homme ?

Mais le chevalier du guet poursuivit :

— Un homme qui passait dans la rue du Roi-de-Sicile a vu se commettre le forfait. Ayant entendu un bruit de querelle dans la rue Barre-du-Bec, il s'est approché, et là il a fort bien vu un homme, du haut des degrés, assassiner le capitaine Crisparkle ; puis il a aperçu le meurtrier traînant le cadavre durant un espace de cinquante pas, et il jure sur sa foi que cet homme n'est autre que Robert Lallier ici présent.

— C'est faux ! cria dame Lallier.

Le chevalier reprit :

— D'ailleurs on a interrogé maître Guyot, le drapier, en la maison de qui le capitaine Crisparkle avait son logis ; il ignorait de quoi il s'agissait, ne faisant que de rentrer, mais sa fille Nicolette a tout avoué, et d'ailleurs, elle vient d'être conduite au Grand Châtelet, à la Conciergerie. Au nom du roy notre sire, Robert Lallier, je vous arrête !

Mais en apprenant qu'on venait d'emprisonner sa fiancée le jeune homme avait bondi.

— Nicolette est innocente ! déclara-t-il, et c'est moi seul qui suis coupable, s'il y a un coupable, car moi seul ai tué l'Anglais !

— Les juges du Grand Châtelet apprécieront! riposta messire d'Orgemont. En attendant, en route!

— Où me conduisez-vous ?

— Au Grand Châtelet!

Déjà les sergents d'armes s'étaient emparés de Robert Lallier et, tandis que dame Lallier s'accrochait désespérément aux vêtements de son fils en poussant des cris épouvantables et que le batteur d'or demeurait anéanti, le jeune homme était entraîné dans la rue où bientôt on entendit le bruit de la chevauchée s'éloignant du côté de la rue du Borel.

Maintenant un grand silence régnait dans ce logis tout à l'heure encore rempli de tant de bruit, un silence qu'interrompaient seuls les sanglots de la pauvre mère.

Thomas Pigache songeait. Impassible et muet il avait assisté à toute cette scène.

Mais soudain se dressant devant Michault Lallier écrasé par la douleur :

— Eh bien! fit-il, serez-vous des nôtres, maintenant?

Le batteur d'or releva la tête et regarda l'arquebusier comme s'il ne comprenait point les paroles que celui-ci venait de lui adresser.

— Oui, continua Thomas Pigache, serez-vous des nôtres, à cette heure?

— Des vôtres?... marmonna Michault Lallier.

— Si vous le voulez, demain le connétable de Richemond entrera dans Paris; les partisans de Charles VII envahiront la ville et aidés par la population avide de secouer le joug qui l'opprime, ils auront vite fait de jeter ces damnés Anglais hors de nos murs où ils n'auraient

jamais dû pénétrer. Voulez-vous sauver votre fils ?
Aidez-nous à entraîner avec nous le peuple des Halles,
et demain le Grand-Châtelet ouvrira ses portes.

— Si je le veux !... clama Lallier, ah ! certes !

— Alors tout est bien. Il faut prévenir Richemond.

— Où est-il ?

— A Saint-Denis, attendant un mot de nous ! Il ne
s'agit plus que de trouver qui voudra s'y rendre.

— J'irai ! répondit simplement Lallier.

— Vous ?

— Pourquoi pas ?

— Mais il faut sortir de Paris !

— Tout à l'heure vous nous en avez indiqué le
moyen.

— Mais vous pouvez vous faire tuer !

— C'est pour mon fils ! Vite ! j'ai hâte de partir ! Que
faudra-t-il dire ?

Thomas Pigache se recueillit un instant.

— Allons ! fit-il.

Puis :

— Écoutez bien ceci : Le mot pour pénétrer jusqu'à
Richemond est *Dauphiné ;* une fois devant le connétable,
vous lui direz qu'il se tienne, demain matin, lui et ses
hommes, devant la porte Saint-Jacques, outre l'eau. C'est
par là qu'il faut qu'il entre dans Paris car, comme elle se
trouve à l'opposé de Saint-Denis où le connétable tient
son camp, cette porte sera la moins gardée. Qu'il tourne
Paris, cette nuit, et demain Jehan de Lafontaine, quartenier de Saint-Victor, à qui est confiée la garde de cette
partie des murailles, lui jettera des échelles grâce aux-
quelles il entrera dans la ville — C'est entendu ?

— C'est gravé là !

Puis Thomas Pigache ajouta :

— Alors, en route !

— Adieu, femme ! fit le batteur d'or en se penchant vers dame Lallier qui essuyait ses larmes.

Mais elle avait entendu la scène. Aussi, relevant le front :

— Non, pas adieu, au revoir ! s'écria-t-elle. Dieu est pour nous ! A demain, au point du jour, je serai au premier rang pour saluer le départ de ces maudits Anglais que Dieu damne !

Mais les deux hommes étaient descendus dans la rue.

Et bientôt leurs silhouettes s'évanouirent dans le brouillard de la nuit.

IV

Ainsi que l'avait dit le compère Pigache, Michault Lallier franchit sans encombre les murs, entre la porte Saint-Denis et la porte du Temple.

L'obscurité de la nuit, d'ailleurs, favorisait son dessein.

Mais dès qu'il se trouva en dehors de Paris, ces mêmes ténèbres, l'empêchant de se reconnaître, lui furent alors aussi gênantes qu'elles lui avaient été favorables.

Le batteur d'or était cependant un vieux Parisien et il connaissait les faubourgs de la ville non moins bien que le quartier des Halles qui avait été son berceau. Mais hélas ! que de changements !

Tout n'était que désolation dans cette campagne jadis si verdoyante qui avait poussé sur les marais d'antan enfin desséchés en grande partie. Plus de jolies maisonnettes, plus de clos, plus de courtilles; les Anglais avaient passé là !

Enfin, après une heure de marche, Michault Lallier parvint jusqu'à un amas de ruines au milieu desquelles deux ou trois maisons branlantes demeuraient à moitié debout. Et il reconnut que c'était là tout ce qu'il restait du joli petit village de la Chapelle.

A ce moment, la lune se leva, éclairant tout le panorama qui s'étend, là-bas, jusque devers les coteaux de Montmorency.

Et Michault Lallier ne put s'empêcher de tressaillir.

Montmartre à gauche, Aubervilliers à droite, et la plaine entière, tout ne présentait qu'une longue suite de tentes et de pavillons vaguement éclairés par les pâles rayons de la lune naissante. C'était l'armée tout entière du connétable de Richemond qui campait là, en attendant l'assaut qui devait la rendre maîtresse de la capitale.

A peine le batteur d'or avait-il fait quelques pas, qu'une sentinelle avancée lui cria :

— Qui va là ?

— Ami ! dit Michault Lallier.

Mais le soldat ne se contenta pas de cette réponse; il s'approcha, ayant tiré sa dague, et Michault Lallier reconnut que c'était un arbalétrier, à sa brigandine et à la trousse pleine de traits qui pendait à son côté.

— Qui es-tu ? demanda l'arbalétrier.

— Un bourgeois de Paris.

— Oh ! oh ! Et que veux-tu ?

— Voir le connétable.

L'arbalétrier éclata de rire.

— Par le pape! fit-il, penses-tu que l'on puisse voir comme ça ce brave Richemond?

— Mais pourtant, si j'apporte quelque grave communication capable de l'intéresser.

Le soldat réfléchit.

— Je m'en vais toujours te conduire à Mre Simon de Lalain, notre capitaine. Il décidera.

Trois minutes après, Michault Lallier était introduit dans la tente de Simon de Lalain.

— Tu es bourgeois de Paris? lui demanda celui-ci.

— Je le suis.

— Et tu veux voir le connétable?

— Je veux le voir.

— Alors, tu as un mot de passe, un signe de ralliement?

— *Dauphiné!* répondit Lallier, qui se souvint de ce que lui avait dit le compère Pigache.

Simon de Lalain n'en demanda pas davantage : il avait compris.

— Sois le bienvenu! fit-il.

Et appelant un soldat :

— Conduis ce bourgeois auprès du connétable. Tu lui diras que c'est celui qu'il attend et que c'est moi qui l'envoie.

Et Michault Lallier suivit le soldat qui lui fit traverser tout le camp.

Bien que la nuit fût déjà fort avancée, toute cette armée ne dormait guère, car le chef avait recommandé de se tenir prêt à partir dès la première alerte. Le batteur d'or put voir les archers, les arquebusiers, les arbalétriers et les crenequiniers ; puis toute la ribaudaille de gens qui combattent à pied, coustelliers, guisanniers et pertuisaniers, et ceux qui s'occupent de l'artillerie, rangés autour de leurs pièces, et les bombardelles, les couleuvrines, les veuglaires, les crapaudines et les serpentines étincelant aux rayons de la lune.

Enfin, après avoir marché ainsi à travers cette armée que Michault Lallier évaluait à 8.000 ou 10,000 hommes, le soldat qui le conduisait s'arrêta devant une tente plus haute, plus vaste que les autres, qu'une éclatante oriflamme surmontait et autour de laquelle régnait une plus grande activité.

Et comme Michault Lallier s'apprêtait à y pénétrer, un homme en sortit.

Le batteur d'or le reconnut : c'était le sire de l'Isle-Adam.

— Or ça, que veut cet homme ? fit-il en voyant Lallier.

— C'est, répondit le soldat, un bourgeois de Paris que le sire de Lalain envoie au connétable de qui il est attendu.

— Entre, pardieu ! fit L'Isle-Adam tout joyeux, car tu dois être porteur d'une bonne nouvelle.

Et familièrement, il poussa Michault Lallier dans la tente.

Assis sur une escabelle, le coude appuyé sur le bord d'une table et le front dans sa main, un homme écoutait attentivement un récit que lui lisait un clerc.

Cet homme était magnifiquement vêtu.

Il pouvait avoir une quarantaine d'années et tout

indiquait en lui la noblesse en même temps que l'intelligence, la force et le courage.

Cet homme était Artus de Bretagne, comte de Richemond, le hardi combattant d'Azincourt, le compagnon de Jehanne la Pucelle aux côtés de qui il avait vaincu à Beaugency et à Patay, enfin cet homme de guerre illustre que Charles VII avait créé connétable de France quelques années auparavant.

Au bruit que firent L'Isle-Adam et Michault Lallier en pénétrant dans la tente, le connétable releva la tête, et du ton sévère d'un homme qu'on dérange :

— Eh bien ! qu'y a-t-il ?

L'Isle-Adam fit avancer le batteur d'or.

— Voici l'homme que vous attendiez ! fit-il simplement.

Alors le visage de Richemond s'illumina, et s'adressant à Michault Lallier :

— Vous êtes bourgeois de Paris ? lui demanda-t-il.

— Et quartenier des Halles, répondit celui-ci.

— Et vous venez ?...

— Au nom de Thomas Pigache et de ses amis, vous dire que demain, à l'aube, la porte Saint-Jacques outre l'eau vous sera ouverte.

— Enfin ! fit le connétable.

Puis :

— Mais pourquoi est-ce la porte Saint-Jacques plutôt que celle de Saint-Denis, par exemple, qui est plus proche d'ici ?

— Justement ! fit Michault Lallier, parce que la porte Saint-Jacques étant la plus éloignée de votre camp sera la moins gardée.

— Enfin ! nous ferons le tour.

— A ce moment, un jeune homme entra sans façon dans la tente du connétable.

Bien qu'il fût à peine âgé de trente ans, il pouvait traiter le duc de Richemond en égal, car ce jeune homme était Jean, comte de Longueville et de Dunois, qu'on nommait encore le Bâtard d'Orléans, parce qu'il était le fils du frère de Charles VI.

— Bonne nouvelle, Dunois ! lui dit le connétable en lui frappant sur l'épaule ; demain Paris sera à nous !

— Par la Pâques-Dieu ! cria le capitaine ; je veux y entrer le premier !

— Ainsi feras-tu ! Mais il faut se hâter, si l'on veut arriver à la porte Saint-Jacques avant le jour. Or donc, Dunois, tu prendras les arbalétriers et un mille de gens de pied, et tandis que vous entrerez dans Paris par le Midi, moi je forcerai la porte Saint-Denis avec le gros de l'armée.

— Parfait ! répondit Dunois ! Nous allons clamer à ce maudit Anglais une telle fanfare que de longtemps, j'espère, il n'en aura entendu de pareille.

Et tout joyeux à l'idée de la bataille, il se retira avec L'Isle-Adam afin de donner des ordres.

— Quant à toi, mon brave, fit le connétable au batteur d'or, nous espérons que tu ne seras pas oublié, quand Charles VII, notre sire, sera rentré dans sa bonne ville.

— Bah ! répondit Michault Lallier, ce n'est point dans le but d'une récompense que j'ai fait ce que j'ai fait.

— Tu hais l'Anglais !

— Je veux délivrer mon fils que ces damnés ont enfermé au Grand Châtelet.

— Demain, il sera libre. En attendant, tu peux rester ici.

— Non point! Je veux rentrer à Paris où je serai le premier à vous souhaiter la bienvenue.

— A ta guise!

Michault Lallier sortit.

Le camp était en mouvement. La nouvelle de la bataille prochaine était connue déjà et les soldats préparaient leurs armes, tandis que là-bas, dans la nuit, on entendait le bruit d'une troupe en mouvement : c'étaient les arbalétriers qui se mettaient en marche pour la porte Saint-Jacques, conduits par Dunois et L'Isle-Adam.

V

Or le lendemain, qui était un vendredi, dès les premières lueurs du jour, Michault Lallier, Thomas Pigache, Jehan de Lafontaine et les autres quarteniers se tenaient sur les remparts du côté de la rue Saint-Jacques.

Les guetteurs des tours étaient à leur dévotion et il n'y avait rien à craindre de ce côté-là.

Et tous les yeux scrutaient la brume du matin.

Enfin, là-bas, tout au loin, on aperçut comme une ombre, vague encore, qui, grossissant peu à peu, devint bientôt une troupe de gens d'armes.

Bientôt même l'on put distinguer une bannière flottant au vent, la bannière bleue fleurdelisée d'or et timbrée du lambel d'argent des d'Orléans.

— Voici les Français! cria Pigache joyeusement.

— Dunois est à leur tête! Je reconnais sa bannière! ajouta Lafontaine.

Peu de temps après, la troupe armée se trouva au pied des murs de la ville.

Alors, le seigneur de L'Isle-Adam s'avança et, montrant une grande feuille de parchemin scellée du grand scel de France, laquelle contenait l'amnistie générale pour tous les Parisiens, il demanda aux bourgeois s'ils étaient décidés à se soumettre à l'autorité du roy Charles VII.

Les bourgeois répondirent par des acclamations et tout aussitôt des échelles furent dressées contre les murs, sur lesquelles s'élancèrent Dunois et le seigneur de L'Isle-Adam d'abord, puis une grande quantité de gens de leur troupe.

Alors les portes furent défoncées et l'armée entière pénétra dans Paris en criant :

— La paix! la paix! Vive le roy et le duc de Bourgogne!

Cependant les Anglais, se rendant compte de ce qui se passait et comprenant qu'ils ne seraient pas assez forts pour résister au flot du populaire, s'étaient retirés dans la Bastille Saint-Antoine.

Mais les troupes réunies de Dunois et de Richemond venaient les y assiéger et leur donnaient un si rude assaut, qu'ils furent bien obligés de demander grâce.

Le connétable de Richemond, tout heureux de se trouver dans Paris, ne leur montra pas rigueur et les laissa sortir par la porte des Champs. Ayant tourné la ville, ils allèrent s'embarquer derrière le Louvre et partirent pour Rouen qui était encore en leur pouvoir.

Et le peuple de Paris, tout heureux, les poursuivait de ses huées et criait :

— A la queue ! Au renard !

Michault Lallier n'avait pas attendu l'heure de ce triomphe définitif pour courir au Châtelet. A la tête de tout le quartier des Halles, il délivra son fils et la jolie Nicolette qui avaient été écroués la veille.

Et c'est ainsi que furent chassés de la capitale du royaume, ces maudits Anglais contre lesquels la France guerroyait depuis plus de cent ans.

LA MEUNIÈRE

DE LA PORTE-NEUVE

XVIᵉ SIÈCLE

LA MEUNIÈRE

DE LA PORTE-NEUVE

I

C'ÉTAIT à quelques pas seulement de la Porte-Neuve que s'élevait le moulin de Jean Brisemiche.

Construit en partie sur pilotis, son entrée donnait de plain-pied sur la chaussée qui longeait le palais des Tuileries ; de l'autre côté, il dominait la Seine, et, de ses fenêtres, la vue était féerique, s'étendant vers la gauche sur les jardins du faubourg Saint-Germain jusqu'à la Tour de Nesles, et même plus loin, jusqu'aux clochetons innombrables de la Cité.

A droite, c'était le Pré-aux-Clercs, et tout là-bas, en face, les collines boisées de Meudon et de Bellevue.

Jean Brisemiche eût vécu là fort heureux si les temps avaient été moins durs, mais il ne pouvait se rappeler sans un serrement de cœur l'époque, point trop éloignée encore, où la roue de son moulin tournait joyeusement et où ses meules craquaient en écrasant le pur froment pour le moudre en blanche et poudreuse farine.

Hélas ! sa roue était silencieuse maintenant et ses meules demeuraient inertes.

Le blé manquait à Paris et la famine se faisait cruellement sentir dans la capitale.

Et tout cela, par la faute de ce maudit Béarnais de malheur qui assiégeait Paris et qui s'était mis dans sa vilaine caboche de huguenot de venir s'asseoir sur le trône que la mort d'Henri III avait laissé libre.

Aussi ne l'aimait-il point, ce damné Béarnais, et Brisemiche était ligueur dans l'âme ; la Sainte-Union n'avait pas de meilleur partisan que lui et certainement, s'il eût été quelque chose dans les conseils de M. de Mayenne, du duc de Féria, du Légat ou simplement des Seize, il y a beau temps qu'on eût fait une Saint-Barthélemy de tous ces politiques qui encombraient la capitale, c'est-à-dire de tous ces partisans du roy de Navarre.

Et c'était même là le quotidien sujet de querelle que le terrible Brisemiche avait avec sa fille Yveline.

Car Brisemiche qui était veuf avait une fille, et un joli brin de fille même, qui allait sur ses vingt ans et que dans tout le quartier on citait à la fois pour sa béauté et pour sa gentillesse.

Ah ! comme Brisemiche en était fier de sa jolie petite Yveline et comme il l'adorait ! Pourtant, parfois, il s'emportait contre elle : Yveline ne s'avisait-elle pas de professer publiquement un grand culte pour le Béarnais ! Si cela avait du bon sens !

Il faut dire que ce n'était pas sans raison que cette fille de ligueur portait tant d'intérêt au chef des politiques, et cette tendresse quasi filiale qu'elle avait vouée au roy de Navarre, elle la tenait de sa mère, la pauvre

Colette Brisemiche, morte quelques cinq ou six ans auparavant.

Avant d'être meunière, Colette Brisemiche avait été
femme de chambre chez une noble dame, la marquise
d'Escombes, aux bontés de laquelle le galant Béarnais
n'avait pas été insensible.

Colette s'était donc fort souvent trouvée en présence
du roy de Navarre et elle avait conservé de lui un très vif
souvenir. Aussi la gentille Yveline avait-elle été bercée
avec les récits des prouesses du Béarnais. C'était son
héros, son Dieu ; et quand le meunier le traitait d'antechrist et de damné, Yveline s'insurgeait bien vite et c'était
entre le père et la fille des querelles interminables où,
ma foi, le meunier ne gardait pas toujours l'avantage.

Cette divergence d'opinion n'empêchait pas, d'ailleurs,
le père et la fille de s'adorer.

Mais le cœur de la douce Yveline n'était pas seulement plein de la tendresse qu'elle portait à son père et de
l'admiration qu'elle avait vouée au Béarnais.

Il était assez grand, ce petit cœur, pour qu'un troisième
sentiment y pût tenir sa place, et ce sentiment n'était
pas loin d'être de l'amour.

Car comment appeler ce qu'elle éprouvait en face du
jeune Urbain Leloup ?

C'était un fort joli garçon que cet Urbain, fils de maître
Leloup, quartenier de Saint-Germain-l'Auxerrois. Avec
sa taille élancée, svelte et fine, sa figure juvénile et toute
rose que virilisait une fine moustache dont les pointes se
dressaient provocatrices et conquérantes, on l'eût facilement pris pour quelque joli petit mousquetaire, coureur
de ruelles et friand de l'épée. Et cependant Urbain Leloup

n'était qu'un simple clerc au Parlement, et c'est ce dont
il enrageait. Lui qui ne rêvait que bataille et rapière, on
l'avait forcé à entrer dans la basoche et à devenir un
homme de robe au lieu d'un gentil capitaine d'aventures
qu'il eût pu être.

Il est vrai que, bien que simple clerc, Urbain Leloup
n'en portait pas moins au côté une fine colichemarde, car
en ces temps troublés, où l'on rencontrait parfois et même
assez fréquemment quelque moine armé et cuirassé et où
maître Guarinus, curé de Saint-Pierre, disait la messe, la
salade en tête, un clerc pouvait fort bien, sans se faire
remarquer, porter l'épée au côté.

D'ailleurs le jeune Urbain savait au besoin se servir de son
arme ; on connaissait de lui certaine partie de plaisir au Pré-
aux-Clercs où l'avantage n'était pas demeuré à ses adversaires, et je crois que si quelque audacieux se fût avisé
de regarder de trop près la jolie Yveline, le jeune Parisien eût immédiatement senti des frémissements dans sa
rapière.

C'est qu'il adorait Yveline, le bel Urbain, et il était
terriblement jaloux !

Certes la jeune meunière n'était point une de ces
coquettes qui feraient se damner un saint, mais aussi
on n'est point une jolie fille sans que les galants ne
tournent autour de vous, comme frelons autour de la
lumière.

Et précisément, depuis quelque temps, près d'Yveline
volait un gros bourdon dont la figure ne revenait pas au
jeune Urbain.

Le cousin Antioche n'était point jeune, ni point beau
non plus, et pour l'élégance il ne brillait guère davan-

tage, mais le gaillard avait dans sa prunelle une telle
flamme et la bouche qui riait dans sa barbe grisonnante
semblait si gloutonne que, ma foi !...

Et puis, il faut tout dire, c'était un drôle de bonhomme
que ce cousin Antioche, tombé du ciel au moment où on
s'y attendait le moins et dont jamais Brisemiche ni sa fille
n'avaient entendu parler.

Il paraît qu'il était fermier au village d'Écouen, et,
comme c'était un gars qui avait de l'audace, il s'était mis
en tête d'apporter du blé dans Paris bloqué et cela à la
barbe des écharpes blanches qui tenaient la campagne tout
autour de Paris.

Comment s'y prenait-il ? Nul ne le savait, mais le fait
était là, patent. Un beau jour, il était arrivé avec un
chargement de blé et s'arrêtant devant la porte de Brisemiche :

— Eh! bonjour, mon cousin! avait-il dit.

— Votre cousin ?...

— Au fait, c'est vrai, vous ne me connaissez pas; mais
vous devez avoir entendu parler de moi, le cousin
Antioche.

— Antioche ?...

— Cette pauvre Colette ne vous a jamais parlé de
son cousin Antioche ? Ah ! par exemple !... Mais nous
sommes enfants des deux frères. Son père, c'était le gros
Gérard de Saint-Germain et le mien, le petit Huguet,
tous deux fils de Barnabé d'Étiolles.

— Ah! bah! avait répondu Brisemiche étonné de voir
le fermier si documenté sur la famille de sa femme.

— C'est comme je vous le dis ! Mais Colette et moi
nous avons poussé ensemble, à preuve que c'est moi qui

l'avais fait entrer chez la marquise d'Escombes, dont
j'avais le grand honneur d'être l'intendant. Puis elle s'est
mariée et est venue ici et, ma foi, l'on s'est un peu perdu
de vue. Ah ! j'ai bien pleuré quand j'ai appris sa mort.
Mais elle a laissé une fille, paraît-il, la jeune Yveline, qui
doit être grandelette maintenant.

Allez donc refuser de croire qu'un quidam aussi bien
renseigné n'est pas votre cousin ! Brisemiche ne s'était pas
fait tirer l'oreille pour accueillir celui-là, d'autant plus
qu'il apportait un chargement de blé et que le blé était
rare en ce moment.

A partir de ce jour, Antioche, le cousin Antioche, fut
le commensal du moulin de la Porte-Neuve. Il ne se passait pas de semaine qu'on ne le vît arriver conduisant une
charretée de blé, et il était toujours le bienvenu.

Brisemiche l'estimait davantage à mesure qu'il le
connaissait mieux.

Il faut dire que ce satané Antioche était plus ligueur,
s'il fût possible, que le meunier lui-même et c'était
chaque jour des histoires à mourir de rire sur le
Béarnais qu'il arrangeait de belle façon.

Or, chose bizarre, Yveline qui n'aimait point que
l'on se moquât de son idole et qui reprenait vertement
son père chaque fois que le meunier osait dire devant
elle un mot de trop sur le Béarnais, Yveline ne semblait pas tenir rigueur au cousin Antioche de tous
ses brocarts. Bien au contraire, elle était la première à
en rire.

Était-ce à dire que la jolie et sage Yveline avait un
faible pour le cousin ?

Hé ! hé !

Urbain Leloup n'était pas loin de le croire et il en rageait, le pauvre petit clerc à allures de mousquetaire.

II

Or, ce jour-là, qui était le vingt et unième du mois de mars de l'an 1594, vers les trois heures de relevée, Urbain Leloup s'en était venu au moulin de la Porte-Neuve dans l'intention bien évidente de s'expliquer avec Yveline au sujet de cet Antioche de malheur.

Justement Brisemiche était absent ; le valet Lambin était allé livrer de la farine et Yveline se trouvait toute seule au moulin.

En voyant pénétrer le petit clerc, tout de noir vêtu, comme un de la religion et portant fièrement au côté une belle épée dont l'acier reluisait, le fin visage de la jeune fille s'éclaira d'un joli sourire.

Mais tout de suite elle s'ébahit devant la mine sévère du pauvre garçon.

— Or çà, maître Urbain, que vous advient-il ce jourd'hui pour avoir visage si renfrogné ?

Urbain se redressa comme un jeune coq et renfonçant son feutre d'un coup de poing, une main sur la hanche :

— Par la messe ! fit-il, Yveline, vous allez savoir la cause de mon mécontentement.

Mais la gente meunière demeurait railleuse.

— De grâce, Urbain, ne prenez point ces airs de lansquenet, vous me faites frémir de peur.

— Vous pouvez vous moquer, fit le clerc, pourvu que vous me répondiez franchement.

— Oh! oh! Cela est grave?

— Très grave!

— Alors!...

— M'aimez-vous!

Yveline joignit les mains.

— Il le demande! fit-elle, quand pour lui j'ai refusé je ne sais combien de soupirants et non des moindres?

— Oui. Je sais! je sais! Depuis près d'un an que mon père et le vôtre nous ont fiancés, et même avant, pas mal de galants sont venus rôder autour du moulin, que vous avez joliment éconduits.

— Eh bien?

— Eh bien! maintenant, pourquoi n'agissez-vous pas de même façon avec...

— Avec?...

— Oh! vous savez bien de qui je veux parler!

— Mais, nullement!

— Oui! oui! faites l'innocente!

— De qui donc voulez-vous parler?

Urbain avança les lèvres en signe de dédain et laissa tomber ce seul mot :

— Antioche!

Yveline éclata de rire.

— Eh! quoi! vous êtes jaloux de mon cousin Antioche?

— Euh! euh! cousin!... fit Urbain.

— Bon! voilà que vous allez douter de ma parenté, maintenant!

— Certes, oui, j'en doute! Et j'ai pour cela de fort bonnes raisons.

Yveline fit une révérence et le plus simplement du monde :

— Tenez, fit-elle, vous n'êtes qu'un sot! monsieur le clerc au Parlement.

— C'est bon! répondit Urbain, sans se formaliser de ce qualificatif sortant d'une aussi jolie bouche. C'est bon! Insulter n'est pas répondre. Et je suis sûr que vous ne me jureriez pas sur l'honneur qu'Antioche est votre cousin!

— Voyez-vous!

— Et qu'il n'est pas votre galant.

— Oh! cela, se hâta de dire la jeune fille, je le jure bien, par exemple!

— Vous l'osez!

— Oui!

— Ce garçon qui vient ici on ne sait pour quelle raison!

— Pardon! il apporte du blé, et par le temps qui court c'est une raison fort plausible.

— Bon! il apporte du blé! Je vous l'accorde. Mais est-ce aussi une raison pour qu'il vous suive partout, qu'il vous chuchote sans cesse à l'oreille des choses...

— Et puis après?

— Enfin ma conviction est faite. Ça crève les yeux d'abord, et il faut que votre père...

— Eh bien! quoi? mon père?...

— D'abord, lui, pourvu qu'on dise du mal du Béarnais, on est son ami.

— Dame! mon père est un fidèle ligueur!

— Alors, pourquoi êtes-vous politique?...

— Moi! répondit Yveline, mais je ne suis ni ligueuse ni politique. J'aime le Béarnais parce qu'il fut l'ami de ma mère...

— Alors, pourquoi supportez-vous qu'Antioche...

La jeune fille rougit.

Puis elle balbutia :

— Mon Dieu! Antioche est si drôle? Et puis, dans le fond, je suis sûre qu'il ne déteste pas tant que cela le roy de Navarre.

— Merci! Si je disais du Béarnais le quart de ce qu'en dit Antioche...

— Oh! vous, je sais bien que vous n'en direz jamais de mal.

— Heu! heu!

— Non! parce que sous votre habit de clerc, vous avez une âme de soldat et vous aimez le roy de Navarre pour sa vaillance et son panache.

— Chut! fit le jeune homme effrayé.

— Eh bien! où est le mal?...

— Diable! Si on savait qu'Urbain Leloup, le fils du quartenier de Saint-Germain-l'Auxerrois, est un ami des politiques... D'ailleurs, ce que j'en dis c'est parce que je vous aime... trop, hélas! puisque vous ne m'aimez plus!

— Taisez-vous! vous savez bien le contraire!

— Alors cet Antioche?

— Eh bien! Antioche... ne soyez plus jaloux de lui... Je vais vous annoncer une nouvelle qui vous fera plaisir.

— Ah!

— Il ne viendra plus.

— Jamais?

— Peut-être une fois encore, aujourd'hui ou demain, puis ce sera fini; il partira en voyage.

— Bien vrai?

— Oui.

— Oh! Yveline, que je vous embrasse, pour cette bonne nouvelle!

Et le jeune clerc ayant attiré à lui la jolie Yveline déposa sur ses joues deux bons gros baisers qui retentirent.

— Eh bien! ne vous gênez pas! fit Brisemiche qui venait d'entrer, suivi de sept ou huit personnes.

Nullement gênés, les deux jeunes gens sourirent et Brisemiche, se tournant vers les nouveaux venus, expliqua :

— Ils sont fiancés depuis près d'un an et n'attendent pour se marier que la fin de cette vilaine guerre. Alors...

— Dame! ils n'auront pas toujours vingt ans! répondit un des hommes.

Cependant Yveline s'étonnait de cette troupe d'inconnus qui soudain envahissait le moulin.

Et tout bas elle demanda à son père :

— Quels sont ces gens?

— Des amis, répondit le meunier à haute voix, des bourgeois de Paris, de braves ligueurs comme moi, qui travaillent aux remparts et que j'ai invités à venir boire une bonne bouteille.

Et se tournant vers les hommes qui tous, en effet, comme Brisemiche, portaient à leur bonnet la double croix de Lorraine, emblème des membres de la Sainte-Union :

— Allons! les amis, asseyez-vous! Vous devez avoir soif.

— C'est qu'il fait chaud, aujourd'hui! fit l'un d'eux.

— On ne se croirait jamais au mois de mars! repartit un autre.

Cependant Brisemiche appelait :

— Lambin! Lambin !

Mais personne ne répondant, Yveline informa son père que le valet n'était pas rentré.

— Allons, bon! dit le meunier. Alors c'est moi qui vais descendre à la cave chercher quelques vieilles bouteilles de Beaugency.

— C'est cela! fit la jeune fille.

Puis elle ajouta :

— Pendant ce temps, moi, je cours jusque chez Mme la comtesse de Brissac...

— Mazette! fit un des ligueurs, vous avez là de jolies relations!

— Oh! des relations! fit Brisemiche, ma fille fait de la broderie et la noble femme de notre bon gouverneur de Paris a bien voulu la charger de quelques ouvrages ; ce qui fait que ma fille va très souvent chez Mme de Brissac.

— Et je vous accompagnerai ! dit Urbain en s'empressant auprès de sa fiancée.

Mais la jolie Yveline refusa.

— Non! merci! restez! Je ne fais qu'aller et venir, dit-elle... D'ailleurs, ce n'est pas loin, la rue des Deux-Écus !...

L'un des hommes prit la parole :

— En ce cas, monsieur le fiancé, vous pouvez bien boire un verre de Beaugency avec nous!

— Avec plaisir ! répondit le jeune homme.

Et tandis qu'Yveline sortait et que le meunier descendait à sa cave, Urbain Leloup s'installa avec les ligueurs.

III

Les buveurs avaient à peine entamé la première bouteille de Beaugency que Brisemiche venait de monter de la cave, quand la porte du moulin s'ouvrit et un homme entra en disant :

— Salut à la compagnie !

Le meunier se retourna tout joyeux en reconnaissant le visiteur.

— Eh ! c'est le cousin Antioche ! fit-il. Vous arrivez juste à temps pour boire un verre de vin avec nous.

Le cousin Antioche était un homme d'une quarantaine d'années, petit, sec, brun et paraissant prodigieusement alerte et vigoureux.

Bien qu'il fût vêtu d'un costume de paysan, son allure trahissait un je ne sais quoi d'élégant et d'aisé. D'ailleurs, sa face, aux yeux de braise, au nez busqué, à la barbe grise soignée et peignée, ne lui donnait pas l'apparence d'un simple fermier.

— Et ça va bien ? demanda Brisemiche.

— Oui, merci, cousin ; et vous ?

— Vous voyez ! répondit le meunier. On se la coule douce.

Mais les ligueurs avaient fait une place au nouveau venu et, tandis qu'Urbain Leloup le regardait de travers, le meunier avait posé un verre devant lui et le lui remplissait jusqu'au bord :

— On était en train de boire une bonne bouteille,

continua-t-il, avec de vieux amis qui ont sué sang et eau pour refaire les brèches des remparts.

— Ah ! c'est bien, ça ! approuva le paysan.

— Dame ! fit un ligueur, on dit que ce satané Béarnais de malheur va nous donner l'assaut un de ces quatre matins !

— Bah ! dit Antioche en vidant son verre.

Mais Brisemiche prit la parole.

— Tiens ! au fait, vous devez savoir des nouvelles, vous, cousin Antioche !

— Un peu !

— Le cousin Antioche, expliqua Brisemiche aux ligueurs, est fermier à Écouen et, pour venir à Paris m'apporter du blé, il lui faut traverser tout le camp du Béarnais.

Les hommes regardèrent le fermier avec admiration.

— Eh ! eh ! observa l'un, c'est périlleux ce que vous faites là, l'ami !

— Que non !

— Pourtant, le Béarnais...

— Bah ! il n'est pas si malin qu'on veut bien le dire et je me charge, moi, de lui en faire voir de grises !

Brisemiche se tordait de rire.

Et se tapant sur les cuisses :

— Sacré Antioche, va !... Encore un verre de vin !

— Ce n'est pas de refus.

Le meunier entama la seconde bouteille. On trinqua et l'on but.

— Et comme ça, le Béarnais ?... demanda un ligueur que le sujet intéressait.

— Une vraie mazette, je vous dis ! reprit Antioche.

Enfin, voilà un prince qui assiège Paris ; il me semble que son devoir, son premier souci devrait être d'empêcher les vivres d'y entrer.

— Oh ! si ça ne dépendait que de lui, probablement...

— C'est qu'il y a des malins comme vous, Antioche, renchérit Brisemiche.

— Oh moi !... Tenez, l'autre jour, je pars d'Aubervilliers avec un chargement de blé haut comme une maison. Justement le Béarnais était là sur le front de bataille du camp, en train de passer ses soldats en revue :

« — Eh ! l'homme ! qu'il me fait, où vas-tu comme ça ?

« — Tiens ! que j'y fais, je vais porter de l'avoine au fermier Roquart de Billancourt.

« — Oh ! oh ! c'est de l'avoine, ça ?

« — Dame !

« — Et tu ne vas pas à Paris, au moins ?...

« — Oh ! à Paris ils ont plus besoin de blé que d'avoine. Et pourtant, de vous laisser ainsi vous morfondre à leur porte, c'est du foin qu'il faudrait leur donner. »

Tout le monde s'esclaffa.

Brisemiche exultait du succès de son cousin, et jubilant :

— Hein ! en a-t-il un bagout !... s'écria-t-il. Sacré Antioche, va !

Et débouchant une troisième bouteille, il remplit les verres à la ronde.

Mais Urbain retira le sien en disant :

— Merci ! je n'ai plus soif !

Une minute Antioche fixa son regard perçant sur ce jeune homme qui avait l'air d'une autre condition que les

autres convives et qui, jusque-là, semblait ne point se
mêler à la joie générale.

De fait, Urbain n'était point à son aise.

Certes, il n'aimait déjà pas beaucoup ce fameux cousin Antioche dans lequel, malgré les affirmations d'Yveline, il flairait un rival, mais de le voir ainsi dénigrer le
roy de Navarre qu'il adorait, lui, pour ses hauts faits et
pour sa vaillance, cela n'était point pour lui montrer le
fermier sous un jour plus favorable et le lui faire détester
un peu moins !

Cependant un des ligueurs avait levé son verre en
proposant :

— A la santé de la Ligue !

— A la gloire de la Sainte-Union ! fit un autre.

— Et à la mort du Béarnais ! conclut Antioche qui
avala son verre d'un trait, ce qui démontrait au moins la
mesure de ses sentiments.

Urbain regarda Antioche d'un air féroce ; on sentait
qu'il se tenait à quatre pour ne point sauter à la gorge de
ce maudit croquant.

Mais nul ne s'aperçut de la colère d'Urbain Leloup.

— A propos ! fit un des ligueurs, vous ne connaissez
pas la nouvelle chanson qui court sur l'homme de Navarre ?

— Non ! répondit-on.

— Attendez ! je vais vous la chanter.

— C'est ça ! c'est ça !

Et d'une voix superbement fausse, l'homme commença :

> Le Béarnais a la figure
> Et la démarche d'un ourson ;
> Il en a l'air et la tournure,
> Le poil épais et le nez long,

Il est bossu, ventru, goitreux,
Il est petit, borgne et cagneux.

Ah! qu'il est laid,
Le Béarnais!

— Ah! bravo! bravo! fit-on de toutes parts.

Mais Antioche secoua la tête.

— Mais ce n'est pas ça! fit-il, vous travestissez l'air,
et, d'ailleurs, vous ne dites pas le plus beau! Tenez,
écoutez!

Et se levant il chanta :

C'est un paillard fat et stupide
Qui se croit pourtant très malin;
Mais ce bellâtre est un timide;
Ce bel oiseau n'est qu'un serin.
Il est bossu, ventru, goitreux,
Il est petit, borgne et cagneux.

Ah! qu'il est laid,
Le Béarnais.

Cette fois ce fut du délire.

Les ligueurs et Brisemiche qui avaient entonné le
refrain en chœur applaudissaient, tapaient des mains,
frappaient en cadence le bois de la table avec leurs
verres, enfin menaient un tel tapage qu'ils n'entendirent
pas Urbain s'écrier :

— Par la messe! les manants m'échauffent les
oreilles!

La gaîté des ligueurs se calma pourtant.

— Ah! elle est bonne, la chanson! fit l'un d'eux.

— Dites donc, l'ami, continua un autre, il faudra la
chanter ce soir en traversant le camp du Béarnais.

— Oh! pardieu! je me gênerai!...

— Vous semblez ne pas l'aimer beaucoup!

— Moi? Je n'ai jamais pu le voir en face, répondit
Antioche, sur un ton indéfinissable.

Mais un des ligueurs se leva.

— Et maintenant si on retournait au travail.

— Oui! Ça ne fait pas la besogne de rester ici à boire.
Tous se levèrent.

— Je vais avec vous! fit Brisemiche.
Un à un les ligueurs sortirent du moulin.

— Ma foi! je vous accompagne aussi! dit Antioche;
je veux voir si vos remparts sont assez solides pour
arrêter ce Béarnais de malheur.

Et il s'en vint prendre son chapeau et sa cape qu'il
avait posés en un coin de la salle.

S'étant coiffé, il jeta son manteau sur son bras.

Il s'apprêtait à sortir.

Tout le monde avait quitté le moulin. Mais Urbain lui
barra la route en lui disant simplement :

— Un mot, vous!

IV

Si Urbain Leloup avait patienté tout à l'heure, c'est
qu'il se promettait de se venger bientôt. Car il avait un
fameux compte à régler avec ce maudit Antioche.

Le manant se permettait de conter fleurette à la jolie
Yveline! cette raison était, certes, déjà suffisante pour
mettre le clerc hors de lui.

Mais, de plus, son cas se compliquait, non pas en

s'avouant farouche ligueur, Urbain n'en avait cure, mais en narguant le roy de Navarre et en le chantonnant de si ridicule façon!

Ah! son compte était bon! Et il n'allait pas peser lourd, ce pataud de fermier, entre les mains du jeune clerc bretteur.

En voyant les ligueurs quitter la salle en compagnie de Brisemiche, Urbain avait compris que l'heure de la vengeance avait sonné avec celle du châtiment.

Aussi s'était-il placé devant la porte et, croisant les bras sur sa poitrine, fronçant le sourcil, il avait barré le seuil au paysan, en articulant :

— Un mot, vous!

Antioche avait jeté sur le jeune homme un regard tout surpris, puis simplement :

— Vous désirez?

— Je veux vous parler.

— A votre service! répondit le fermier.

Et abandonnant la porte dont sa main tenait déjà le loquet, il revint vers le milieu de la salle.

Urbain le suivit. Puis se campant devant lui :

— Pensez-vous que cette comédie puisse durer long-temps? déclara-t-il, en appuyant sur chaque mot comme pour le faire mieux entrer dans la tête de son interlocuteur.

— Quelle comédie? demanda Antioche.

— Pensez-vous, continua Urbain, en martelant de plus en plus ses syllabes, que tout le monde puisse croire aussi facilement que Brisemiche à votre parenté intempestive?

Antioche paraissait en proie à une vive émotion.

Il recula d'un pas ; Urbain en fit un autre et continua, de plus en plus ironique :

— Le cousin qui tombe du ciel et que l'on retrouve un beau jour ! Ah ! un joli conte à dormir debout !

— Enfin, que voulez-vous ?... demanda hardiment Antioche, semblant prendre une résolution.

— Vous ne me connaissez point ! poursuivit Urbain dont la colère allait croissant à mesure qu'il parlait ; mais vous apprendrez à me connaître.

— Enfin, monsieur...

— Oh ! n'élevez pas la voix ! Vous ne me faites pas peur. Et quiconque voudrait le prendre de trop haut avec moi, bien que simple clerc au parlement, j'ai là de quoi lui répondre.

Et d'un geste plein de noblesse, il laissa retomber sa main sur la coquille de sa rapière qui cliqueta bruyamment.

Cependant, au grand étonnement de Urbain Leloup, cette fière apostrophe, s'accompagnant de ce geste non moins fier, ne parut pas émouvoir autrement le cousin Antioche.

Et d'un ton absolument calme, le paysan demanda :

— Enfin, monsieur le clerc au parlement, où tend cette querelle ?

— Cette querelle, monsieur Antioche, tend à ceci : que je vous défends désormais de remettre les pieds dans cette maison...

— Oh ! oh !

— ... Que je vous défends de conter fleurette à Yveline...

— A Yveline !... fit Antioche avec un tel air de stupé-

faction qu'on devinait clairement qu'il s'attendait à tout
autre chose qu'à cette défense.

Mais Urbain ne s'aperçut de rien et, très monté, il
continua :

— Car j'aime Yveline, je suis son fiancé et je ne tiens
pas à me la voir enlevée par un Antioche!

— Eh bien! mon cher ami... commença Antioche
dont le visage s'épanouit soudain.

Mais Urbain l'interrompit tout net.

— Pardon! Je ne suis pas votre « cher ami », n'ayant
pas l'avantage de vous connaître.

— Eh bien! monsieur le clerc au parlement, rassurez-
vous : aimez Yveline en toute sécurité, je ne lui ai jamais
conté fleurette, comme vous dites, et je n'ai nullement
l'intention de l'épouser, croyez-le bien. D'ailleurs j'espère
bien que c'est aujourd'hui la dernière fois que vous me
voyez dans ce moulin.

— Bon! Bon! grommela Urbain. Du reste, je saurai
bien vous empêcher d'y revenir.

— Sur ce, serviteur, monsieur le clerc, fit Antioche,
en remontant pour gagner la porte.

Mais Urbain l'arrêta de nouveau et, comme tout à
l'heure :

— Pardon! Encore un mot.

— Encore! murmura Antioche avec surprise.

— Vous êtes ligueur, à ce qu'il paraît!

— Moi!

— Oui, vous !

— Mon Dieu, vous savez, je ne suis ni ligueur, ni politique, je vends du blé.

— En tout cas vous avez une bien jolie voix pour

chanter des refrains contre le roy de Navarre. Eh bien !
monsieur Antioche, j'ai le regret de vous déclarer que
cela ne me plaît pas !

— Ah !

— C'est ainsi !

— Eh ! quoi ! vous, Parisien et clerc au parlement,
vous n'aimez pas la Ligue !...

— Que vous importe !

— Dame ! Si vous prenez tant que cela le parti du
roy de Navarre...

— Hé ! par la messe ! pensez-vous que je me préoccupe
de ligue ou de politique ! J'ai mes préférences, voilà tout !
Et en face du gros Mayenne qui n'a jamais su gagner une
bataille, toutes mes sympathies vont au Béarnais qui sait
se battre, lui, et joliment ! Est-ce ma faute si on m'a
fourré dans la basoche malgré moi, et si, aimant mieux
manier l'épée que la plume, j'admire les héros comme le
roy de Navarre ? D'ailleurs, je suis trop bon de vous
raconter ces choses !...

— Eh ! quoi ! fit Antioche au comble de la stupeur,
vous aimez tant que cela le Béarnais ?

— Oh ! oui ! Et je voudrais bien le connaître !

— Alors, allez le trouver dans son camp et si vous
êtes si fervent de batailles, je suis sûr qu'il vous recevra
bien. Et cela vaudra mieux que de ceindre un baudrier
sur une robe de clerc.

Urbain bondit.

— Ouais ! vous vous moquez !...

— Oh ! ce que j'en dis !...

— Et puis ! repartit Urbain avec hauteur, est-ce que
tout cela vous regarde ? Qu'il vous suffise de savoir que

je hais les politiques quand ils brocardent un homme de
la valeur du roy de Navarre et que tout à l'heure je me
suis tenu à quatre pour ne pas aller vous tirer les oreilles.

— Oh ! oh ! fit Antioche.

— Mais maintenant je vous tiens et vous allez me faire
le plaisir de faire amende honorable.

— Moi ?

— Et crier : « Vive le Roy ! » Sinon...

— Sinon ?

— Vous verrez ! répondit Urbain avec un geste d'une
éloquence terrible.

Mais le cousin Antioche n'avait pas l'air le moins du
monde intimidé.

— Eh ! fit-il, vous le prenez sur un ton !

— Je le prends sur le ton qui me plaît ! Allons ! criez :
« Vive le Roy ! »

— Jamais de la vie ! fit le fermier énergiquement.

— Jamais de la vie ? dit Urbain. Ah ! croquant ! tu as
de la chance de n'être qu'un paysan. Je vais me contenter de te rosser. Tandis que si tu étais un homme
d'épée...

— Vous tireriez votre rapière ? demanda Antioche
tranquillement.

— Et je te tuerais, misérable !

Antioche sourit.

— Mais pardon, fit-il, si vous y tenez... j'ai été soldat.

— Toi !

— Et je sais manier l'épée.

— Allons donc !

— Voyez plutôt.

Et, comme s'il se fût agi de la chose la plus simple du

monde, Antioche alla prendre une rapière accrochée au mur, revint vers Urbain Leloup et tomba en garde.

Le jeune clerc frémissait de rage.

— Ah! tu tires l'épée! Ah! tu as été soldat! Je vais te tuer!

Et ce disant, il porta un premier coup, un terrible coup droit à Antioche, que celui-ci para en répondant :

— Peut-être!

Urbain rompit vivement.

Et une minute il hésita.

C'est que, par la Mort-Dieu! ce fermier maniait proprement sa rapière.

Cependant le clerc revint à la charge.

— Tiens! cria-t-il, connais-tu cette botte ?

Mais son épée rencontra celle d'Antioche qui répondit :

— Si je la connais!... Tiens!... Et maintenant pare tierce ou tu es mort.

— Eh! c'est le diable! dit Urbain en pâlissant.

Car il venait de comprendre que ce croquant était son maître.

Alors, avec le courage du désespoir, profitant d'un instant de répit que lui laissait la rapière du fermier, il se fendit brusquement et tendit le bras.

Mais d'un coup sec, Antioche fit sauter l'épée des mains de son adversaire.

— Désarmé! gronda celui-ci.

— Ah! je te tiens! dit Antioche.

— Ah! battu par un rustaud !...

Pourtant le paysan semblait ne pas vouloir profiter de sa victoire car, abaissant son épée, il s'avança vers Urbain.

— Et maintenant, fit-il, à mon tour je vais te dicter mes conditions.

— Tue-moi donc ! car je ne pourrai survivre à la honte d'avoir été battu par un paysan.

— Oui, tu mourras, si tu ne m'obéis !

— Que veux-tu ?

— Que tu cries : « A mort le Béarnais ! »

— Jamais !

Antioche leva son épée et plaçant la pointe sur la poitrine du jeune homme :

— Crie-le, ou sinon !...

— Jamais ! répondit Urbain d'un ton farouche.

— Tu l'aimes donc bien, ce pauvre roy de Navarre, demanda le fermier d'une voix où se lisait plus d'émotion que de colère.

— Allons ! j'attends !

— Mais dis donc que tu l'aimes !

— Oui ! je l'aime ! oui, je l'admire ! oui, il est mon roy ! et en ce moment je n'ai qu'un regret : c'est de ne jamais l'avoir vu avant de mourir !

Alors le visage du cousin Antioche s'épanouit, et laissant tomber son épée il dit :

— Eh bien ! regarde-le, ventre-saint-gris, regarde-le tout ton saôul, car c'est moi qui suis le Béarnais !

V

Comment celui que ses partisans appelaient Henri IV, mais que les ligueurs nommaient l'antechrist, se trouvait-il dans le moulin de Brisemiche ?

Pourquoi s'y faisait-il passer pour le cousin Antioche?

Assiégeant la ville de Paris, il n'était guère possible que le Béarnais y entrât aussi facilement que le bonnetier de la rue Saint-Denis qui s'en revient le dimanche de faire une petite promenade aux guinguettes de Grenelle ou aux moulins de Montmartre.

Pour pénétrer dans Paris, il avait donc usé d'un stratagème.

Se souvenant de Colette Brisemiche, un beau jour il s'était fait reconnaître de la jeune Yveline, certain qu'elle avait dû hériter de sa mère un dévouement sans borne à la cause royale; il s'était donc fait passer pour un cousin de la défunte meunière, que celle-ci avait perdu de vue depuis son mariage.

De cette façon, il pouvait d'abord entretenir dans la ville la vaillance des quelques partisans qu'il y avait, et ensuite, ce qui lui tenait fort au cœur, secourir la misère des Parisiens en faisant entrer dans la capitale assiégée, pas mal de sacs de blé que le bon Brisemiche convertissait en farine sans se douter qu'ils lui étaient fournis par l'homme qu'il haïssait certainement le plus au monde.

Car Yveline n'avait mis personne dans le secret, pas même son père qu'elle savait tout dévoué à la cause des Mayenne et des Feria.

Si le roy de Navarre venait de rompre son incognito en faveur d'Urbain Leloup, c'est qu'il reconnaissait en lui une de ces âmes finement trempées qui ne reculent devant rien, pas même devant la mort, quand il s'agit d'affirmer leur foi ou même simplement leur conviction.

Pour l'instant, le jeune clerc faisait une piteuse mine.

Cloué par l'étonnement, médusé par les paroles qu'il

venait d'entendre, il demeurait stupéfait quand tout à
coup la porte s'ouvrit et Yveline entra.

— Sire! Sire! cria-t-elle.

— C'était le Roy! murmura Urbain.

— Eh! quoi! un duel! fit la petite meunière en obser-
vant les deux hommes en face l'un de l'autre et en voyant
les épées jetées à terre.

— Laisse donc, Yveline, fit Henri IV en riant, ne
vois-tu pas que je me faisais un partisan et, ventre-saint-
gris! un bon, je l'espère!

— Oh! oui! affirma Urbain qui, peu à peu, reprenait
ses esprits. Ma vie suffira-t-elle pour vous faire oublier,
sire, une heure d'égarement?

— Bon! Ta vie m'appartient! D'ailleurs, sois tranquille,
je saurai en faire un bon usage, car, ventre-saint-gris, je
ne veux pas laisser dans la basoche un joli petit bretteur
comme toi.

Yveline, pendant ce dialogue, regardait le roy, ne
comprenant rien à la scène qui se passait.

Urbain appelait « Sire » celui qu'il avait toujours pris
pour le cousin Antioche!...

Le roy s'était donc fait connaître?

Devant la mine étonnée d'Yveline, Henri IV se mit à rire.

— Ah! cela te surprend! Aussi que ne me disais-tu que
tu avais dans ta maison un si loyal partisan de ma cause!

— Eh! pouvais-je me douter!... murmura Yveline.

— Je te l'ai assez souvent répété pourtant! fit Urbain,
que le roy de Navarre était le héros préféré de mon cœur!

— Oui! Mais on dit parfois des choses!...

— Allons! fit le roy en pinçant l'oreille du jeune clerc,
tout est bien qui finit bien!

Et, se tournant vers Yveline :

— Oh! ma petite, tu peux te vanter d'avoir là un fier galant.

— Mais c'est mon fiancé! rectifia la jeune fille.

— Galant ou fiancé, c'est un brave!

Et, avec un soupir :

— Oh! j'étais comme cela quand j'avais son âge.

— Ah! répondit Leloup qui, cette fois, avait repris tout son aplomb, Dieu fasse que je sois comme vous quand j'aurai le vôtre.

Le roy se mit à rire de cette boutade puis, soudain sérieux, se tournant vers Yveline :

— Et maintenant, parlons de nos démarches. As-tu vu Brissac?

— Sire, répondit la jeune fille en s'approchant, je sors de chez le gouverneur où, comme vous le savez, sous prétexte d'apporter de la broderie, j'ai mes grandes et mes petites entrées.

— Eh bien! que dit-il, le gouverneur! demanda le roy.

— Il dit qu'il est prêt à vous obéir.

— Ventre-saint-gris! Dirais-tu vrai? s'exclama soudain le Béarnais tout réjoui.

— Et il vous attend à quatre heures au carrefour de Buci.

— Au carrefour de Buci? Pourquoi pas chez lui?

— Parce qu'il se croit trop surveillé.

— Mais, ventre-saint-gris! c'est qu'il est temps d'aller au rendez-vous de Brissac! Il est trois heures et demie.

Et, se tournant vers Urbain :

— Tu m'accompagnes? lui demanda-t-il.

— Oh! maintenant, répondit le jeune homme, main-

tenant que vous m'avez promis un brevet de capitaine, je
ne vous quitte plus !

— Alors, viens le gagner !

Et le faux cousin Antioche sortit du moulin, suivi
d'Urbain Leloup, triomphant.

. . . .

Que se passa-t-il dans cette entrevue entre Henri IV
et le gouverneur de Paris, M. de Brissac ?

On ne sait.

Mais le lendemain, qui était un mardi, le 22ᵉ jour
de mars, à 7 heures du matin, le roy entra dans Paris par
la Porte-Neuve.

La ville fut réduite sans grande effusion de sang et l'on
n'eut à déplorer la mort que de quelques lansquenets et
de deux ou trois bourgeois.

Mais si un homme fut étonné en cette circonstance, ce
fut le bon Brisemiche, en reconnaissant, dans le triom-
phateur, le fameux cousin Antioche.

Mais le Roy n'était plus son cousin.

Ce qui n'empêcha point Henri IV de mander le soir
même, au Louvre, le meunier, Yveline et Urbain Leloup,
et devant toute la cour rassemblée, il donna au jeune
homme le brevet de capitaine qu'il lui avait promis.

Mais les guerres étaient finies, pour le moment du
moins, et Urbain ne put donner libre cours à son humeur
guerrière ; on ne le vit même plus au Pré-aux-Clercs, car,
marié à la jolie Yveline et père de famille, sa femme l'empêcha bien souvent de tirer sa rapière pour des vétilles !

LA RAVAUDEUSE

DE LA

RUE QUINCAMPOIX

COMMENCEMENT DU XVIIIe SIÈCLE

LA RAVAUDEUSE

DE LA RUE QUINCAMPOIX

I

C'ÉTAIT une fort belle rue, au commencement du XVIIIᵉ siècle, que la rue Quincampoix. Avec ses hôtels tout neufs, aux balcons de fer forgé, finement ouvrés et ses façades rehaussées de mascarons grimaçants très habilement sculptés, on sentait que là battait le cœur aristocratique du nouveau Paris.

Mais on s'apercevait en même temps que l'on se trouvait dans le domaine de l'agio. C'était, en effet, dans la rue Quincampoix, en face de la petite église Saint-Josse, que se tenait le « Bureau des Merciers », siège d'une des plus importantes corporations. « La Chambre des Assurances maritimes » s'édifiait tout proche et ces deux établissements avaient attiré, en ce coin du Paris neuf, les banquiers, les courtiers, les juifs surtout, usuriers et tripoteurs agiotant sur les traites et les billets de l'État, tombés considérablement en discrédit à la fin du règne du Grand Roi.

Mais il y avait surtout, entre la rue Aubry-le-Boucher et l'étroite ruelle des Cinq-Diamants, un petit hôtel d'un étage, à la façade percée de trois fenêtres, d'où allait partir un mouvement qui devait affoler Paris, la France et l'Europe tout entière.

Ce petit hôtel appartenait à un certain Écossais que l'on ne connaissait encore que pour quelques aventures et qui se nommait Law.

En somme, la rue Quincampoix était, vers l'an 1719, une des artères les plus importantes de la capitale, et la jeune Fanchon n'avait pas eu tort de la choisir pour y exercer sa modeste profession de ravaudeuse.

Avec sa robe de cotonnade à fleurs, son fichu croisé sur sa poitrine, son petit bonnet de dentelles, ses bas bleus biens tirés, et ses souliers découverts à hauts talons de bois, Fanchon était certainement la plus jolie fille qu'il se pût voir, sous la régence de Monseigneur d'Orléans.

Cette enfant du peuple avait dû naître, sans doute, en quelque vieux quartier du centre de Paris, au marché des Innocents ou à l'ombre des tours de Notre-Dame,

car nulle province de la France n'aurait pu lui donner
ces lourds cheveux, de couleur indécise, et qui ne sont ni
bruns ni blonds, ces grands yeux verts changeants, cette
mine futée au nez retroussé comme par une chique-
naude et surtout cette allure si légère, si pimpante, si
délurée qui ne se rencontre que chez les enfants de la
vieille Lutèce.

Elle pouvait avoir dix-huit ans ; mais si elle gardait l'air
d'une gamine, quand elle travaillait dans son tonneau, on
voyait tout de suite que l'on avait affaire à une petite
personne fort sérieuse.

Car c'était, en effet, un simple tonneau scié par le
milieu et abrité par un immense parapluie rouge, qui
tenait lieu de boutique à Fanchon la Ravaudeuse.

Ce tonneau se trouvait juste au coin de la rue Quincampoix et de la rue de Venise, en face du célèbre cabaret
de l'Épée de Bois, où le comte de Hornes, le propre
cousin du Régent, devait un an plus tard, afin de s'em-
parer de 3oo.ooo livres que renfermait son portefeuille,
assassiner un agioteur, nommé Lacroix, auquel il avait
donné rendez-vous, sous prétexte d'un marché considérable d'actions.

Mais, à cette époque, le cabaret de l'Épée de Bois
n'avait pas encore été ensanglanté par ce crime qui fit
grand bruit. Arrêté en flagrant délit, le comte de Hornes
fut en effet condamné au supplice de la roue et exécuté
en place de Grève, malgré les pressantes sollicitations
de ses nobles parents.

Les banquiers, les courtiers, tous les hommes d'argent se donnaient rendez-vous dans ce cabaret. Il était
continuellement rempli de rires et de chansons, et ses

clients, en sortant, ne manquaient jamais de venir conter fleurette à Fanchon la Ravaudeuse qui accueillait compliments et flatteries de son plus aimable sourire; car, si elle ravaudait les gros bas de laine des courtauds de boutiques du voisinage, elle était assez fine ouvrière pour faire aussi bien une reprise invisible aux dentelles de ces messieurs de l'agio.

Malheureusement, il y avait de par le quartier quelqu'un à qui cet échange de compliments et de sourires ne faisait nullement plaisir.

C'était Michel, l'apprenti arquebusier de la rue de la Coutellerie.

Or, Michel n'était pas le premier venu.

Ah! le mâtin! comme il portait bien ses vingt ans sonnés!

Joli garçon? Parbleu! avec son teint un peu hâlé, ses yeux noirs et, au-dessus de sa lèvre, un léger duvet brun qui commençait à pousser, il eût damné une sainte!

Mais c'est le dimanche qu'il fallait le voir, le dimanche, quand il sortait de la messe, avec sa culotte de futaine, sa veste de drap bien coupée, ses bas de filoselle, ses jolis souliers à boucles de cuivre et le tricorne en bataille sur ses cheveux noirs qu'un ruban bleu attachait derrière son cou.

Les petites ouvrières se retournaient sur son passage et les belles dames ne dédaignaient pas non plus de le reluquer, car il avait réellement fière mine.

Mais il marchait crânement et ne prêtait aucune attention aux œillades qui le poursuivaient en tous lieux.

Car il n'avait qu'une pensée en tête et qu'un amour

au cœur : Fanchon, la belle ravaudeuse de la rue Quincampoix.

Où s'étaient-ils connus ? Au Palais-Royal, aux Tuileries, au Tivoli Vaux-Hall, ou bien là-bas, aux Porcherons,
sur le versant des coteaux de Montmartre ?

Qui le sait ?...

Mais un jour ces deux enfants de Paris s'étant rencontrés s'étaient plu ; ils avaient échangé un anneau de
verre fragile, symbole de leurs fiançailles que devait cou-
ronner une fort légitime union, au jour, hélas ! lointain
encore, où, la fortune leur ayant souri, ils seraient assez
riches pour entrer en ménage.

A la vérité, Fanchon attendait cette heure sans trop
d'impatience.

Mais il n'en était pas de même de Michel, l'apprenti
arquebusier, et cette attente lui paraissait d'autant plus
longue que, jaloux comme un tigre, il avait toutes les
peines du monde à maîtriser sa colère, lorsqu'il voyait
banquiers, courtiers et même gentilshommes, faire les
yeux doux à sa jolie fiancée et lui conter fleurette.

Parmi tous les admirateurs de la jolie ravaudeuse, il
en était un surtout à qui Michel avait voué une haine
profonde.

Beau cavalier, plein d'élégance et de morgue, le chevalier de Saint-Arnoult était un de ces gentilshommes,
comme il en existait tant sous la Régence, qui menaient
grand train, jetaient les louis par les fenêtres, sans qu'on
leur connût ni fortune, ni terres, ni domaine d'aucune
sorte. D'où tiraient-ils l'argent qu'ils dépensaient d'une
façon si magnifique ? c'est ce dont personne n'avait le
temps de s'occuper en cette époque où l'on se hâtait de

vivre et de bien vivre, comme si l'on avait prescience de
la catastrophe finale.

Ah! ce chevalier de Saint-Arnoult, comme Michel
l'eût étranglé volontiers, s'il l'eût tenu dans quelque coin!

C'est que, de tous les conteurs de fleurette qui papil-
lonnaient autour de la jolie ravaudeuse, non seulement
le chevalier de Saint-Arnoult se montrait le plus
empressé, mais aussi, Michel, le pauvre Michel, s'en
était bien aperçu, c'était à lui, ce maudit chevalier, que
Fanchon adressait ses plus gracieux sourires.

Et quand il osait s'en plaindre à sa belle fiancée,
celle-ci lui éclatait de rire au nez, et haussait les
épaules, en lui répondant simplement que sa jalousie
était ridicule.

II

Telle était la situation de Fanchon la Ravaudeuse et
de Michel, l'apprenti arquebusier, quand parut, au
commencement de 1719, le fameux système de Law.

Curieuse figure, vraiment, que celle de cet homme
que Robida a si superbement fait revivre dans l'étude
très documentée qu'il nous a laissée sur cette époque.

D'élégante prestance et beau joueur, dit-il, ayant couru
déjà mille aventures de tous genres, dont il avait toujours
su se tirer, même quand elles avaient abouti à la prison,
cet audacieux Écossais fut jeté par le hasard dans les
débauches du duc d'Orléans et se trouva ainsi à même de
convertir la Régence à son fameux système.

Plus d'argent, plus d'or, rien que du papier, des mil-

lions de billets sur lesquels on se livrait à un agiotage
effréné.

Le cœur de Paris, de la France, du monde, battait
maintenant rue Quincampoix, quartier général des finances,
et une foule tumultueuse s'y étouffait aux heures indi-
quées pour le trafic.

L'enthousiasme était général et la démence s'emparait
de toutes les classes sociales. Du soir au matin, des situations changeaient du tout au tout. Tel richard au lever du
soleil, se trouvait tombé dans la misère à l'heure de son
coucher, et tel qui s'éveillait misérable se voyait, à la fin
de la journée, possesseur de quelques millions... en
papier.

Dans l'espace d'une après-midi, de grands seigneurs
étaient ruinés complètement et de braves marchands de
province devenaient soixante fois millionnaires dans le
même temps. Des commissionnaires, des laquais, se
transformaient soudain en énormes capitalistes; la veuve
de Racine y perdait en quelques heures tout son modeste
avoir; un bourgeois se ruinait en même temps que son
valet s'enrichissait, et comme il était venu en carrosse rue
Quincampoix, il céda sur-le-champ son hôtel, ses chevaux, son carrosse à son laquais et s'en retourna debout
derrière la voiture à la place de celui-ci, qui, à son tour,
se prélassait dans l'intérieur.

Aussi il fallait voir, dans la rue Quincampoix, l'en-
combrement, le tapage et les clameurs diverses, les mêmes
d'ailleurs qui remplissent aujourd'hui le monument de la
place de la Bourse. Du haut en bas des maisons et d'un
bout de la rue à l'autre, on criait des cours, des offres,
des demandes. Tout se faisait rapidement. Si l'on avait

quelques instructions, quelques ordres à donner, quelques mots à écrire, le dos d'un passant obligeant, moyennant deux ou trois écus, une misère, se transformait en pupitre.

Un petit pâtissier amassa ainsi en très peu de temps 15.000 livres, qu'il eut la sottise de risquer à nouveau pour gagner davantage et que, d'ailleurs, il perdit non moins vite. Les belles dames intéressées par cette folie ou piquées par le démon de l'agio, venaient s'entasser dans l'échoppe en planches d'un savetier qui s'amassait des rentes avec ces belles locataires d'un moment.

Le prix des loyers augmentait d'une façon prodigieuse. La moindre bicoque se louait le prix d'un hôtel somptueux, car tout le monde voulait être sur la place même du marché, pour consulter de plus près les cours de la fortune.

On pense bien qu'en une époque où le dos d'un bossu pouvait rapporter une fortune à son propriétaire, un tonneau contenant une chaise avec une planchette et abrité par un immense parapluie rouge devait exciter pas mal de convoitises.

En effet, il ne se passait point de jour que quelque agioteur ne vînt solliciter la ravaudeuse de lui céder son tonneau.

Il y avait surtout un nommé La Renaude qui se montrait plus pressant que les autres.

Mais Fanchon voulait garder son tonneau.

Au bout de peu de temps, cependant, la pauvre ravaudeuse ne trouva plus rien à ravauder dans cette fameuse rue Quincampoix, où il n'était uniquement question maintenant que des actions du Mississipi.

Enfin un matin Fanchon se décida et vendit son fonds au courtier La Renaude pour la jolie somme de 500 livres.

C'était une fortune pour la pauvre fille ; jamais, même dans ses rêves les plus fantaisistes, elle n'avait osé espérer avoir en sa possession une somme aussi importante.

Et pourtant elle n'était pas satisfaite.

Son tonneau lui manquait, comme aussi la foule des adorateurs qui, jadis, au temps où le financier Law n'avait pas encore bouleversé la rue Quincampoix, se pressaient autour d'elle en lui contant fleurette.

Et dans la petite chambre qu'elle habitait rue des Lombards, près de la cour Saint-Méri, la gentille Fanchon commençait à trouver les journées bien longues.

III

Le courtier La Renaude, qui était un des plus passionnés agioteurs de la rue Quincampoix, et qui avait acquis le tonneau de la jolie ravaudeuse, voulait maintenant que Fanchon se décidât à faire de l'agio.

Car on pense bien que la fillette revenait souvent dans ce coin bruyant de la rue Quincampoix, où jadis elle avait été si heureuse.

Dès qu'il la voyait, La Renaude courait à elle.

— Eh bien ! est-ce pour aujourd'hui ?

— Quoi donc ? demandait Fanchon, en riant.

— Eh ! oui ! est-ce aujourd'hui que vous voulez faire fortune ?

16

— Mais je suis riche !

— Vous ?

— Dame ! N'ai-je pas les cinq cents livres que vous m'avez comptées pour ce tonneau qui ne valait pas seulement un petit écu !

Le courtier La Renaude s'esclaffait.

— Cinq cents livres ! elle se croit riche !... avec cinq cents livres !... Mais c'est à peine ce que je dépense en une semaine.

— Il se peut, répondait la jolie fille ; chacun dépense selon ses moyens !

— Allons ! finissait par dire le courtier, ce sera pour une autre fois !

Et il retournait vers son tonneau que les clients entouraient plus nombreux encore que lorsqu'il était occupé par la belle ravaudeuse.

Ce n'est pas que Fanchon manquât de confiance dans le système du financier écossais Law.

D'abord la gentille enfant eût été bien en peine de comprendre quelque chose à toutes ces valeurs dénommées filles ou petites-filles, qui grandissaient, grandissaient à vue d'œil et enrichissaient leurs propriétaires.

Mais c'est que, surtout, Fanchon n'avait pas d'ambition. Elle estimait qu'avec cinq cents livres, elle possédait suffisamment de quoi vivre à son aise ; et même, elle eût donné volontiers ses cinq cents livres pour que la rue Quincampoix redevînt ce qu'elle était jadis, et qu'elle fût encore elle-même, comme autrefois, ravaudeuse dans son tonneau.

Mais le courtier La Renaude se montrait de plus en plus pressant. Sans doute, pour donner une preuve de sa reconnaissance à la petite ravaudeuse qui avait consenti à lui vendre son tonneau, il voulait à toute force l'enrichir.

— Allons, la belle enfant! décidez-vous!

— Eh! non! faisait la jeune fille avec un sourire épanoui qui montrait l'éblouissement de ses dents.

— Vous avez tort!

— Qui sait?

— Tenez, justement, demain, il doit y avoir une émission nouvelle, de quoi s'enrichir en deux heures, confiez-moi vos économies.

— Non! non! non!

Néanmoins, le soir, elle en parla à Michel.

Celui-ci hocha la tête :

— Si on était sûr, pourtant!...

— Quoi! tu serais d'avis que je joue?

— Ma foi! si tu étais assurée de doubler ton capital... Hélas! moi, je ne gagne pas grand'chose!... Plus tôt tu seras riche et plus tôt nous pourrons entrer en ménage.

Ah! le pauvre Michel! il ne discutait pas avec son amour! S'il avait été riche, il aurait bien vite tout partagé avec Fanchon et il ne pouvait douter que sa bien-aimée n'eût les mêmes sentiments que lui.

— Allons! fit la jeune fille, puisque tu le veux, je jouerai demain; dis-le à La Renaude.

— Et pour combien?

— Oh! ma foi! je ne veux pas risquer à la fois toutes mes économies. Tiens, mon magot est là dans mon bas de laine, tires-en une poignée de monnaie; ce sera tout juste ce que je mettrai dans cette fameuse affaire.

Michel plongea la main dans le fond du bas et en retira une pleine poignée de pièces d'argent que l'on eût vite fait de compter; il y en avait pour quatre-vingt-dix livres.

— Va pour quatre-vingt-dix livres! dit Fanchon, qui tendit la somme à Michel.

Mais celui-ci retira la main.

— Merci! me promener le soir, avec une pareille somme sur moi!...

— Tu as peur qu'on te la vole?

— Oh! non, car je saurais me défendre! Mais je crains de la perdre.

— Alors? interrogea Fanchon.

— Eh bien! La Renaude a confiance en toi. Je lui dirai de t'acheter pour quatre-vingt-dix livres de Mississipi et que tu les lui payeras la première fois que tu le verras.

— Entendu!

Michel partit.

C'était un fort beau garçon que Michel, l'apprenti arquebusier, et digne en tous points d'être aimé par une aussi jolie fille que Fanchon.

Malheureusement, il n'avait pas beaucoup de mémoire.

— Jamais je ne me rappellerai cette somme! pensait-il en retournant chez lui. Il faut que je l'écrive.

Et il l'inscrivit sur un bout de papier.

Mais si Michel n'avait pas beaucoup de mémoire, il n'avait guère d'instruction non plus et les chiffres n'étaient pas trop son affaire.

Et le plus naïvement du monde, il écrivit sur son chiffon de papier, tout en épelant quatre-vingt-dix: 4-20-10!

Le hasard voulut que, le lendemain, quand le jeune Michel se rendit rue Quincampoix pour exécuter les ordres de Fanchon, le banquier La Renaude ne se trouvât pas dans son tonneau.

Mais comme son commis était là, Michel, qui était pressé, lui remit le papier qu'il avait griffonné, en lui expliquant :

— Vous direz à votre patron d'acheter des actions pour Mlle Fanchon la Ravaudeuse. La somme est inscrite sur ce papier.

De telle sorte que lorsque La Renaude eut entre les mains l'ordre de Mlle Fanchon, il faillit tomber à la renverse.

— Ah! la mâtine! Qui est-ce qui se serait douté de cela! Quarante-deux mille livres! Elle qui faisait la pauvrette! Ah! elle s'est joliment moquée de moi!

Et, sans aucune méfiance, il agiota pour le compte de Mlle Fanchon.

Quelques heures après, au moment où le coup de cloche venait d'annoncer la fin des transactions, et comme le courtier La Renaude s'apprêtait à quitter son tonneau, la jolie Fanchon, toute tremblante d'émotion, arriva pour s'informer de ce qu'il en était advenu de ses pauvres petites quatre-vingt-dix livres.

En la voyant, le courtier leva les bras au ciel.

— Ah! quel coup de filet, ma belle!... Quel beau coup de filet!

— Un coup de filet?... vous venez de la pêche, monsieur La Renaude? interrogea naïvement la jeune fille.

— Oh! oui! une jolie pêche, allez! Et d'où je vous rapporte une fortune, une vraie fortune.

— Une fortune?

— En une heure, mon enfant, en une heure, les

actions de la première émission viennent de décupler à l'annonce subite que les nouvelles actions pourraient être souscrites, de préférence et avant tous les autres, par les porteurs des anciennes.

— Ah! fit Fanchon, qui n'entendait rien à tout ce charabia.

— Or, comme un malin, je vous avais acheté des anciennes, avant la nouvelle... Vous comprenez.

— Dame!...

— Cela a été une rage, une fureur! Tout le monde en voulait. Ah! bien m'en a pris d'avoir acheté ce matin!

— Je crois bien! je crois bien!... fit Fanchon complètement étourdie. Alors, mes?...

— Alors, ma belle, à cinq mille livres les actions qui ne valaient, ce matin, que cinq cents!... Car vous comprenez que, pour les relever d'autant mieux, on les avait fait tomber au pair...

— Au père qui?

Mais La Renaude n'entendit pas la naïveté de la ravaudeuse.

— Enfin, vous avez gagné, dans votre journée, quatre cent mille livres.

— Quatre cent mille?...

La petite ravaudeuse ne put en dire davantage.

Éblouie, étourdie, elle dut s'appuyer à son ancien tonneau pour ne pas défaillir.

Enfin, se remettant:

— Vous vous moquez de moi, M. La Renaude?

— Je me moque si peu de vous que voici votre fortune en bons sur le Trésor royal... Quatre cent mille livres... Hein? avais-je raison de vous conseiller l'agio?...

Fanchon demeura toute interdite avec ses chiffons dans son tablier, ne pouvant s'imaginer que tous ces petits bouts de papier représentaient une fortune.

Mais un jeune cavalier qui avait entendu toute cette conversation s'approcha d'elle et, la saluant très bas :

— Eh bien! j'espère, Mademoiselle, que vous ne regrettez plus votre tonneau!...

IV

Presque à l'extrémité de la ligne des grands boulevards, le quartier de la chaussée d'Antin, si vivant, si animé et qui est à peu près le centre de Paris aujourd'hui, n'était, au XVIIIᵉ siècle, qu'un commencement de banlieue.

Il n'y avait, là, que des petites maisonnettes et des guinguettes champêtres éparpillées autour de quelques élégants palais, très peu nombreux encore. Car, au temps où florissait la banque Law, la chaussée d'Antin ne faisait que commencer à se développer au milieu des champs environnants.

Cette chaussée nouvelle conduisait au hameau des Porcherons, en avant du village de Clichy.

Un petit chemin, serpentant dans les cultures, s'appelait chaussée de l'Égout-de-Gaillon ou chemin des Porcherons. C'était le voisinage de ce sentier qui allait devenir peu à peu le luxueux quartier de la chaussée d'Antin.

Mais, à cette époque, les maisons y étaient encore rares; à peine cinq ou six petits hôtels pimpants et coquets s'alignaient-ils au milieu des plantations maraîchères.

Or, il était une de ces petites maisons qui, vers

l'année 1719, se faisait remarquer autant par l'élégance de son architecture que par les fêtes somptueuses qui s'y donnaient chaque soir.

Les carrosses encombraient sa porte; les plus grands personnages étaient les hôtes assidus de cette demeure qui, dès que la nuit venait, s'illuminait et retentissait de cris de joie, de rires et de chants jusqu'aux premières lueurs de l'aurore.

Quel était le prince du sang ou le très puissant seigneur qui pouvait donner ainsi de si belles fêtes?...

Or, ce n'était ni un grand nom de la Maison de France, non plus qu'un noble étranger; mais simplement une femme fort jeune et fort jolie que le chevalier de Saint-Arnoult avait présentée un jour sous le nom de comtesse de Méricourt.

Mais ce nom et ce titre n'avaient trompé personne.

Malgré sa jeunesse et sa beauté, cette comtesse n'avait pas les allures d'une grande dame, et d'aucuns murmuraient tout bas que Mme de Méricourt avait été, il n'y a pas bien longtemps encore, ravaudeuse dans la rue Quincampoix, et que la banque Law subvenait seule à toutes ses dépenses, car elle était une joueuse effrénée, favorisée par la fortune.

Et, en effet, cette nouvelle reine qui se levait à l'horizon de la vie parisienne n'était autre que la petite Fanchon.

Quand elle s'était vue riche des quatre cent mille livres que lui avait comptées le courtier La Renaude, la tête lui avait tourné, à la mignonne enfant; mais peut-être fût-elle demeurée la simple fille qu'elle avait été jusque-là, sans le chevalier de Saint-Arnoult.

N'ayant jamais eu grosse fortune et vivant d'expédients, le beau chevalier de Saint-Arnoult avait trouvé une proie facile dans la petite ravaudeuse dont il avait été un des fidèles adorateurs.

Oh! il n'avait pas eu beaucoup de peine pour la décider à se lancer dans la vie de luxe et de plaisir à laquelle sa nouvelle fortune lui donnait le droit de goûter... Une promenade aux galeries de Bois, où étaient toutes les marchandes de modes et tous les bijoutiers de l'époque, avait vaincu les dernières résistances de la jolie ravaudeuse. Elle avait suivi le chevalier de Saint-Arnoult, qui était pourtant, sans qu'elle s'en doutât, la cause initiale de sa fortune.

Au train qu'elle menait, les quatre cent mille livres menaçaient de ne pas durer longtemps ; mais le courtier La Renaude était là, et l'agio suffisait à alimenter le luxe de la maison.

Fanchon, maintenant, ne manquait pas un jour de se faire conduire en carrosse rue Quincampoix, pour causer finances avec le courtier La Renaude, auprès de ce fameux tonneau où elle avait passé des heures si douces et si tranquilles.

En réalité, Fanchon ne se sentait pas à l'aise dans son magnifique hôtel si luxueux et si fréquenté.

Cette nouvelle existence la gênait et elle comprenait bien que tous ces grands seigneurs, qui lui faisaient une cour empressée, se moquaient d'elle et de ses façons et de son langage, dès qu'ils la quittaient et avaient franchi le seuil de son hôtel.

Et elle regrettait le passé.

Un soir, comme elle retournait dans la rue Quincampoix, du fond de son carrosse elle aperçut Michel qui passait, l'air triste, la tête basse ; elle se rejeta en arrière et deux grosses larmes coulèrent de ses yeux.

Ah ! certes, oui, elle regrettait le passé. Mais maintenant pouvait-elle retourner en arrière !...

Hélas ! les événements l'y contraignirent.

Les beaux jours du système Law touchaient à leur fin. Toutes les actions, les premières, les *mères* et celles des émissions suivantes, les *filles* et les *petites-filles*, avaient tellement monté qu'elles ne pouvaient plus que descendre. Les gens prudents jugèrent qu'il était temps de réaliser ; mais le courtier La Renaude n'était pas de cet avis, et la comtesse de Méricourt écouta ses conseils.

En fin de semaine, le mouvement de réalisation s'accentua. Le prince de Conti, ennemi de Law, précipita encore le discrédit en venant à la banque retirer ses fonds très ostensiblement, avec trois chariots.

Alors, ce fut la panique.

On s'écrasa encore rue Quincampoix, mais ce fut pour essayer de sauver quelques bribes du désastre.

Et du jour au lendemain la nouvelle comtesse de Méricourt se trouva complètement ruinée.

Alors, la luxueuse maison de la chaussée d'Antin se vida comme par enchantement ; plus un seul carrosse à la porte, plus d'illuminations le soir..., le silence partout !

Dès la première heure, le chevalier de Saint-Arnoult avait disparu.

Bientôt les domestiques partirent les uns après les autres, et la comtesse de Méricourt se trouva plus Fanchon que devant.

Que faire ?

Que devenir ?

Pendant deux jours, elle erra dans Paris, seule, défaillante, affamée. Enfin, un peu avant la tombée de la nuit, elle échoua rue Quincampoix, voulant mourir au coin de cette rue où elle avait vécu si heureuse.

Et comme, épuisée, elle s'asseyait sur la borne auprès de laquelle jadis s'édifiait son tonneau, elle sentit une main qui lui touchait l'épaule, tandis qu'une voix, une voix douce et triste lui disait :

— C'est toi, Fanchon !

Et s'étant retournée, elle reconnut Michel.

Elle pleura.

— Tu es malheureuse ?

— Oh ! oui ! répondit-elle.

— Cependant...

— Je n'ai plus rien, plus un sou. Tout le monde m'a abandonnée ; voici deux jours que j'erre dans Paris, et depuis hier je n'ai pas mangé.

— Ah ! mon Dieu ! fit Michel en pâlissant.

— Va ! laisse-moi ! Le ciel s'est chargé de me punir ! Je t'ai méprisé ; mais maintenant tu es bien vengé !

— Tais-toi, Fanchon ! fit Michel ému jusqu'au cœur.

Alors, prenant par la main celle qui avait été sa fiancée, il la conduisit chez un traiteur et lui fit donner une chambre où elle pût se reposer, puis il la quitta, en lui disant :

— Ne désespère pas, Fanchon ! Je t'attendrai demain au coin de la rue Quincampoix et de la rue Aubry-le-Boucher.

Et le lendemain, quelle ne fut pas la stupéfaction de

Fanchon en retrouvant son tonneau, à sa même place, abrité comme autrefois par un grand parapluie rouge. Auprès se tenait Michel, qui souriait de la surprise de la jeune fille.

— Est-ce possible! mon tonneau!

— Oui, que j'ai sauvé de la débâcle du trop fameux système. quand le courtier La Renaude l'a abandonné. Je l'avais remisé chez moi, comme une relique. Oh! je ne pensais pas alors...

Et il se tut.

Mais Fanchon, le regardant :

— Eh bien! achève!

— Non, non, car, en somme, je me demande si, maintenant...

— Si je reprendrai mon aiguille? Oh! tout de suite et de grand cœur!...

— Tiens! fit Michel! en voilà des aiguilles et voilà de la laine... et voilà encore une paire de bas; c'est bien le moins que je sois ton premier client!

Fanchon regarda le jeune homme.

— Oh! tu es bon! fit-elle.

— Non! répondit celui-ci... seulement, je t'aime.

— Comment! tu peux me pardonner!...

— Puisque je te dis que je t'aime!

Et des larmes plein les yeux, pendant quelques instants, avant de se rendre à son travail, rue de la Coutellerie, il regarda sa gentille fiancée, la mignonne Fanchon, qui venait de s'installer dans son tonneau et reprenait son métier de ravaudeuse comme au bon temps d'autrefois!

VAUGRIGNEUSE

FIN DU XVIIIᵉ SIÈCLE

VAUGRIGNEUSE

I

Hors de l'enceinte de Paris, mais touchant presque la barrière du Roule, sur l'ancienne route de Saint-Germain, s'élevait une guinguette aux tonnelles fleuries, aux bosquets verdoyants, où les Parisiens aimaient à venir se divertir le dimanche ; ils étaient sûrs d'y trouver à toute heure une omelette aux fines herbes, une gibelotte de lapin et une bouteille de ce bon petit vin de Neuilly, très en faveur à cette époque.

Aussi la guinguette de Rémi Paturon était réputée et ses tonnelles demeuraient rarement vides.

Or ce jour là, 12 fructidor de l'an II de la République une et indivisible, le cabaret regorgeait de monde.

A la vérité, la société ne paraissait point des plus choisies, ne se composant uniquement que d'hommes à carmagnoles et bonnets phrygiens, le fusil au poing et le briquet à la ceinture ; mais cet appareil guerrier ne les empêchait point de boire, de chanter et d'interpeller le patron pour renouveler les bouteilles, car rien n'altère, paraît-il, comme de chanter le « Ça ira ! »

Cependant la femme de Paturon, la jolie Sylvie, ne semblait point se réjouir de voir ses tables ainsi fréquentées, et la moue qui plissait sa lèvre s'accentuait si fort qu'il eût fallu être bien peu physionomiste pour ne pas deviner que cette société n'était point de son goût.

Un jeune homme qui parut sur le seuil de la porte et semblait être un des familiers de la maison, ne s'y trompa pas et, s'approchant de la belle Sylvie :

— Tu n'as pas l'air d'être contente, petite cousine ? fit-il sous forme de préambule.

Sylvie se retourna et reconnaissant son interlocuteur :

— Certes, non ! répondit-elle. Et comment veux-tu que je sois de bonne humeur devant la bêtise de Paturon !

— Quel est donc son crime ?

— Tiens ! regarde-le faire la bouche en cœur en versant le meilleur vin de sa cave à ces satanés ivrognes !

— Oh ! fit le cousin, que dis-tu là ? des ivrognes les sectionnaires du Bonnet-Rouge ! Car je les connais.

— Tu devrais plutôt dire du district du gosier sec ? interrompit Sylvie.

Le jeune homme fronça le sourcil.

— Dis-moi donc, belle cousine, est-ce que tu ne serais pas une bonne patriote, par hasard ?

— Tout comme une autre ! Mais le patriotisme consiste-t-il à abreuver un tas de brigands ?

— Oh ! oh ! s'exclama encore le jeune homme, appeler brigands des citoyens qui font leur devoir de braves patriotes et qui, étant de garde à la barrière du

Roule, viennent se désaltérer dans ton cabaret ! Sais-tu
bien que tu parles au deuxième aide-commis greffier du
Châtelet !

Sylvie éclata de rire et, pour toute réponse, laissa
tomber ces mots :

— T'es bête, Gustave !

— Je ne m'appelle plus Gustave ! répartit l'autre ;
c'était mon nom ci-devant ; je m'appelle le citoyen
Gracchus.

— Eh bien ! citoyen Gracchus, tu es un âne, tout
aide-commis greffier que tu sois ! Grand benêt va ! ce
n'est pas toi qui m'enverras à la guillotine, je suppose !

— Je le devrais ! De plus patriotes que toi y ont
passé.

— Eh bien ! essaye donc ! Quand le citoyen Fouquier-
Tinville m'interrogera, je lui dirai tout d'abord que je
suis la cousine du citoyen Gracchus, ancien commis aux
Menus-Plaisirs de son Altesse, monseigneur le comte de
Provence.

Le citoyen Gracchus pâlit et, avec un regard à droite
et à gauche :

— Veux-tu bien te taire, malheureuse !

La cabaretière ne put s'empêcher de rire.

— D'ailleurs, ajouta-t-elle, tout ça, c'est des bêtises.
Puisque tu prétends être amoureux de moi, ce n'est pas
l'habitude des galants, je suppose, d'envoyer l'objet de
leur flamme par-devant le citoyen Samson.

— Oh ! Sylvie ! soupira Gracchus.

— Eh bien, quoi ?

— Si tu voulais, pourtant !

— Malheureux ! répondit la cabaretière avec son plus

17

grand sérieux, oser me parler d'amour quand la patrie est en danger!... et que le drapeau noir flotte à l'Hôtel de Ville!... Si l'Incorruptible t'entendait? N'est-ce pas votre avis, lieutenant?

Cette question s'adressait à un jeune et élégant officier qui venait de pénétrer dans les jardins de la guinguette.

— Que disais-tu? belle citoyenne, fit-il après avoir salué.

— Je disais, répondit Sylvie, qu'un bon patriote ne doit pas parler d'amour quand la patrie est en danger.

— Certes! répartit le lieutenant. A moins cependant que ce ne soit un brave soldat de la République qui va, comme moi, s'en aller à la frontière pour défendre son pays.

— Tu vas donc partir, lieutenant?

— Oui, citoyenne, après-demain. Et je remercie l'Être suprême, — qui a remplacé le ci-devant Dieu, — de m'avoir désigné, pour mon dernier jour de service à Paris, la garde de la barrière du Roule où j'ai la joie de te voir, belle Sylvie.

Et il s'inclina galamment devant la cabaretière.

— La joie est partagée, lieutenant! répondit celle-ci avec une révérence.

Le citoyen Gracchus fit la grimace.

— Hé! là! fit-il.

— Oh! oh! dit Sylvie, voici mon cousin qui est jaloux!

— Le citoyen est ton cousin?

— Je te le présente : le citoyen Gracchus, deuxième

aide-commis greffier au Châtelet. Mais sans doute tu le connais! car tu as dû aller à son greffe.

— Jamais!

— Cela m'étonne.

— Pourquoi?

— Parce que je pensais que toi, un coureur de cotillons, tu avais dû être attiré par la présence de la citoyenne Tabard, la femme du greffier.

— Et cette citoyenne?... interrogea le lieutenant.

— Oh! c'est une beauté comme on n'en voit pas beaucoup. C'est elle qui fut choisie pour figurer la déesse Raison lors des fêtes de l'Être suprême.

— Ah!

— Oui! une déesse fort accessible, d'ailleurs. Il paraît qu'elle a été danseuse à l'ex-Opéra, du temps des ci-devant. C'est du moins Gracchus qui me l'a dit.

— Moi, je t'ai dit cela! protesta Gracchus.

Et tout bas :

— Veux-tu bien te taire! Tu veux donc me faire couper le cou!

— Ah! dit le lieutenant, si la citoyenne Tabard est si jolie, je regrette en effet de ne pas l'avoir connue avant mon départ. Cependant...

Et le lieutenant, se tournant vers Sylvie, allait sans doute lui décocher un de ces madrigaux dont on était prodigue à cette époque, quand une grosse voix se fit entendre.

— Salut et fraternité! dit le nouvel arrivant.

— Ou la mort! répondirent à la fois Gracchus, Sylvie et le lieutenant.

Et s'étant retournés, ils se trouvèrent en présence d'un

géant que coiffait un bonnet phrygien, que vêtait une
carmagnole et que ceignait un immense cordon rouge
passé en sautoir.

— Tiens! fit le lieutenant, c'est le citoyen Héron,
délégué du Comité de Salut public. Que viens-tu faire
ici, citoyen?

Mais le citoyen délégué ne répondit au lieutenant que
par une autre interrogation.

— C'est toi qui commandes la garde, citoyen lieutenant?

— J'ai cet honneur.

— Alors, ouvre l'œil, car le Comité de Salut public
a été informé que des agents de Pitt et Cobourg voulaient
s'introduire dans Paris par la barrière du Roule.

— Ah! bon! répondit le lieutenant; sois sans crainte,
on veillera!

— D'ailleurs, je serai là. A quelle heure arrive la diligence de Rouen?

— Dans une heure, citoyen, répondit Sylvie.

— Le Comité a été informé que la voiture d'aujour-
d'hui devait amener des aristocrates. Voilà pourquoi je
suis venu moi-même.

Le lieutenant eut un geste de dépit et, d'un ton sec :

— Il était inutile de te déranger, citoyen délégué. Je
connais mon devoir. Douterait-on de moi?

Héron lui tapa sur l'épaule.

— Non certes, fit-il d'un ton protecteur, on ne doute
pas de toi; mais j'ai préféré voir par moi-même.

— A ta guise! répondit le lieutenant.

— En attendant que la voiture arrive, veux-tu prendre
quelque chose, citoyen délégué? demanda Sylvie.

— Ma foi, je ne demande pas mieux, car je n'ai pas déjeuné!

— Alors, si tu veux venir par ici, je vais avoir le plaisir de te servir moi-même.

— Allons!

Mais avant de suivre la belle Sylvie qui se dirigeait vers la porte de la guinguette, Héron se tourna vers le lieutenant :

— Dès que la voiture sera arrivée, lieutenant, tu me feras prévenir, afin que j'examine les passeports moi-même.

— Entendu! fit le lieutenant.

Héron disparut dans le cabaret et le lieutenant regagna son corps de garde.

II

Comme à toutes les entrées de Paris, à gauche et à droite de la porte du Roule s'édifiaient deux bâtiments qui avaient été construits pour abriter les inspecteurs des douanes et des gabelles. Mais sous la République, une et indivisible, ces employés de perception des droits étaient remplacés par des soldats et des sectionnaires, car le Comité de Salut public s'intéressait beaucoup plus aux individualités des Parisiens qu'aux denrées introduites dans la capitale.

En conséquence, le bâtiment qui se trouvait à gauche de la porte du Roule servait de corps de garde aux soldats dont le lieutenant avait le commandement, tandis que celui de droite, — un peu plus confortablement installé, — était, chaque jour, le logement momentané du lieutenant de service.

A peine le jeune officier avait-il eu le temps de s'asseoir sur une des deux chaises qui meublaient ce logis, qu'un soldat se présenta, annonçant :

— Il y a là deux citoyens qui veulent entrer dans Paris.

— Qu'on les arrête! répondit le lieutenant.

— C'est qu'ils ont un passeport.

— Alors, amène-les moi!

Et tandis que le soldat sortait pour exécuter l'ordre de son chef, celui-ci songeait :

— Serait-ce déjà les envoyés de Pitt et Cobourg pour lesquels le citoyen Héron s'est dérangé en personne?

Mais, presque aussitôt, le soldat revint, poussant devant lui deux hommes vêtus en paysans et ayant si bien l'allure de gens de la campagne que le lieutenant pensa :

— Mâtin! si ce sont là des aristocrates, ils sont rudement bien déguisés.

— Qui êtes-vous? leur demanda-t-il.

— Nous sommes... firent les deux hommes à la fois.

Mais le lieutenant les arrêta d'un geste.

— Pas tous les deux en même temps!

Et désignant le plus vieux :

— Parle, toi!

— Voilà, lieutenant, fit celui-ci. Je suis fermier à Meulan; je me nomme Martin et voici François, mon valet de ferme. Nous venons...

— Avez-vous vos passeports?

— Voilà, citoyen.

Et Martin tendit deux papiers à l'officier, qui les parcourut d'un regard.

— Et vos cartes délivrées par votre commune ?

— Voilà, lieutenant.

De nouveau le premier homme tendit à l'officier les deux cartes, lesquelles étaient dûment signées et légalisées par les autorités municipales de Meulan.

— Bon ! dit le lieutenant.

— Nous venons à Paris... commença le fermier.

— Eh ! je m'en fiche ! interrompit l'officier, d'un ton bourru, toi et ton valet vous allez attendre que le délégué du Comité de Salut public ait fini de déjeuner, puis il visera vos passeports et vous pourrez entrer dans Paris.

— Ce sera-t-il long ? demanda Martin.

— Dame ! faut le temps de manger.

— Bon, citoyen, bon !

Et, suivi de son valet qui, intimidé par cet interrogatoire, n'avait plus soufflé mot, Martin quitta la chambre où le lieutenant venait de le recevoir.

— Allons ! fit celui-ci, ou je me trompe fort ou ce ne sont pas là les terribles aristocrates qui font trembler le Comité de Salut public.

Après avoir immensément bâillé, le jeune officier tira de sa poche les « Lettres à Émile », le livre alors à la mode et s'apprêtait à en lire quelques pages, quand un soldat entra.

— Lieutenant, voici la diligence de Rouen ! fit-il. Faut-il la laisser passer ?

— Fichtre non ! répondit l'officier. Fais descendre les voyageurs et amène-les moi un à un.

— Bien ! répondit le soldat. D'ailleurs, ce ne sera pas long ; ils ne sont que sept.

— Tant mieux ! j'en finirai plus vite.

Cinq minutes après, un homme parut devant le lieutenant.

Mais, à sa vue, celui-ci sursauta et, se dressant tout pâle, s'écria :

— Toi! toi!

— Eh! quoi, Georges! s'exclama à son tour le nouveau venu.

— Malheureux! dit l'officier, que viens-tu faire ici?

Il y avait de quoi s'étonner, car, dans ce voyageur, le lieutenant venait de reconnaître un de ses anciens amis, émigré depuis quatre ans en Angleterre.

Cependant, sans ajouter un mot, il était allé fermer la porte avec précaution et, revenant vers le voyageur :

— Ah! ça, Vaugrigneuse, dit-il, tu es fou, je pense! Toi, un émigré, toi, un suspect, essayer de rentrer dans Paris! Mais c'est la mort certaine!

— Je le sais! répondit Vaugrigneuse, très simplement.

— Et tu viens quand même?

— Quand je t'aurai dit...

— Que c'est pour comploter?

— Non!

— Pourtant?

— Écoute, Georges, plus tard je te donnerai des détails, mais, pour le moment, qu'il te suffise de savoir que c'est pour sauver l'honneur d'une femme que je viens en France.

— Que me racontes-tu là?

— Il faut à tout prix, entends-tu, que je prouve la naissance de mon enfant, de Germaine, ma fille légitime..., oui, la fille légitime du comte de Vaugrigneuse et...

— Et?... demanda le lieutenant stupéfait.

— Et de dame Clorinde Ravaut, son épouse.

L'officier prit sa tête entre ses mains.

— Non! voyons! fit-il, quelle est cette comédie, cet imbroglio, ce mystère? Tu es marié, tu as un enfant? Explique-toi, de grâce!

— J'ai été marié, Georges, secrètement marié avec une danseuse d'opéra, que j'ai épousée à l'insu de ma famille. Ah! je ne fus pas long à comprendre quelle folie j'avais commise; j'étais lié à jamais à la plus coquette et la plus indigne des femmes. Vicieuse, éhontée, sans cœur, elle me fit souffrir les plus durs martyres. Enfin, n'y pouvant plus tenir, je me suis séparé d'elle il y a six ans; mais, à cette heure, si elle vit encore, elle n'en est pas moins dûment et légalement comtesse de Vaugrigneuse. Et de cette femme j'ai eu un enfant, une fille que j'ai fait élever en Bretagne, loin de sa mère, qui n'a jamais su où je m'étais sauvé avec elle. Une charmante jeune femme, habitant un château voisin de la ferme où elle se trouvait, s'était prise d'une telle affection pour mon enfant, que celle-ci la considérait comme sa mère et ne lui donnait pas d'autre nom que celui de maman. Puis, un jour, la Révolution ayant éclaté, j'ai été contraint de fuir la France. La jeune femme est partie aussi, et nous nous sommes retrouvés en Angleterre, où elle avait émigré avec son mari.

Et maintenant, imagine que ma fille, ma Germaine, me fut amenée en Angleterre, les Bleus ayant brûlé la ferme où je l'avais laissée en Bretagne, et qu'elle nous a mis dans la plus fausse des situations en se jetant dans mes bras devant mes compagnons d'exil et en appelant maman la dame en question.

— C'est terrible ! fit le lieutenant.

— Oui, terrible ! car le mari fut en droit de supposer l'indignité de sa femme ! Or j'ai dû offrir d'apporter la preuve de l'innocence de l'épouse injustement soupçonnée, et cette preuve, c'est l'acte de baptême sur lequel est mentionné à côté de mon nom celui de sa mère, Clorinde Ravaut.

— Et c'est cet acte que tu viens chercher ?

— Oui !

— Mais malheureux, avant que tu le retrouves, tu seras guillotiné !

— Il me le faut !

— C'est bientôt dit ! Mais d'abord où le trouveras-tu, cet acte ?

— Dans les registres de l'église Saint-Roch.

— Mon pauvre ami ! il n'y a plus de saint Roch et encore moins d'église !

— Il reste du moins les registres.

— Oui ! ils sont au Châtelet.

— J'irai !

Le lieutenant se recueillit une minute.

— Écoute, fit-il, enfin, tu es assurément le plus brave gentilhomme que je connaisse. Seulement tu as rêvé une folie. D'abord tu ne pourras pas entrer dans Paris.

— Parce que ?

— Parce que, pour y entrer, il faut un passeport et une carte de revision et que tu n'as ni l'un ni l'autre. Ensuite parce que ton arrivée a été signalée, — comment ? je l'ignore, au Comité de Salut public, et que son délégué, le citoyen Héron, s'est dérangé en personne pour examiner tous les voyageurs qui se présenteraient.

— Alors je suis perdu ?

— Je le crains !

— Et Yan !

— Qui ça, Yan ?

— Un dévoué serviteur qui m'accompagne, un brave breton de mon pays...

Le lieutenant leva les bras au ciel.

— Allons, bon ! vous êtes deux, maintenant !

Puis secouant la tête :

— Enfin ! je vais essayer tout de même de vous sauver !

— Toi ? fit Vaugrigneuse, avec les marques de la plus profonde stupéfaction.

— Ah ! çà, dit l'officier, prendrais-tu au sérieux, par hasard, mon uniforme de soldat de la République une et indivisible ?

— Mais... balbutia l'émigré.

— Merci ! fit le lieutenant. Je vois que tu as une excellente opinion de moi ! Eh bien ! sache, mon brave ami, que le lieutenant Georges, ci-devant comte de Laboricière, est toujours tel que tu l'as connu jadis.

— Pourtant...

— Eh ! mon cher, je n'avais nullement l'envie d'émigrer comme vous ! Quitter les Tuileries, le Palais-Royal, le Vaux-Hall et le foyer de l'Opéra, je ne m'en suis pas senti le courage. Je suis resté et j'ai marché avec les événements. Seulement, chaque fois que j'ai pu en trouver l'occasion, j'ai joué un bon tour à la République une et indivisible. J'ai sauvé de la guillotine pas mal de braves gens, et il me semble que cela vaut mieux que d'aller faire la roue autour de S. A. R. Monsieur le comte de Provence. D'ailleurs, tu seras d'autant mieux convaincu, que

je m'en vais tout simplement sauver ta tête et celle de ton
compagnon.

Pour toute réponse, Vaugrigneuse serra la main de
son ami le lieutenant Georges, ci-devant comte de Laboricière.

— C'est bon ! c'est bon ! fit l'officier d'un ton bourru ;
tu me remercieras plus tard. En attendant, fais entrer ton
breton.

III

Vaugrigneuse revint bientôt, suivi d'un grand gars à la
mine intelligente et à l'allure décidée.

— Le voici ! dit l'émigré.

— Ah ! fit le lieutenant, il a en effet plutôt l'air d'un
Chouan que d'un honnête homme. Enfin !... Maintenant,
il faut me laisser faire et dire comme moi.

— Tu entends ? fit Vaugrigneuse en se tournant vers
le breton.

— Oui, monsieur le comte, répondit celui-ci.

— Malheureux, interrompit l'officier, tu veux donc
nous faire guillotiner tous les trois ? Il n'y a plus de « Monsieur le comte », nous sommes tous citoyens et nous nous
tutoyons tous. C'est compris ?

— S'il le faut ! répondit le breton.

— Maintenant, nous allons convenir...

Mais il fut interrompu par l'entrée de Sylvie.

— Eh bien ! lieutenant, demanda-t-elle, est-ce que tu
ne déjeunes pas aujourd'hui ?

L'officier se leva et, tout souriant :

— Si fait, je déjeune. Mais auparavant, permets-moi de te présenter le citoyen Martin, un bon fermier de Meulan, qui venait à Paris avec ton cousin.

— Mon cousin ! fit la cabaretière tombant des nues.

— Eh bien, oui ! ton cousin François, valet de ferme chez Martin.

— Mais... balbutia la jeune femme.

Poussant le breton devant la cabaretière, l'officier poursuivit :

— Comment ! tu ne reconnais pas ton cousin François ! avec qui tu as gaminé étant petite ?

Sylvie était une fine mouche.

Tout de suite elle comprit et, hochant la tête :

— Ma foi ! si c'est ton idée ! lieutenant.

— Parfaitement !

— Et puis-je savoir ce que signifie ?

— Cela signifie, Sylvie, que tu es une brave fille et que tu vas faire tout ce que je te dirai sans essayer de comprendre. D'ailleurs tu n'as rien à craindre, et je réponds de tout.

— C'est bien ! J'obéirai.

A ce moment la porte s'ouvrit, encadrant la silhouette du vrai Martin suivi de son valet.

— Eh bien ! citoyen lieutenant, interrogea le paysan, le citoyen délégué aura-t-il bientôt fini de déjeuner ?

Mais sans répondre au fermier, le lieutenant ouvrit la porte et appela :

— Grégoire !

Puis se tournant vers Martin :

— Tes passeports et tes cartes de revision.

Martin les tendit de confiance.

L'officier se tourna vers le soldat Grégoire, qui venait d'entrer.

— Empoigne-moi ces deux gaillards, colle-les au violon et garde-les à vue ; cela leur permettra d'attendre le citoyen délégué sans s'impatienter.

Immédiatement le soldat exécuta l'ordre de son chef, malgré les protestations du paysan et de son valet.

Alors donnant les passeports à Vaugrigneuse et à Yan :

— Voilà vos passeports et vos cartes de revision. Avec ça, vous pourrez entrer dans Paris à la barbe du citoyen Héron.

— Mais ces deux hommes... que tu viens de faire emmener, fit Vaugrigneuse, hésitant.

— Bah ! on les relâchera quand Héron sera parti et, n'ayant plus de pièces d'identité, ils retourneront à Meulan, voilà tout ; ils en seront quittes pour avoir fait un voyage inutile.

Il n'en put dire davantage. Le citoyen Héron ayant fini de déjeuner venait de pénétrer dans le corps de garde.

— Eh bien! lieutenant, la patache est arrivée?

— Oui, citoyen! répondit Georges, et les voyageurs attendent que tu veuilles bien examiner leurs passeports et leur permettre d'entrer dans la ville.

— Bon! où sont-ils?

— Dehors. Seulement en voici deux que j'ai fait entrer ici en t'attendant.

Et, présentant Vaugrigneuse et son compagnon :

— Le citoyen Martin, de Meulan, et son officieux, François.

Le délégué prit les papiers que lui tendirent les deux hommes.

— C'est parfaitement en règle! fit-il après avoir lu. Je vois le sceau de la municipalité de Meulan. C'est bien, citoyens, vous pouvez entrer dans Paris. Et maintenant, aux autres!

Héron sortit pour aller visiter les voyageurs qui attendaient.

— Et voilà comment ça se passe! dit joyeusement le lieutenant, quand la porte se fut refermée.

— Ah! Georges! Georges!... fit Vaugrigneuse en serrant les mains de son ami.

— Bon! Bon! répondit celui-ci; mais nous n'avons fait que la moitié de la besogne. Car ce n'est pas tout de pouvoir entrer dans Paris; il faut maintenant pénétrer dans le Châtelet, et je t'avoue que ce n'est pas commode.

— Ma foi, répondit Vaugrigneuse, Dieu aidant!...

— Oui! mais en attendant que Dieu consente à se mêler de tes affaires, laisse-moi te donner un coup de main, car je crois bien que j'ai trouvé la solution de tout ceci.

Et, se tournant vers Sylvie :

— Ton cousin, le citoyen Gracchus est toujours dans ton cabaret?

— Ah! quand il vient, il ne s'en va pas de si tôt! répondit Sylvie, et au greffe du Châtelet le travail peut se faire sans lui.

— C'est bien, cela! Mais ce serait encore mieux, si tu pouvais le retenir toute la soirée. T'en sens-tu capable?

La cabaretière sourit.

— Dame! fit-elle, Gracchus est amoureux de moi, c'est dire que je le mène par le bout du nez!

— Eh bien! ma bonne Sylvie, conclut le lieutenant,

18

va et retiens Gracchus, et ce faisant, si tu n'as pas mérité
de la Patrie, tu auras du moins rendu service à un brave
garçon qui saura s'en souvenir.

— Oh! la patrie! fit la cabaretière en haussant les
épaules, c'est moi qui m'en moque un peu par exemple!...
Et l'on me dirait que tu n'es pas plus patriote que moi,
citoyen lieutenant, que je n'en serais pas étonnée, car je ne
sais si je me trompe, mais toi et tes amis vous m'avez tout
l'air de fieffés aristocrates!

Le lieutenant sourit.

— Eh, mais! fit-il, cela prouve tout simplement que
tu as beaucoup de perspicacité; mais va vite, rejoins ton
cousin Gracchus et sois séduisante.

— Oh! tu peux y compter!

Et, légère, Sylvie disparut.

— Maintenant, toi, dit le lieutenant en s'adressant à
Vaugrigneuse, écoute bien ce que je vais te dire...

IV

Tandis que ces événements se passaient à la barrière
du Roule, dans une salle basse du premier étage du Grand
Châtelet dont les grandes baies ogivales donnaient sur la
Seine et sur la Cité, un homme compulsait des papiers,
fort attentionné à sa besogne, quand la porte s'ouvrit,
livrant passage au citoyen Tabard, chef greffier de céans.

Et, s'adressant au scribe, le greffier demanda :

— Combien de suspects, Simon?

— Huit cent trente, citoyen, répondit le petit commis.

— Et combien de sortis ?

— Six cent dix-huit.

— Différence : Deux cent douze. Avec les huit cent trente-cinq qui nous restaient, cela nous fait mille quarante-sept. Nous ne gagnons pas, au contraire, et le Châtelet s'emplit de plus en plus.

— C'est partout la même chose ! répondit le commis, à La Force, à l'Abbaye, aux Carmes, à Bicêtre, à Saint-Firmin... Cependant, Samson ne chôme pas ! Deux mille six cent quatre-vingts depuis un mois, et l'on dit que ça va être bien pis la prochaine décade.

— Oui ! approuva Tabard, on a vraiment trop de travail !

— Et avec ça, Gracchus qui n'est pas là ! fit observer aigrement le commis.

— Je l'ai envoyé à la barrière du Roule ; il en a sans doute profité pour pousser jusqu'à l'auberge de sa cousine dont il est follement épris. Je lui avais pourtant bien recommandé...

— Ce n'est pas un bon patriote ! opina le commis qui ne pouvait pardonner à Gracchus de lui laisser toute la besogne.

— Oh ! tu vas un peu loin, Simon ! on peut fort bien concilier l'amour avec le patriotisme.

— Non ! quand on est un pur ! Ainsi toi, citoyen greffier, est-ce que tu n'aimerais pas mieux être auprès de la citoyenne Tabard que devant cette table ? Et cependant, tu es là, du matin au soir, parce que, toi, tu es un pur !

— Et je m'en flatte ! ajouta le greffier. Ah ! j'entends marcher dans le couloir ; ce ne peut être que lui.

En effet, la porte s'ouvrit, mais ce ne fut pas Gracchus qui parut.

Si Tabard s'était trouvé une heure avant à la porte du Roule, quand arriva la diligence de Rouen, il aurait reconnu ce nouveau venu, le citoyen Martin dont le délégué Héron avait visé le passeport ainsi que la carte de revision, et qui, en somme, n'était autre que l'ami du lieutenant Georges, le noble comte de Vaugrigneuse.

A peine entré, l'émigré regarda le greffier et son commis, puis, ne sachant auquel des deux s'adresser, il demanda :

— Le citoyen Tabard?

— C'est moi! répondit le greffier en se levant. Que me veux-tu?

— Je viens de la part du citoyen Gracchus.

— De la part de Gracchus? s'exclama Tabard. Ah! ça, est-ce qu'il lui faut des ambassadeurs maintenant? Ne pouvait-il venir lui-même et surtout un peu plus vite, car je suis obligé, moi, de faire sa besogne!

— Justement, citoyen, répondit Vaugrigneuse, et c'est pour cela que me voici. Le citoyen Gracchus a été, ce matin, victime d'un accident.

— D'un accident?

— Oh! sans gravité. Il est tombé dans une trappe fortuitement ouverte sous ses pieds et s'est cassé la jambe.

— Allons, bon! s'exclama le commis, dépité en voyant déjà toute la besogne de Gracchus lui tomber sur le dos.

— Oh! il en sera quitte pour quinze jours ou trois semaines de repos! fit Vaugrigneuse de l'air le plus simple du monde.

— Voilà bien ma chance! grogna le greffier, juste au moment où j'ai le plus de travail.

— Si j'osais... hasarda l'émigré.

— Si tu osais?...

— Je te demanderais de me donner ici un peu de travail.

— Toi?

— Je ne te réclamerais pas de gros appointements.

Mais Tabard haussa les épaules.

— Ah! ça, fit-il, est-ce que tu crois que l'on entre au greffe du Châtelet comme dans un moulin!... et que je vais prendre le premier venu!

— Mais, citoyen, dit Vaugrigneuse, je suis un bon patriote; je demeure chez Collas, le barbier de la rue Antoine.

— Ah! si tu loges chez Collas, tu dois être un pur! se hâta de dire le commis tout joyeux à l'idée que ce nouveau venu pourrait faire toute la besogne de Gracchus... et la sienne en plus.

Une minute Tabard hésita.

— Bah! fit-il enfin, le greffe n'a point de secrets à surprendre, et puisque tu es là, en attendant, tu peux toujours donner un coup de main à ce pauvre Simon.

Le visage de Vaugrigneuse s'illumina d'une joie intérieure.

Il était donc dans la place!

Il s'agissait maintenant de savoir où trouver ces fameux registres que Laboricière lui avait dit avoir été transportés au Châtelet.

Aussi, quelle ne fut pas sa joie, quand il entendit le greffier dire au commis :

— Mets le citoyen au courant. Je m'en vais, moi, jusqu'au Pavillon de Flore. Ah! à propos, si on venait demander les registres curiaux, ils sont là.

Et de la main il désigna un entassement de registres qui encombraient un cabinet dont la porte ouverte donnait sur la salle du greffe.

Dès que Tabard fut sorti, le commis se leva.

— Sais-tu bien écrire, citoyen? demanda-t-il à Vaugrigneuse.

— Pas trop mal.

— Alors, tiens, recopie-moi toutes ces listes, tandis que je m'en vais aller faire une course jusqu'à Lourcine. Et tâche de faire bien et vite, si tu veux que le citoyen Tabard te garde en remplacement de Gracchus.

Et sans plus tarder, Simon s'éclipsa, tout heureux de ce nouveau compagnon qui allait lui faire sa besogne.

Dès qu'il fut seul, Vaugrigneuse ne perdit pas une minute.

Il courut à la chambre d'à côté et commença à compulser les registres qui y étaient entassés.

— Pourvu que je trouve celui de Saint-Roch ! pensa-t-il.

Ce n'était pas chose facile dans cet amoncellement de paperasses. Il y avait là plus de mille volumes, les uns neufs ou presque, les autres vieux, usés, et laissant échapper de leur reliure des flots de parchemins tout recouverts d'une écriture gothique fine et serrée qui attestait leur vétusté.

Mais le hasard, jusqu'au bout, devait servir Vaugrigneuse car tout à coup il poussa un cri de joie. Il venait de découvrir un superbe in-folio sur le dos duquel ces mots s'étalaient en ronde moulée :

« PAROISSE DE SAINT-ROCH. »

— Ah ! Enfin ! s'écria-t-il. Paroisse de Saint-Roch ! Voyons ! Hâtons-nous !... Baptêmes !... baptêmes !... 1785... Mai... Juin... Juillet !... J'y suis !... Ah ! ma main tremble. C'était le 7 Juillet. Cherchons ! Vite ! Vite !...

Il tournait fébrilement les feuillets, du 3, du 5, du 6 juillet. Il poussa un cri de triomphe. Il venait de trouver ce qu'il cherchait. Il lut :

— « Le 7 juillet a été en cette paroisse baptisée Germaine, fille de haut et puissant Seigneur Charles, Comte de Vaugrigneuse et de dame Clorinde Ravaut, son épouse... » C'est bien cela !...

Alors, sans hésitation, il arracha la page, la plia soigneusement, mais très vivement, en quatre et l'enferma dans une poche intérieure de son vêtement.

— Maintenant, dit-il, filons.

Et sans même prendre la peine de remettre à leur place tous les volumes qu'il avait jetés de tous côtés, ayant refermé seulement celui de la paroisse de Saint-Roch afin que l'on ne s'aperçut pas de l'absence de la page détachée, il se dirigea en toute hâte vers la porte.

Mais au moment où il allait traverser le bureau, une femme se dressa devant lui, une femme grande et belle, vêtue d'un long peignoir clair et coiffée d'un bonnet de tricot garni de fine dentelle. Cette femme était la citoyenne Tabard, celle que, pour sa beauté, on avait choisie pour figurer la déesse Raison aux dernières fêtes de l'Être suprême.

Mais en l'apercevant Vaugrigneuse pâlit, tressaillit, recula et un nom s'échappa de ses lèvres :

— Clorinde !

Tandis que, de son côté, non moins surprise et émue que l'émigré, la femme s'exclamait :

— Lui !

En effet, dans cette femme, Vaugrigneuse venait de reconnaître tout à coup la mère de Germaine, cette danseuse d'opéra qu'il avait épousée un jour de folie et dont il s'était séparé voici longtemps déjà !

— Ainsi ! C'est bien toi ! dit-elle.

— Que me voulez-vous ? demanda Vaugrigneuse.

— Il demande ce que je veux ! répondit la femme. Penses-tu donc que je ne te reconnaisse point ? Tu ne vas pas nier, je suppose, que tu ne sois le comte de Vaugrigneuse !...

— En effet, reprit froidement l'émigré, je suis le comte de Vaugrigneuse !

— Et moi ! continua la femme, faudra-t-il donc que je te décline mon état civil ?...

— Non ! fit dédaigneusement Vaugrigneuse ; vous êtes une fille d'opéra.

— Oui ! fit-elle en se campant fièrement devant lui, une fille d'opéra devenue comtesse de Vaugrigneuse, ta femme !

— Eh bien ? demanda le Comte.

— Eh bien ! c'est simple ! comme tu es émigré, j'appelle, et je te fais arrêter et guillotiner.

— Toi !

— Et qui m'en empêchera ? Réponds ! Réponds ! Qui m'empêchera de te rendre tout le mal que tu m'as fait ?

Vaugrigneuse haussa les épaules.

— Le mal que je t'ai fait ! Ah ! Qu'est-ce que je dirais, moi ! Mais non ! tu croirais que j'ai peur, que je veux me défendre et t'attendrir.

— D'ailleurs, ce serait en vain ! On ne m'attendrit pas, moi ! Je te tiens et tu ne m'échapperas pas.

— Tu crois ?

— Mais je ne vais avoir qu'à dire ton nom !

— Oui ! mais tu ne le diras pas !

Et rapide comme la pensée, il tira un stylet, qu'à tout hasard il avait emporté dans sa poche, et en frappa Clorinde qui tomba sans pousser un cri.

V

C'était au n° 45 du faubourg Antoine que se trouvait la boutique du citoyen Horatius Collas.

Peinte en bleu, sa devanture portait ces mots écrits entre deux plats de cuivre et deux queues de cheval :

Ici, le citoyen Horatius Collas
RASE LES PATRIOTES ET FAIT LA BARBE
AUX ARISTOCRATES.

A son titre de barbier, le citoyen Horatius Collas joignait celui de logeur, et au premier étage, sur la rue,

demeurait le lieutenant Georges, ci-devant comte de
Laboricière.

Or, à cette heure assez tardive de la journée, dans la
boutique du barbier plusieurs clients devisaient des
événements du jour et faisaient montre du plus pur
patriotisme, quand la porte s'ouvrit et le lieutenant entra
suivi de Yan Le Testu.

— Ah! c'est toi, citoyen lieutenant! fit le barbier tout
en blaireautant la figure d'un de ses clients. Je te croyais
à la barrière du Roule.

— J'en viens.

— Tu montes chez toi? Tout est en ordre; la
citoyenne Horatius a fait ton ménage! Hélas! c'est pour
la dernière fois!

— Oui! fit l'officier, car je pars demain; mais avant
de partir je veux te faire un cadeau.

— Un cadeau? à moi?

— Je t'ai toujours entendu dire que tu avais trop
de besogne! Eh bien! je t'amène quelqu'un pour t'aider.

— Ma foi! voilà qui est bien pensé! répartit le barbier.

— Et je te présente cet aide, continua le lieutenant,
en désignant Yan Le Testu, le citoyen François Miron,
propre cousin de la citoyenne Paturon, l'aubergiste de la
barrière du Roule.

— Qu'il soit le bienvenu! répondit le barbier.

— Quant à ma chambre, poursuivit le lieutenant, elle
ne sera pas longtemps inoccupée, car un de mes amis, le
citoyen Martin, prendra ma succession de locataire de
ton immeuble.

— C'est parfait, je te remercie, mais cela ne m'empêchera pas de te regretter.

Cependant, un à un les clients avaient quitté la boutique et le lieutenant s'apprêtait à remonter chez lui quand la porte s'ouvrit brusquement et Vaugrigneuse apparut.

— Toi! fit le lieutenant surpris.

— Oui! Je voudrais te parler.

Cependant Horatius, voyant arriver l'émigré qu'il prenait pour un nouveau client, s'adressa à Yan :

— Tiens! accommode ce client, pendant que je vais souper, car franchement depuis midi que je n'ai rien pris, j'ai l'estomac dans les talons.

Et sans attendre de réponse il disparut par la porte du fond.

— Eh bien! Qu'y a-t-il? fit le lieutenant à Vaugrigneuse quand ils furent seuls.

— C'est fait, répondit simplement le comte.

— Déjà?

— Oui! J'ai pu de suite mettre la main sur le registre. Malheureusement, j'ai été surpris!

— Surpris?

— Oui! la seule femme au monde dont je pouvais avoir à redouter la présence, le hasard, entends-tu, le hasard m'a mis en face d'elle.

— Et cette femme?

— C'est ma femme, Georges! cette fille d'opéra que j'avais épousée et que j'ai chassée, en un mot, la mère de Germaine, la Clorinde.

— La Clorinde! s'exclama le lieutenant; mais malheureux, c'est la femme du greffier Tabard.

— Hé! le sais-je?

— Ainsi elle t'a reconnu?

— Elle a voulu me faire arrêter et guillotiner, tout simplement.

— Mais enfin, puisque tu es ici c'est que tu as pu t'échapper ?

— Oui ! en la poignardant.

— Malheureux !

— Ah ! s'il ne se fût agi que de moi ?... Mais l'honneur d'une femme était en jeu.

— Enfin, fit le lieutenant philosophiquement, tu n'as plus qu'à fuir maintenant !

— Oui, à la condition de ne pas perdre une minute.

— Pourquoi ?

— Parce que, ne pouvant prévoir ce qui allait advenir, j'ai dit au greffier, ainsi qu'il avait été convenu, que je demeurais chez Horatius. Donc, quand on trouvera cette femme assassinée on me soupçonnera tout de suite, naturellement et...

— Oui ! oui ! fit le lieutenant. Alors ne perdons pas de temps. Tu as toujours le passeport de Martin et sa carte de revision, donc file, et grâce à ces papiers tu pourras sortir de Paris aussi facilement que tu y es entré. Quant à Yan, il ira te rejoindre ; va.

Mais au moment où le lieutenant ouvrait la porte à Vaugrigneuse, il recula en pâlissant.

A cent mètres et se dirigeant vers la boutique, il venait d'apercevoir une patrouille conduite par Héron et le citoyen Leblanc, dénonciateur au tribunal révolutionnaire.

— Trop tard ! fit-il, nous sommes perdus !

— Que faire ? interrogea Vaugrigneuse.

— Écoute, dit le lieutenant, monte dans ma chambre, au premier ; elle donne sur la rue Eginhard par une petite

cour; tu sauteras de la fenêtre et escaladeras le mur. Va
vite !

Il n'était que temps !

A peine Vaugrigneuse avait-il quitté la boutique que
Héron et le citoyen Leblanc y pénétraient en même temps
que Horatius Collas attiré par le bruit.

— Dis-moi, citoyen barbier, dit Héron, en s'avançant
vers Horatius, combien as-tu de locataires chez toi ?

— Un seul, le citoyen lieutenant que voici, répondit
le barbier

— Tu mens !

— Moi ? Non !

— Si ! car tu as un autre locataire, et ce locataire,
c'est le ci-devant comte de Vaugrigneuse.

A ces mots, le lieutenant et Yan tressaillirent.

Ils ne s'étaient point trompés et c'était bien pour le
comte que le pourvoyeur se présentait chez le barbier.

— Je t'assure... protesta celui-ci.

— Assez ! interrompit autoritairement Héron, le ci-
devant l'a lui-même déclaré au citoyen Tabard, dont il a
voulu assassiner la femme qui l'avait reconnu. Heureuse-
ment qu'elle n'est point morte et qu'elle a pu parler.

Le barbier ne comprenait rien à ce qu'il entendait et
balbutiait :

— Mais je t'assure que je n'ai d'autre locataire que le
citoyen lieutenant...

— C'est bon ! interrompit Héron. Au surplus, comme,
après avoir commis son crime, le ci-devant s'est réfugié
chez toi et qu'on l'a vu, il doit y être encore ; on va fouiller
ta maison.

Yan frémit.

Tout à coup, il songea que le comte n'avait pas eu encore, peut-être, le temps de fuir; il fallait le sauver. Aussi, s'avançant vers Héron :

— Inutile de chercher, fit-il, je suis le comte de Vaugrigneuse.

— Malheureux ! ne put s'empêcher de s'exclamer le lieutenant.

— Toi ? fit Héron.

— Oui ! moi ! poursuivit le Chouan, moi qui ai pénétré dans le Châtelet pour y détruire le registre d'écrous ; je suis pris ; faites de moi ce que vous voudrez et vive le Roy !

— Ton compte est clair ! déclara Héron.

Et s'adressant aux soldats :

— Allons ! au Châtelet !... Par la même occasion, empoignez le perruquier !

— Moi ! gémit Horatius Collas ; mais je n'ai rien fait !

— Bah ! tu t'expliqueras devant Fouquier-Tinville, conclut le pourvoyeur.

Puis Héron et Leblanc quittèrent la boutique, suivis par les sectionnaires qui entraînaient les deux hommes.

Le lieutenant demeura seul.

— Pauvre Yan ! pensait-il, même si on le confronte avec la citoyenne Tabard, il n'en payera pas moins de sa tête son généreux dévouement à Vaugrigneuse. Enfin ! Charles est sauvé !

Mais au même instant Vaugrigneuse pénétra dans la boutique :

— Ils sont partis ? demanda-t-il.

— Comment ! tu es encore là ? s'exclama le lieutenant.

— Oui, au moment où j'allais enjamber la croisée, une ronde a passé dans la rue.

— Enfin ! tu vas pouvoir filer par ici maintenant.

— Et Yan ? demanda Vaugrigneuse.

— Arrêté !

— Arrêté ! Pourquoi ?

— Afin de te laisser le temps de fuir, il s'est fait passer pour toi.

— Il a fait cela !

— Oui ! Et je ne donne pas deux liards de sa tête. Demain, Fouquier-Tinville l'enverra à la guillotine.

Vaugrigneuse pâlit.

— Mais je ne veux pas ! fit-il, je ne puis accepter un pareil dévouement.

— Comment l'empêcher ?...

— En allant me livrer moi-même.

— Alors, le bourreau coupera deux têtes au lieu d'une : la tienne, parce que tu es Vaugrigneuse, la sienne, parce qu'il aura voulu tromper le Comité.

— C'est horrible ! fit Vaugrigneuse en proie à un violent désespoir.

Et une minute il songea.

— Allons ! dit le lieutenant, ne perds pas ton temps ; d'un moment à l'autre...

— Non ! je reste ! déclara le comte.

— Tu veux ?...

— Crois-tu que je pourrais vivre avec cette pensée qu'un homme est mort pour moi ?

— Mais, ta mission, malheureux ! fit le lieutenant.

— C'est toi qui l'accompliras.

Et ouvrant sa veste, Vaugrigneuse en retira le

19

feuillet arraché au registre de la paroisse Saint-Roch.

— Tiens ! fit-il, cette pièce qui doit sauver l'honneur d'une femme, la voilà. Porte-la en Angleterre où tu la donneras au marquis de Tragouët, à Brighton.

— Je te le promets ! fit le lieutenant ému, mais...

Vaugrigneuse l'arrêta :

— Non ! n'ajoute rien. Après tout, la vie m'est à charge... et puis, tu serais à ma place, tu en ferais tout autant.

— Ç'est vrai ! répondit le lieutenant d'une voix grave, et c'est pourquoi je cède à ta volonté.

— Adieu, Georges ! et merci ! fit le comte.

Les deux hommes s'étreignirent et longtemps restèrent embrassés.

Puis d'un pas ferme, Vaugrigneuse sortit et se dirigea vers le Châtelet.

Georges, les yeux pleins de larmes, le regarda partir.

— Allons ! fit-il quand la silhouette du comte eut disparu dans la nuit, s'il y a des martyrs parmi les aristocrates, il y a aussi des héros !

VI

Le lendemain, sur la place de la Révolution, le couteau de Samson trancha la tête d'Yan Le Testu dont le dévouement avait été inutile, et celle de Vaugrigneuse.

Mais le lieutenant Georges remplit la promesse qu'il avait faite à son ami, il porta au marquis l'extrait de baptême de Germaine et l'honneur de Mme de Tragouët fut sauvé.

Quinze jours après, le lieutenant Georges, ci-devant comte de Laboricière, qui avait embrassé la cause de la République pour ne pas émigrer, tombait frappé à mort, à Valmy, en criant :

— Vive le Roy !

Et les soldats de Dumouriez ne soupçonnèrent jamais pourquoi cet officier acclamait le Roy en mourant pour la République une et indivisible.

LE PETIT JACQUES

XIXe SIÈCLE

LE PETIT JACQUES

CE fut un matin, vers la fin d'avril, qu'on le trouva sous un massif de lilas tout en fleurs, au milieu du square de la Tour Saint-Jacques.

Comme ses langes n'étaient point marqués et que l'on ne découvrit auprès de lui aucune indication sur son nom ni sur ses parents, immédiatement les bonnes femmes du quartier, rassemblées autour du gardien qui venait de faire cette belle trouvaille, lui donnèrent le nom du grand saint de pierre qui, tout en haut de la tour, regarde Paris à ses pieds.

S'il ne fut point porté aux Enfants trouvés, rue d'Enfer, c'est que la fruitière qui fait le coin de la rue Pernelle et de la rue Nicolas-Flamel, émue de pitié, voulut bien se charger de lui.

Cette bonne action ne trouva d'ailleurs pas sa récompense, car la fruitière mourut comme ce petit bonhomme de Jacques venait à peine de percer ses premières dents. Alors, une marchande de journaux le prit avec elle; puis celle-ci, qui était veuve, s'étant remariée et étant retournée dans son pays, il échut à un rémouleur, puis à une matelassière de la rue Saint-Martin, puis...

Bref, Jacques avait eu tant de parents adoptifs que, parvenu à l'âge de sept ans, il n'avait pas encore de domicile fixe, déjeunant chez l'un, dînant chez l'autre, couchant chez un troisième. Le quartier du Châtelet était sa famille; il était l'enfant de la Tour Saint-Jacques.

Le petit bonhomme, déluré et frétillant comme tous ces pierrots parisiens qui s'ébattent sur les pelouses, insolents et hardis, allait partout où bon lui semblait, vivant selon sa fantaisie, tantôt ici, tantôt là, mais toujours aux endroits où il y a quelque chose à voir, abonné perpétuel de ces spectacles de la rue qui arrêtent les flâneurs et sont la joie des badauds de Paris.

Il n'était pas de fête aux Tuileries que Jacques n'y assistât, assis sur le rebord d'une des fenêtres de la place du Carrousel; pas de revue au Champ de Mars dont il ne fût le spectateur curieux, perché sur quelque branche d'arbre. On le voyait aux Champs-Élysées, à l'heure du retour du Bois, et aussi, derrière la grille du jardin de l'Empereur, attentif aux jeux du jeune prince. Même, une fois, il eut l'honneur de recevoir en pleine figure la balle

du Prince Impérial, lancée d'une main trop inexpéri-
mentée.

Mais l'année dont il garda le plus vif souvenir, fut
celle de l'Exposition, alors que les étrangers de tous les
points du monde envahissaient Paris et où il y avait de
si beaux cortèges d'empereurs cavalcadant le long des
avenues.

Pourtant, trois ans plus tard, en 1870, après ces heures
d'éblouissement, où Paris avait vécu dans les fêtes et
dans les plaisirs, le ciel s'assombrit et un grand frisson
secoua la ville.

L'Empereur venait de déclarer la guerre à la Prusse.

Ce furent tout d'abord des heures inoubliables de
transports, d'enthousiasme et de joie. La France n'était-elle
pas l'enfant chérie de la Victoire! Et puis, qu'est-ce que
c'était que cette petite Prusse qui osait se mesurer au
colosse jusqu'ici invincible!... La guerre? Bah! une promenade militaire, mais triomphale, jusqu'à Berlin!

Ce vieux Guillaume, qu'on avait vu paradant auprès de
Napoléon III, mais on n'en ferait qu'une bouchée!...

Et Paris n'avait qu'une voix pour crier :

— A Berlin! A Berlin!

Oh! les magnifiques journées pour le petit Jacques.

Levé dès l'aube, quand il ne passait pas la nuit à la
belle étoile, il éprouvait un plaisir infini à accompagner
les soldats et il marchait gaillardement et d'un pas assuré
en tête des régiments quittant leurs casernes pour se
diriger vers la gare de l'Est.

Alors, au milieu de l'allégresse indescriptible de Paris,
escortant les futurs vainqueurs et déjà leur tressant
des couronnes, plus haut que tout le monde, le petit

Jacques criait : à Berlin! et chantait à tue-tête la *Marseillaise*.

Quand, dans un grand tumulte, les trains s'ébranlaient, en emportant les soldats vers la frontière, tout triste, Jacques s'asseyait sur un banc, et une larme de regret perlait aux fins bouts de ses cils d'enfant.

— Ah! si j'avais dix-huit ans!...

Cependant, bien que la guerre eût été déclarée à la Prusse dès le 18 juillet, il n'y avait eu encore, à la fin du mois, aucune importante bataille engagée et Jacques s'étonnait du retard qu'éprouvait la victoire.

Mais, le 2 août, on annonça qu'un premier succès avait été remporté à Sarrebrück. Jacques trouva, à la vérité, que le combat n'avait pas été des plus sérieux et il s'amusa même du rôle qu'une dépêche faisait jouer au Prince Impérial, Napoléon contant à sa femme, l'impératrice Eugénie, que le petit Louis avait ramassé une balle à ses pieds en présence d'un régiment qui l'avait acclamé pour ce bel acte d'héroïsme.

Les Parisiens, qui ne laissent jamais échapper l'occasion de plaisanter et de faire des mots, même dans les situations les plus dramatiques, appelaient le petit Louis « l'enfant de la balle ».

En riant, on attendait mieux.

Aussi, quelle joie, quel délire, le samedi de la semaine suivante, quand éclata la nouvelle d'une grande victoire! Le soleil resplendissait de tout son éclat et jamais encore le petit Jacques n'avait vu à Paris de scène pareille. Toute la population, remplissant les rues et les places, poussait des cris de triomphe et s'adonnait aux manifestations de l'allégresse la plus bruyante; toutes les maisons s'étaient,

comme par enchantement, pavoisées de drapeaux trico-
lores. Mais, une heure après, la rumeur circulait que la
nouvelle était fausse. On courait aux renseignements et
on apprenait que la prétendue victoire n'était qu'une
mystification de nos ennemis.

Comme un effroyable coup de tonnerre, éclatait la terrible vérité : c'était la défaite; et l'enthousiasme de Paris
tomba, comme ces légères pâtisseries si fines, si délicates,
et qu'un brusque coup d'épingle suffit à dégonfler entièrement.

Nos troupes avaient été écrasées partout; trois armées
allemandes, à la fois, envahissaient la France.

Ce fut d'abord de la stupeur; on ne pouvait croire à la
possibilité d'une telle déroute.

Eh quoi! des Français se laisser battre! Reculer! Oh!
non!

Mais les défaites succédaient aux défaites et il fallut
bien s'incliner devant l'effrayante réalité.

Dans le deuil de la ville, dans ce Paris morne et désolé,
le petit Jacques errait, l'âme en peine, ne pouvant comprendre encore. Et il se mêlait aux groupes qui station-
naient aux portes des mairies, commentant les bulletins
de l'armée :

— Encore une défaite! encore une déroute! toujours
alors !...

Et Jacques demeurait tout pensif.

Enfin, le 1ᵉʳ septembre, ce fut l'affreux désastre de
Sedan! La lugubre nouvelle ne se répandit dans Paris
que deux jours après, dans la soirée. Le lendemain,
dimanche 4 septembre, après que le Corps législatif eut été
envahi par le peuple, la République fut proclamée à

l'Hôtel de Ville et les députés de Paris formèrent le gouvernement de la Défense nationale, sous la présidence du
gouverneur de la ville, le général Trochu.

Beaucoup s'imaginaient que le mot seul de République
allait faire trembler l'ennemi; il n'y avait pourtant plus à
se leurrer de chimères. Laissant derrière eux plusieurs
divisions pour investir les places fortes d'Alsace et de Lorraine, les Allemands continuaient maintenant à s'avancer
à marches forcées, sous la conduite du maréchal de
Moltke et du prince Frédéric-Charles; bientôt ils furent
aux portes de Paris.

Et ce fut le siège!

La voix du canon qui grondait tout autour de la
capitale réveilla le petit Jacques de sa torpeur. Son
âme de gamin de Paris réapparaissait. La ville vivait
maintenant une existence si nouvelle pour lui! C'étaient
les gardes nationaux qui manœuvraient sur les boulevards extérieurs, à l'Esplanade des Invalides, au
Champ de Mars et sur les places des mairies; puis, les
remparts où l'on montait la garde et où on élevait des
bastions.

Jacques, désireux de se tenir au courant de tout ce
qui se passait à Paris, courait, en quête de renseignements, dans les divers quartiers de la capitale, où il supposait pouvoir apprendre des nouvelles.

Un matin, il était monté jusqu'à Montmartre, et il avait
assisté au départ du ballon qui emportait Gambetta, le
grand orateur patriote, bravant les fusils prussiens pour
organiser la résistance de la province et amener au
secours de Paris les armées des généraux d'Aurelle de
Paladines, Chanzy et Faidherbe.

Une autre fois, — c'était le 31 octobre, — étant allé du côté de La Chapelle, il avait aperçu, rentrant dans Paris, exténués, couverts de sang et de poudre, les quelques survivants du combat du Bourget.

C'était précisément le matin de ce même jour que l'on avait appris la nouvelle de la capitulation de Metz.

Puis, au 2 décembre, Jacques se trouva également sur le passage des soldats ramenant à Paris le cadavre du général Ladreit de la Charrière, tué à Créteil, tandis que le général Ducrot, qui lui avait laissé le commandement de l'aile gauche, tentait de traverser la Marne et de faire, à droite, une trouée du côté de Champigny.

Enfin, ce fut le bombardement, les obus! Les obus!

Jamais, de sa courte existence, le petit Jacques n'avait vu d'obus et il était obsédé par l'envie folle d'en entendre éclater quelques-uns.

Seulement, ce n'était point au cœur de Paris, dans son familial square Saint-Jacques, que le gamin pouvait assister à ce spectacle qu'il supposait si intéressant; il fallait aller là-bas, du côté du chemin de fer de Sceaux.

Et un jour, Jacques partit pour Montrouge. Il avait entendu dire que, de ce côté-là, la fête était complète, et que les obus y tombaient drus comme grêle.

C'était le 9 janvier, par un matin pâle et brumeux; la neige tombait en flocons pressés, recouvrant les rues d'une couche épaisse qu'aucun balayeur n'avait la pensée d'enlever.

Oh! ce triste hiver du siège de Paris; les rues désertes, les maisons silencieuses, les boutiques fermées!

Jacquot marchait allègrement, battant du pied pour se

réchauffer, les mains, gourdes de froid, collées dans ses
poches.

Partout, une impression de tristesse profonde, le
recueillement, la désolation; de temps en temps le bruit
sourd d'un coup de canon ou bien encore quelque appel
de trompette lointain.

Et Jacques arriva à Montrouge.

Avenue d'Orléans, un rassemblement l'arrêta, et s'étant
approché, tout de suite il comprit de quoi il s'agissait,
étant habitué depuis quelque temps à ces sortes de spectacles. C'était, devant une boulangerie, une queue inter-
minable de pauvres diables, attendant là depuis des heures
et des heures, pour recevoir une maigre livre de pain. Et
quel pain! Oh! il le connaissait, Jacques, ce terrible pain
de siège que, lui qui avait, toute sa vie, pourtant, mangé
plus de croûtes que de pain blanc, n'arrivait à mas-
tiquer qu'avec peine.

Et Jacques allait passer, quand tout à coup il s'entendit appeler par son nom.

Qui pouvait bien le connaître dans ce quartier éloigné
où, sûrement, il mettait les pieds pour la première fois?

Et s'étant retourné, il s'étonna.

Celle qui l'appelait était une gamine à peu près de son
âge, une pauvre petite gosseline, les pieds nus dans des
savates, à peine vêtue d'un mauvais jupon tout élimé, au
travers duquel on apercevait la maigreur de ses jambes
d'enfant; et sa petite frimousse, toute rose de froid, était
emmitouflée dans une ample capeline de tricot.

— Ah! cette surprise! s'exclama Jacques! Lise! c'est
Lise!

C'était Lise, en effet, une vieille amie à lui.

Où s'étaient-ils rencontrés? Sur les boulevards, sans doute, que Jacques parcourait souvent en badaudant et où la petite Lise vendait des violettes, avant la guerre! Et ils s'étaient plu, et tout un printemps ils avaient vagabondé ensemble.

Puis la guerre était venue! Sur le boulevard, on n'avait plus le cœur d'acheter des violettes.

Et voici que tout à coup, sans crier gare, au moment certes où il y pensait le moins, il retrouvait la petite Lise.

Tout joyeux de la bonne rencontre, Jacques s'était approché de la fillette qui lui faisait des signes, n'osant quitter la queue et perdre sa place.

Et ils avaient causé :

— C'est donc toi, ma petite Lise!

— Jacques! Quel bonheur!

— Alors, tu habites par ici maintenant?

— Oui, avec grand'mère, qui est trop vieille pour se tenir debout sur ses pauvres jambes... Alors, tu vois, c'est moi qui fais la queue à la porte des boulangeries!... Ah! les temps sont bien changés! Te rappelles-tu?...

Et le chapelet des souvenirs avait été égrené tout au long, souvenirs si proches, mais si lointains déjà et si doux à se rappeler; et le petit Parisien et la petite Parisienne, sans souci des gens qui pouvaient les entendre jaboter, causaient, causaient, contents de se revoir, tout ragaillardis par cette heureuse rencontre.

Cependant, là-bas, sur la gauche de l'avenue d'Orléans, par-dessus l'Observatoire, du côté de la Bastille, le soleil se levait, un soleil rouge et sanglant, comme un cœur pantelant fraîchement accroché, éclaboussant de traînées de pourpre les nuées environnantes ; le temps fraîchissait davantage encore ; la neige avait cessé de tomber, mais la bise matinale se faisait plus cinglante.

Tous ces pauvres diables claquaient de froid, et le petit Jacques sentait les aiguilles du vent traverser sa mince veste et lui piquer la peau.

Et il demanda à la petite Lise :

— Est-ce que tu vas rester là encore longtemps ?

Lise haussa les épaules en un geste d'insouciance.

— Avant-hier, répondit-elle, j'étais venue à minuit et mon tour n'est arrivé qu'à onze heures du matin.

— Mazette ! c'est qu'il fait frisquet, ici !

— Frileux ! répondit la fillette avec un sourire.

— C'est que, si tu avais voulu, on serait allé là-bas, un peu plus loin, voir tomber les obus.

— Oh ! il n'est pas besoin d'aller si loin, commença Lise gaiement...

Mais elle ne put achever.

Tout à coup, dans le ciel, on entendit un sifflement effroyable et lugubre.

— Ventre à terre ! crièrent des voix.

Et, en un clin d'œil, toute cette multitude se trouva bientôt vautrée dans la neige.

Sans rien comprendre, Jacques avait fait comme les autres, et, au même moment, une épouvantable détonation retentit, si près, que Jacques crut un moment qu'il se trouvait à côté de la gueule d'un canon en batterie.

Puis ce fut un éboulement, une pluie de neige, de terre, de sable et de mitraille.

20

Alors, il devina : c'était l'obus, l'obus qu'il désirait tant voir !

Et, tout de suite, il fut debout, et, se secouant comme un barbet après l'orage, tout heureux de son désir à présent satisfait, il appela :

— Lise !

Mais personne ne répondit.

Seulement, à ses pieds, quelque chose d'épouvantable, de monstrueux, un amas informe de chairs sanguinolentes, de lambeaux d'étoffe, de morceaux de capeline de laine : la pauvre petite Lise était éventrée, déchiquetée par l'obus qui, en même temps que la fillette, avait fait encore trois autres victimes : un vieillard et deux femmes qui gisaient là, à quelques mètres, l'un à droite, les autres à gauche, dans des flaques de sang.

D'abord, Jacques demeura hébété, ahuri, stupéfait; puis, tout à coup, il comprit : c'était la guerre! Il pâlit affreusement, un sanglot l'étreignit à la gorge, et le poing tendu là-bas, vers l'horizon qui fumait :

— Sales bêtes! cria-t-il de toute la force de ses petits poumons.

Cependant, les hommes, les femmes, les enfants, toute la horde des pauvres hères se relevaient lentement, se tâtaient, tout étonnés de se trouver encore vivants après l'effroyable catastrophe pareille à quelque tremblement de terre.

Aussitôt, ils aperçurent les victimes et ils les contemplèrent, sans étonnement; ils en avaient vu tant d'autres! Seule, une mère qui tenait par la main une enfant de l'âge de Lise, la serra plus étroitement contre elle en voyant, gisant dans la neige, maintenant toute rougie

de sang, le cadavre horriblement mutilé de la pauvre
petite.

Mais des gens s'informaient :

— Qui est-ce, cette gamine ?

— La gosse qui venait tous les matins...

— On ne la connaît pas ?

— Non !

— Personne ne la connaît ?

Jacques releva la tête.

— C'est la petite Lise, cria-t-il, c'est mon amie ! Les
Prussiens l'ont tuée. Oh ! les sales bêtes !

Et il sanglota.

Mais on secouait la tête.

— La petite Lise ? Qui ça, la petite Lise ?...

Jacques n'en savait pas davantage.

Alors des hommes de bonne volonté, après avoir
porté chez un pharmacien les victimes qui donnaient
encore signe de vie, ramassèrent la petite Lise. Ils la pla-
cèrent contre une borne, la couvrirent d'un tablier, et
tout fut dit ; chacun reprit sa place à la queue comme si
rien ne s'était passé...

Les mains enfoncées dans les poches, la tête basse, la
casquette rabattue sur ses yeux pleins de larmes, Jacques
maintenant revenait à grandes enjambées vers le centre
de la ville, avec la hâte de fuir ces quartiers de
désolation.

Qu'aurait-il pu faire pour la petite Lise ? Elle était
morte ; il ne savait rien d'elle, pas même son domicile !
Et puis, il était tout seul ! Sur qui pouvait-il compter ?...
Dans cette horreur du siège, chacun pour soi, telle
était la formule ; qu'importait la mort d'une enfant en ces

jours d'hécatombe où les obus avaient si vite raison de
ceux dont la faim et la misère ne pouvaient venir à bout.

Seulement, un sentiment nouveau poussait dans le
cœur du petit Jacques : la haine du Prussien.

— Oh ! les sales bêtes ! répétait-il sans cesse.

Ce cri résumait pour lui toute son indignation, toute
sa haine, toute sa colère.

Et un nouveau désir le prit de les voir, ces brutes à
barbe rousse, à cheveux hirsutes, surmontés de l'affreux
casque à pointe.

Pourquoi ne les verrait-il pas ?...

Justement, comme il débouchait rue de Rivoli, une
fanfare lui fit tourner la tête, c'était un bataillon de
gardes nationaux qui allait en grand'garde à la redoute
de la Faisanderie, du côté de Champigny.

Jacques eut vite fait de se renseigner, car les gardes
nationaux étaient bavards.

Voilà donc l'occasion rêvée ; puisque les Prussiens
sont à Champigny et dans les environs, il n'a qu'à suivre
les gardes nationaux et c'est bien le diable si, de la
Faisanderie, il n'arrive pas à apercevoir assez distinctement quelques casques à pointe.

Et bravement, oubliant sa fatigue, oubliant que
depuis le matin il chemine et qu'il a le ventre creux,
Jacques emboîte le pas aux gardes nationaux.

Il y a loin du square Saint-Jacques à la redoute de la
Faisanderie, mais le petit bonhomme marchait gaillardement. Le froid était vif, la neige avait recommencé à
tomber et tout le long de la route les passants s'arrêtaient et d'un regard morne, sans foi, sans enthousiasme, regardaient défiler les gardes nationaux. Ils en

avaient tant vu passer et en si grand nombre, qui étaient
revenus la tête basse, sans jamais avoir pu opérer cette
fameuse trouée qui devait sauver Paris de la famine et
de la misère.

Après Vincennes, après Joinville, on parvint à la
Marne, et Jacques, tout le long de la route, avait été
frappé de la ruine et de la désolation de cette banlieue
où il était venu quelquefois flâner, et qui, il y avait
trois mois à peine, paraissait si gaie, si pimpante, si
coquette.

Les arbres coupés, les taillis éventrés, les routes
défoncées, les villas désertes ou pillées, voilà ce qu'était
devenu ce coin exquis des villégiatures parisiennes.

Mais ce spectacle ne l'émut guère ; une seule pensée le
soutenait : c'est qu'il allait voir des Prussiens, de ces
sales Prussiens qui assiégeaient Paris et qui lui avaient
tué sa petite Lise !

Oh ! s'il pouvait avoir un fusil, qu'il serait content
d'en descendre une de ces brutes de casques à pointe !...

Cependant les gardes nationaux avaient pris leurs
positions.

Et Jacques regarda en face de lui.

C'était, de l'autre côté de la Marne, les plateaux de
Champigny, déserts, dévastés, comme balayés par un
épouvantable cyclone. Mais de Prussiens, point ! De ci,
de là, on distinguait bien quelques flocons de fumée
trahissant des bivouacs tout proches, mais pas le moindre
casque à pointe en vue.

— Parbleu ! je suis encore trop loin ! pensa Jacques.

Et inconscient, sifflotant l'air de marche des gardes
nationaux, il descendit vers la Marne.

— Ohé ! gamin ! Où vas-tu comme ça ? lui cria un garde national.

Mais il ne répondit rien et il fila plus vite.

Sur la rive il s'arrêta.

Comment traversera-t-il la rivière ?

Jadis, il y avait bien là un pont, mais on l'avait fait sauter et, comme des bras éplorés, il dressait maintenant au milieu de l'eau le spectre de ses arches.

— Bah ! pensa Jacques, je trouverai bien un bachot quelconque !

Et il suivit la berge en remontant le courant.

Tout à coup :

— Halte-là !

Jacques s'arrête et voit devant lui se dresser la silhouette d'un petit lignard hilarant et drôle ; ses guêtres de cuir souillées de boue, sa longue capote bleue retroussée sur les côtés, un grand cache-nez à carreaux bleus et blancs enveloppant sa tête, son képi enfoncé jusqu'au cou, il était là, dans les roseaux, son fusil à la main, surveillant l'autre rive.

Et le petit lignard ne peut s'empêcher de rire en voyant le gamin.

— Et où vas-tu comme çà, fiston ? lui demande-t-il.

— Là-bas ! fait Jacques.

— Oh ! oh !... Mais, là-bas, y a les Prùscos !

— Je sais bien ! c'est pour ça.

— Ah ! Est-ce que tu serais un espion ? reprend le petit lignard.

Et il rigolle plus fort à la pensée bouffonne de cet espion à peine plus haut que la botte d'un uhlan.

Mais Jacques s'est redressé.

— Un espion, moi ! Moi, un Parigot du square Saint-Jacques !...

— Te fâche pas ! fait le lignard. Mais alors, pourquoi c'est-y que tu veux aller voir les Pruscos ?

Et Jacques, tout d'une traite, la tête basse et de grosses larmes dans les yeux :

— Parce que c'est des sales bêtes ! que je veux en descendre un ! Qu'ils assiègent Paris et que ce matin ils m'ont tué ma petite amie !...

Le jeune lignard n'a plus envie de rire, maintenant ; il considère le petit Jacques qui sanglote, et il sent une larme couler sur sa joue.

Mais voici qu'un vieux sergent arrive avec quatre autres soldats : on vient relever de sa faction le petit lignard ; on explique de quoi il retourne au vieux sergent.

— Allons, moucheron, viens au poste, tu te réchaufferas ; car il fait un froid de loup, ce soir !

Jacques pleure toujours ; il se laisse faire, que lui importe !

Le froid se fait plus vif, le soleil se couche, saignant, là-bas, et la nuit tombe.

Et le gamin sent tout à coup la fatigue qui l'envahit et le froid qui le glace ; on est obligé de le porter au bivouac, où le feu flambe clair et où les soldats lui font fête...

... Le lendemain, le petit Jacques, réconforté, reposé, revient à Paris sur une voiture d'ambulance qui ramenait quelques blessés.

Mais il n'avait toujours pas vu les Prussiens, et sa haine contre eux ne fit que s'accroître.

Les jours passèrent ; le siège continuait toujours.

Un dernier effort, celui du désespoir, fut tenté le

19 janvier, par ce qui restait de l'armée et par les batail-
lons de marche de la garde nationale, sur Montretout
et le château de Buzenval, à gauche du Mont-Valérien.

Le résultat fut aussi désastreux qu'aux précédentes
sorties. On dut battre en retraite après de terribles enga-
gements.

D'autre part, malgré le rationnement, les vivres de
Paris étaient épuisés. On ne pouvait aller plus loin.

Le 23, Jules Favre, délégué par le Gouvernement de
la défense nationale, s'était rendu une première fois à
Versailles pour voir comment on pourrait traiter. Le 28,
à dix heures du soir, muni de pleins pouvoirs, il apposa,
ainsi que Bismarck, sa signature au bas de l'acte diplo-
matique qui réglait et les conditions de la capitulation de
Paris et celles de l'armistice s'appliquant à la France.

Paris était donc enfin débloqué! C'était la fin de la
misère.

Le matin du 29, le petit Jacques flânait aux environs
des Halles centrales, et son attention fut attirée par une
vingtaine de camions qui s'ébranlaient lourdement dans
la direction du boulevard Sébastopol.

Jacques était curieux de sa nature et ce spectacle d'ailleurs était bien fait pour l'intéresser. Il y avait si longtemps que le vieux pavé de Paris n'avait résonné sous le
pas des chevaux. Il s'enquit donc du motif qui provoquait
cette longue suite de voitures.

Un passant obligeant renseigna le gamin.

Ces camions allaient chercher à Charenton tout un
chargement de fromage de gruyère que des commerçants
suisses avaient apporté jusqu'aux portes de la ville
assiégée.

Tout à coup, les yeux du petit Jacques brillèrent d'un éclair de joie. Il y avait des Prussiens à Charenton ; il irait en même temps que les voitures et il les verrait enfin ces fameux Pruscos sur qui se réunissaient toutes ses haines d'enfant.

Aussi, profitant de la bousculade qu'occasionnait la vue de tous ces attelages, il grimpa sur un des camions, s'y cramponna, et en route pour Charenton !

Mais, là, une grosse déception l'attendait.

Certes, la ville était pleine d'Allemands, et sur la place de la Mairie où les camions s'arrêtèrent et où petit Jacques sauta à terre prestement, on en pouvait compter près d'un millier.

Mais ce n'étaient point les Prussiens abhorrés, les ignobles Prussiens coiffés du casque à pointe, c'étaient des Bavarois portant le casque à chenille.

Et dans l'âme simpliste du petit Jacques, le Prussien seul comptait ; au seul Prussien s'en allait toute sa haine.

Il considéra donc ces Bavarois sans que son cœur tressaillît. Il les entendit baragouiner leur langage incompréhensible pour lui, il les vit s'asseoir, s'attabler et boire, puis bousculer les passants en soudards victorieux qui posent leur grand pied sur le pays conquis.

Il éprouva même un profond dégoût à contempler ces brutes, si éloignées du joyeux et pimpant soldat français ; mais ce dégoût, pourtant, n'était pas de la haine.

Et il rentra à Paris tout triste de n'avoir pu, cette fois encore, contempler un Prussien, un vrai Prussien.

Oh ! ce retour à Paris, à la suite des lourds camions chargés de gruyère !...

Si Jacques eût été philosophe, quelle étude !

Dès l'entrée dans les faubourgs, il aurait pu se rendre compte de ce que pouvait faire faire la faim étreignant aux entrailles tous ces malheureux qui, depuis des mois, n'avaient eu presque rien à se mettre sous la dent !...

Des vieillards, des femmes, des enfants, au risque de se faire écraser, se glissaient sous les voitures en marche, et avec leurs doigts, avec leurs ongles, crevaient les tonneaux de fromage pour tâcher d'avoir quelques bribes de gruyère qu'ils dévoraient gloutonnement.

Plusieurs fois, en cours de route, avant d'arriver aux Halles, les camions durent s'arrêter. La foule des affamés se faisait plus dense ; des malheurs étaient à craindre, et les gardes nationaux étaient impuissants à repousser toute cette horde de meurt-de-faim !

Mais rester en place c'était exposer tout le chargement des voitures, car, sitôt que les chevaux s'arrêtaient, la foule se ruait à l'assaut de toute cette victuaille.

Enfin, on arriva au but du voyage, 12, rue de la Cossonnerie.

Mais là, ce fut presque une émeute. La horde accrue de minute en minute était devenue si considérable qu'elle envahissait toutes les rues d'alentour. C'était une meute aboyante, hurlante, féroce et affamée.

Déjà les têtes se montaient et des bruits circulaient sourdement dans toute cette multitude, des bruits avant-coureurs de désastres.

Des gens disaient :

— Oui ! c'est des caveaux des Halles qu'on vient de sortir toutes ces provisions ; le Gouvernement les y avait cachées pour pouvoir plus facilement affamer Paris et le forcer à capituler.

Et ces calomnies se répandaient parmi le peuple ges-
ticulant et vociférant.

Une fureur montait, mauvaise, et des idées de repré-
sailles commençaient à naître dans toutes ces têtes
exaltées.

Alors, craignant une émeute, de même que dans un
incendie on fait la part du feu, quelques tonneaux furent
défoncés, de larges quartiers de pains de gruyère furent
jetés à la foule, comme on jette des dragées pour les baptêmes, aux portes des églises.

Et Jacques en attrapa un morceau qu'il alla dévorer
goulûment dans le square Saint-Jacques.

Ainsi le siège était fini.

Peu à peu, Paris reprit son aspect accoutumé. La vie
recommença après ces dures semaines de souffrance,
après ces longs mois d'agonie.

Une à une les boutiques se rouvrirent, les rues s'ani-
mèrent, les boulevards se repeuplèrent ; on revit des voitures sillonner les avenues.

C'était la vie d'autrefois qui semblait renaître avec le
printemps.

Le petit Jacques recommença à errer dans sa chère
capitale, flânant, vagabondant ici, là, un peu partout, car
il y avait tant à voir !...

Seulement, un ennui le tenait au cœur : il n'avait pas vu
de Prussiens ! En verrait-il, maintenant que le siège était
levé, que l'armistice était signé, qu'à Versailles on prélu-
dait à la paix ?...

Il aurait tant voulu en trouver en face de lui, quelques-uns de ces horribles casques à pointe, pour pouvoir
leur cracher à la figure toute la colère, toute la haine qui,

depuis si longtemps, bouillonnait dans sa petite âme de
gamin de Paris.

Et tout à coup une étrange nouvelle parcourut la capitale qui en demeura stupéfiée : les Prussiens allaient
entrer dans Paris !

Il ne leur suffisait pas de nous réclamer des milliards
et de vouloir nous prendre, avec nos provinces du Rhin,
une des plus belles contrées de notre territoire ; ces vainqueurs voulaient en plus entrer triomphalement dans la
capitale.

Les Prussiens à Paris !

Mais le petit Jacques se sentit tressaillir d'aise : enfin, il
allait donc en voir !

Au jour fixé pour l'entrée des soldats allemands, le
petit Jacques se trouva aux Champs-Élysées dès l'aurore.

Une palissade avait été dressée sur la place de la Con-
corde à la hauteur des chevaux de Marly. Mais on pouvait voir au travers des planches.

Et soudain il les aperçut descendant du haut de l'avenue, musiques en tête, drapeaux flottants. C'était comme
un flot noir, un flot de boue qui lentement coulait de
l'Arc de Triomphe, inondant ces Champs-Élysées qui, il y
avait à peine un an, étaient si gais, si pimpants, si frou-
froutants à l'heure où toute la noblesse de l'Empire revenait du Bois en magnifiques équipages !

Puis le flot se précisa et la rumeur devint plus dis-
tincte. On entendit, se mêlant aux roulements sourds des
tambours étroits, le son aigu des fifres de Poméranie.

Enfin ce fut tout proche, et le petit Jacques tressaillit
de tout son être : c'en était !

— Oh ! les sales Prussiens, cria-t-il.

— Silence, petit !

Il ne fallait pas donner aux Allemands la satisfaction d'entrer dans une ville vivante. Paris devait avoir l'air de se désintéresser d'eux. Ils n'avaient le droit de pénétrer que dans un coin de la capitale, où ils étaient parqués pour quelques heures, comme des moutons, et Paris ne répondait que par l'indifférence à leur entrée triomphale.

Et un homme, un vieillard en cotte et en tablier de travail, qui donna ces explications au petit Jacques, conclut, l'œil flambant d'orgueil :

— Oh! ce n'est pas ainsi que nous sommes entrés à Berlin, du temps de l'Autre!

Jacques se tut donc, mais son cœur battait à se rompre. Il se repaissait de la vue de ces hommes roux qu'il accusait de la mort de la petite Lise, et il grinçait des dents en voyant ces maudits casques dont il eût voulu enfoncer la pointe dans le cœur de tous ces soudards.

A la nuit seulement, il revint vers l'intérieur de Paris, mais, s'étant couché, il put à peine dormir.

Il revoyait l'armée prussienne envahissant les Champs-Élysées comme un monstre énorme, une bête fantastique hérissée de casques à pointe et de baïonnettes de fusils. Puis il pensait aux jours d'autrefois, avant la guerre, à ses longues promenades avec la petite Lise, à leurs jeux, à leurs causeries interminables, qui toutes se brodaient sur le même thème : « quand nous serons grands! »

— Oh! oui, quand nous serons grands!

Où était-elle maintenant, la petite Lise? Où gisait son pauvre corps de gamine déchiqueté par l'obus allemand?... Il ne savait même pas où était sa tombe pour aller lui porter quelque bouquet de ces violettes qu'elle vendait

sur le boulevard et qui commençaient à refleurir sans
s'inquiéter si la petite Lise vivait encore.

Oh! oui! où était sa tombe? En avait-elle une seulement!

— Oh! les sales Prussiens!

Et il voulut les revoir.

Il savait qu'aux premières lueurs du jour, ayant
bivouaqué aux Champs-Élysées, ils devaient repartir avec
la fierté d'avoir couché une nuit dans le coin le plus
élégant de Paris.

Et c'est par la porte d'Auteuil qu'ils devaient regagner
leur campement de Saint-Cloud.

Aussi, sans plus attendre, se levant avant l'aube, il
courut vers la porte d'Auteuil.

Il ne fallait pas penser franchir les Champs-Élysées,
mais il suivit le cours de la Seine, les quais, puis il s'en-
gagea dans des rues désertes, longeant des maisons aban-
données.

Il arriva à la porte 'd'Auteuil.

Le soleil se levait par-dessus Paris.

Il était seul, tout seul.

Oh! les Parisiens avaient tenu leur promesse et, pas
plus au départ qu'à l'arrivée, les vainqueurs ne pouvaient
se vanter d'avoir pu insulter de leur joie moqueuse à la
douleur des vaincus.

Chacun était resté chez soi, et seul, le petit Jacques
errait sur les fortifications, les attendant.

Tout là-bas, bientôt, il perçut un bruit de troupe en
marche, le pas lourd des Prussiens foulant les rues de
Paris, le pas lourd que scandaient encore les roulements
des tambours étroits et les on aigu des fifres de Poméranie.

21

C'étaient eux!

Et bientôt ils défilèrent aux pieds de Jacques.

Le poing serré, la bouche crispée, il les regardait, haineux, fouillant ces visages allemands et se demandant :

— Lequel est-ce qui a tué la petite Lise?

Et les soldats levaient la tête pour voir cette silhouette d'enfant se découpant là-haut sur les fortifications, le seul Parisien qu'ils aient aperçu.

Et soudain, un petit sous-lieutenant l'interpella :

— Eh bien! gamin, tu viens saluer tes vainqueurs!

Jacques pâlit.

Il tendit le poing.

Et de sa voix frêle :

— Sales bêtes! cria-t-il.

L'officier ricana et passa.

Mais Jacques ne se connaissait plus.

Et il répétait, haussant la voix :

— Sales bêtes! sales bêtes!!

A la fin, un officier à cheval se fâcha.

— Te tairas-tu, petit voyou!

— Sales bêtes! sales bêtes!! continuait l'enfant.

Alors, l'officier fit un signe et un homme, se détachant du rang, courut sur le petit Jacques.

Il le vit venir, le gamin de Paris, il le vit venir et ne recula pas d'une semelle.

Et quand le soldat fut tout près, il lui cracha à la figure.

Le soudard étendit la main pour le gifler.

Jacques voulut l'éviter. Hélas! il fit un faux pas, trébucha et, roulant dans le fossé des fortifications, vint s'écraser la tête contre le mur de pierre.

Les Prussiens défilaient toujours.

Et l'âme du petit Jacques s'envola là-haut, et s'en alla rejoindre celle de la petite Lise dans ce joli coin du Ciel où peuvent flâner à leur aise les moineaux francs et les gamins de Paris !

TABLE DES MATIÈRES

9168. — PARIS. — IMP. HEMMERLÉ & Cie

Rue de Damiette, 2, 4 et 4 bis.

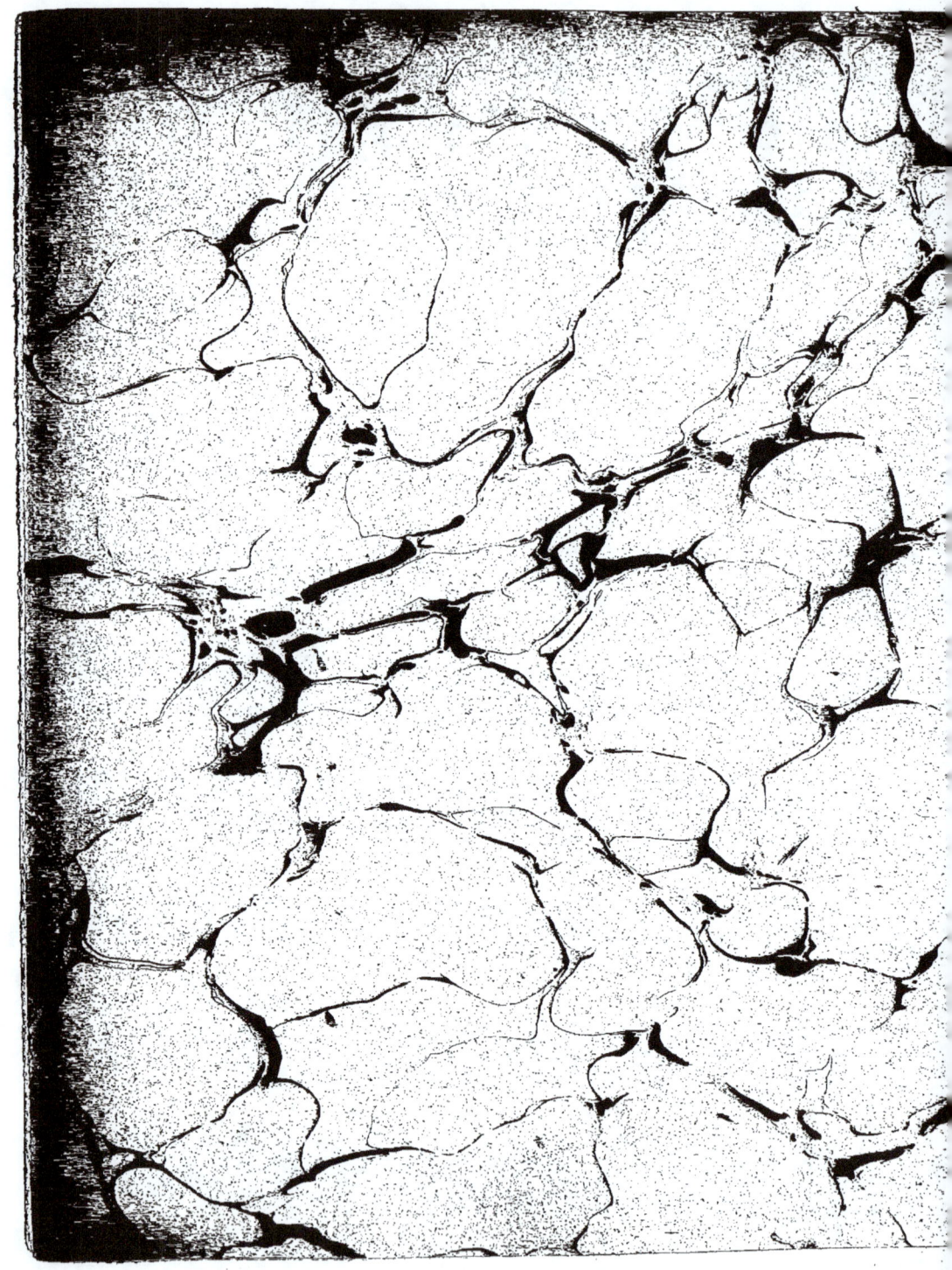

www.ingramcontent.com/pod-product-compliance
Lightning Source LLC
Chambersburg PA
CBHW070330030726
47505CB00004B/1148